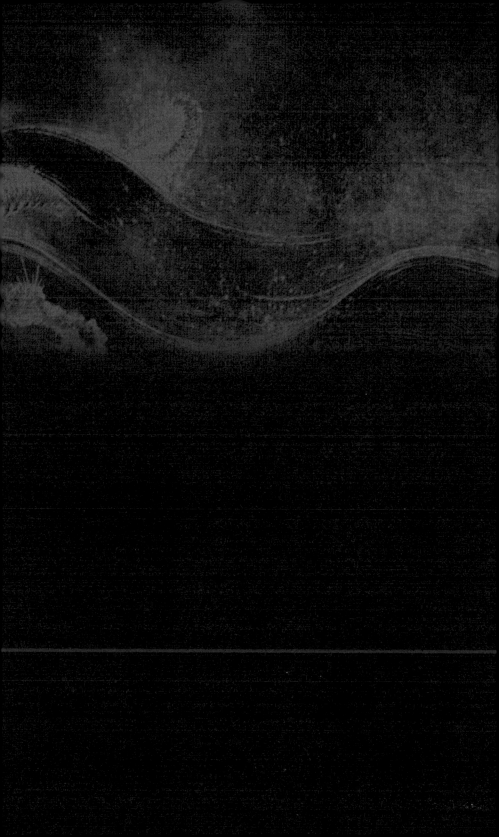

三國志
演義
삼국지 연의

5

◉ ― 일러두기

1. 이 책은 박문서관博文書館 판 『현토삼국지懸吐三國誌』(모본)를 저본으로 한 정본 완역이다.
2. 본문 삽화는 명대 말엽 금릉金陵 주왈교周日校본 『삼국지통속연의三國志通俗演義』에서 발췌하였다.
3. 주요 등장 인물도는 청대 모종강毛宗崗본의 일종인 『회도삼국연의繪圖三國演義』에서 발췌하였다.
4. 본문 중의 역자 주는 모두 세 종류로 나뉜다. 문장 중간의 단어를 설명하는 주는 괄호 안에 넣었고, 문장 전체에 대한 주는 문장 뒤에 밑줄을 그어 구별하였으며, 시문에 대한 주는 시 원문 밑에 번호나 *표를 매겨 설명하였다.

김구용 옮김 나관중 지음

완역 결정본 《삼국지 연의》

⑤

三國志演義

솔

三國志 演義 ⑤ 차례

神威雄奮姿儒雅更知文
天日心如鏡春秋義薄雲
古吳雙松館主人謹摹

관우關羽

마초馬超

老將說黃忠收川立大功身披金鏁甲
手挽鐵胎弓膽氣驚河北威名鎮蜀中

補蹉跎齋主

황충黃忠

答衄郭李後騙轉操
豈無智謀立耳堪悼
風塵俠客

가후賈詡

鼎峙三分定功成一炬
中君臣同骨月兜女自
英雄　青城仙侶

주유 周瑜

指囷慨贈良友杖策上謁
明君一見便談大畧已知
天下三分　蒼縣令尹

上

し숙魯肅

子瑜神交如漆如膠
誠貫金石群議徒消

耐拙盧主

제갈근諸葛瑾

苦肉計誠高贄兵禍所貽
阿瞞雖有智一炬百難迤

壽箋盧主 [印]

황개黃蓋

《삼국시대 지도》

西海

敦煌

酒泉

張掖

銀川

涼州
武威

西羌

金城
蘭州

安定

隴西
祁山　渭水
街亭　五丈原
武都
陰平　漢中
漢中

嘉陵江
巴西

汶山
廣漢
成都　成都
益州

巴郡
江陽　重慶

越嶲

朱提

蜀

永昌
雲南

建寧

貴陽

白狼夷

昆明

交趾

南

日南

烏丸

昌黎　瀋陽 ◆
　　　玄
　　　遼東

丸都 ○　高句麗

幽州　○
燕國 ●　遼西
代郡　◆北京　▲ 碣石山
范陽
雁門　　天津 ◆
中山國　渤海
石家莊 ◆ 冀州　渤海
鉅鹿　○平原
鄴　　　青州　東萊
魏郡 ■　濟南國　齊國 ◎○
東郡 ●　　北海國
內　　　兗州　城陽
白馬 ✕ 濟陰　琅邪國
官渡 ✕　陳留國　沛國
鄭州　潁川　○下邳 徐州 ○
許　陳郡　譙
淮水
新野　豫州 ○揚州 ○
汝南　(壽春)　廬江
江夏　●　南京 ◎
世郡 ●　武昌　建業　吳郡 ◆上海
武漢 ◆ 江夏 ■　長江　杭州 ◆
赤壁　　　會稽
長沙　豫章　臨海
廬陵　鄱陽　臨川　建安
湘東
桂陽　吳
福州 ◆
交州　○廣州
香港 ◆

高句麗
平壤 ◆
● 樂浪

馬韓

弁韓

東中國海

南中國海

平　壤 ◆
樂浪

渤海

東中國海

南中國海

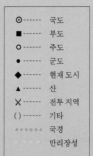

◎ ------ 국도
■ ------ 부도
○ ------ 주도
● ------ 군도
◆ ------ 현재 도시
▲ ------ 산
✕ ------ 전투 지역
( ) ------ 기타
●●●●●● ------ 국경
●●●●●● ------ 만리장성

0　100　200　300km

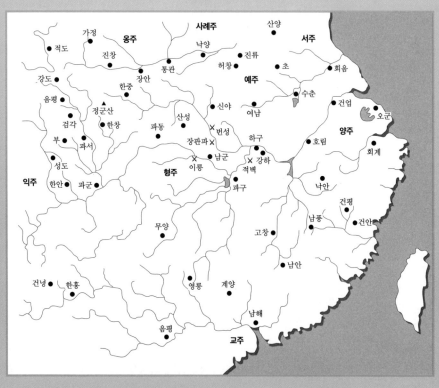

203~223년 형주를 중심으로 조조, 유비, 손권의 세력 다툼이 치열했던 시기의 지도

제47회

감택은 몰래 거짓 항서를 바치고
방통은 교묘히 연환계를 일러주다

감택의 자는 덕윤德潤이니 회계군會稽郡 산음현山陰縣 출신으로, 원래 집은 가난한데 학문을 좋아해서 늘 남의 책을 빌려보는 형편이었지만, 한 번 읽은 책은 잊지 않았으며, 또한 구변이 출중하고 젊어서부터 대담했다.

손권이 불러 참모로 삼은 뒤로, 감택은 특히 황개와 절친하게 지냈다. 황개는 감택이 구변도 좋고 대담한 것을 잘 알고 있었기 때문에, 거짓 항복하는 글을 전하도록 부탁한 것이다. 감택이 흔연히 응낙하고 말한다.

"대장부가 이 세상에 태어나 능히 공로를 세우고 업적을 일으키지 못한다면, 저절로 썩어버리는 초목이나 다를 것이 무엇이리오. 그대가 몸을 버려서까지 주인의 은혜에 보답하겠다는데, 보잘것없는 나 같은 자가 어찌 목숨을 아끼겠소."

황개가 침상에서 굴러 떨어지듯이 내려와, 감택에게 절하고 감사한다. 감택은 결연히 말한다.

"일을 늦출 수는 없으니, 지금 곧 떠나겠소."

황개가 대답한다.

"그러잖아도 거짓 항복하는 글은 이미 다 써두었소."

이에 감택은 그 거짓 항서를 받아 품에 넣고 그날 밤으로 어부로 변장한 다음, 조그만 배를 타고 북쪽 언덕을 향하여 간다. 그날 밤은 달이 없어서 싸늘한 별들만 하늘 가득히 반짝인다.

3경 때쯤 해서, 감택이 탄 작은 배는 조조의 수채에 당도했다. 강을 순시하는 조조의 군사는 즉시 감택을 사로잡아, 곧바로 조조에게 가서 보고했다.

조조가 묻는다.

"그놈은 첩자가 아니겠는가?"

군사가 대답한다.

"겉보기에는 어부인데, 스스로 말하기를 '나는 동오東吳의 참모 감택이니, 기밀에 관한 일이 있어서 승상을 뵈러 왔다'고 하더이다."

조조는 군사에게 그자를 데려오도록 명했다.

이윽고 군사가 감택을 끌고 왔다. 보니 장상帳上에는 등불과 촛불이 휘황한데, 조조가 안상을 의지하고 꼿꼿이 앉아 있다.

"네가 동오의 참모라면 어째서 여길 왔느냐?"

감택이 탄식한다.

"소문에 의하면 조승상은 어진 인재 구하기를 목마른 사람 물 찾듯 한다 하더니, 이제 묻는 걸 본즉, 소문과는 매우 다르구나. 허허! 황개야, 네가 생각을 잘못했나 보다."

"내, 동오와 내일이라도 싸워야 할 판국인데, 네가 몰래 왔은즉 어찌 묻지 않을 수 있으리요."

"황개는 동오에서 3대를 섬긴 오랜 신하로되, 이번에 모든 장수 앞에서 주유에게 무단히 혹독한 곤장을 맞고 그 원통한 분을 참을 수 없어, 장차 승상에게로 투항하여 주유에 대한 원수를 갚고자 이 일을 나에게 의논했습니다. 나와 황개로 말할 것 같으면, 친형제나 다름없는 사이기 때문에, 내가 위험을 무릅쓰고 황개의 밀서를 바치러 온 것이니, 승상은 우리를 거두어주시겠소?"

"그 밀서는 어디 있소?"

감택은 품에서 항서를 꺼내어 바친다. 조조가 그 항서를 뜯어 등불에 비춰본다.

황개는 손孫씨로부터 많은 은혜를 입었기 때문에, 원래는 딴 뜻을 품을 리 없으나, 오늘날 사세로 보건대 강동이 6군의 군사를 동원시켜 중국의 백만 대군과 싸우려 하니, 자고로 적은 수효가 많은 수효를 대적하지 못한다는 것은 천하가 다 아는 바입니다. 동오의 장수와 관리는 똑똑한 자건 어리석은 자건 간에, 이번에 싸워서 이길 수 없다는 것을 다 알고 있건만, 소인小人 주유는 소견이 좁고 편협해서 혼자 잘난 체하고 달걀로 돌을 치는 무모한 짓을 하려고 할 뿐만 아니라, 맘대로 권세를 휘둘러 죄 없는 사람에게 형벌을 내리고, 공로 있는 사람에게도 상을 주지 않는지라. 나 황개는 3대를 섬겨온 옛 신하인데도 이유 없이 주유에게 곤장을 맞고 치욕을 당했은즉, 실로 원통하고 분하기만 합니다. 듣건대, 승상은 사람을 성심으로 대하며 선비를 너그러운 마음으로 용납하신다 하니, 바라건대 심복한 사람들을 거느리고 승상께로 투항해가서 공훈을 세우고, 동시에 주유에 대한 분을 풀까 하나이다. 군량과 마초, 그리고 무기는 배와 함께 바치기로 하고, 우선 피눈물을 흘리며 절하고 아뢰니, 천만 의심하지 마소서.

조조는 황개의 항서를 10여 차례나 읽어보더니, 갑자기 안상을 주먹으로 쾅 치고, 눈을 부릅뜨며 크게 호령한다.

"황개가 고육계를 써서 거짓 항서를 지어 너에게 주어 보내고, 우리 군중을 교란하려 드니 너희들이 이렇듯 나를 희롱하느냐! 즉시 저놈을 끌어내어 참하여라."

좌우 무사들이 감택의 뒷덜미를 잡아 끌어낸다. 감택은 끌려 나가면서도 얼굴빛이 변하지 않고, 하늘을 우러러 크게 껄껄 웃는다.

조조는 끌려 나가는 감택을 다시 불러들이고 꾸짖는다.

"내가 너희들의 간특한 계책을 간파했거늘, 네 어째서 웃느냐?"

감택이 대답한다.

"너를 보고 웃는 것이 아니고, 나의 친구 황개가 사람을 잘못 알아본 것이 우스워서 웃었노라."

"어째서 사람을 잘못 알아봤다 하느냐?"

"죽이려면 어서 죽여라. 여러 가지로 물어봐서 뭘 하겠느냐."

"나는 어릴 때부터 병서兵書를 읽었기 때문에, 간특한 계책과 거짓된 길을 깊이 알고 있다. 너희들의 이번 수단은 사람을 속임직하다마는, 어찌 나를 속일 수 있으리요."

"그래, 그 글 중에 어느 대목이 바로 간특한 계책인가를 지적해보라."

"오냐, 말해주마. 네가 죽어도 나를 원망하지 못하도록 하리라. 너희들이 진심으로 항서를 바치고 항복할 생각이라면, 어째서 항복해올 날짜와 시간을 밝히지 않았느냐. 그래도 변명할 말이 있느냐?"

감택이 크게 웃는다.

"너는 그러고도 감히 병서를 연구했다 자랑하느냐? 속히 군사를 거두고 돌아가면 이로울 것이요, 만일 싸우면 틀림없이 주유에게 사로잡히리라. 무식한 자여! 내가 네 손에 죽다니 원통하다."

詐通軍信當年就裡談天羅

密獻降書此日慈懃排地網

關澤密獻詐降書

조조(오른쪽)에게 황개의 거짓 항서를 바치는 감택

"네 어째서 나를 무식하다 하느냐?"

"너는 어진 사람을 대우하는 예의를 모르니, 내 말해서 뭣 하리요. 어서 나를 죽여라."

"네 말에 그럴 만한 이치가 있다면야, 내가 자연 감복할 것 아니냐."

"자고로 내려오는 말에 '주인을 배반하고 가는 자는 떠날 날짜를 미리 정하지 않는다'고 했다. 만일 지금 기일을 약속해뒀다가, 그날 떠날 형편이 못 될 경우에 상대방에서 영접을 오고 보면, 비밀만 탄로나고 말지라. 떠나는 자는 기회와 형편을 보아서 탈출해야 하거니, 어떻게 미리 기일을 정할 수 있겠느냐. 너는 이만 이치도 모르고서, 사람 죽이는 것만 좋아하니, 참으로 무식하도다."

조조는 즉시 표정을 고치고, 자리에서 내려와 사죄한다.

"내가 보는 눈이 밝지 못해서 귀공의 높은 뜻을 오해했으니, 널리 용서하시오."

"나와 황개는 어린아이가 부모를 바라보듯 진정으로 투항하려는 것인데, 어찌 속임수를 쓰리요."

조조가 크게 기뻐한다.

"만일 두 분이 큰 공훈을 세우면, 다음날에 다른 사람들보다 월등한 지위에 앉히겠소이다."

"우리는 벼슬을 바라고 귀순하려는 것이 아니요, 하늘의 뜻에 따르고 백성의 소원에 보답하려는 것이오."

조조는 술상을 차려 오래서, 감택을 대접한다. 조금 지나자 어떤 사람이 장막 안으로 들어와서, 조조의 귀에다 입을 대고 뭐라고 속삭인다.

조조가 그자에게 말한다.

"그 서신을 이리 보이게."

그자가 품속에서 밀서를 내어 바치니, 조조는 그 내용을 읽고 얼굴에 희색이 가득하다.

감택은 속으로 생각한다.

'저 밀서는 채중과 채화가, 이번에 황개가 주유에게 형벌받은 일을 알리는 내용일 것이다. 그래서 조조는 내가 진심으로 항복해온 줄로 확인하고 기뻐하는 모양이다.'

아니나다를까, 조조가 말한다.

"선생은 수고롭겠지만, 다시 강동으로 돌아가서 황개에게 나의 뜻을 전하시오. 그리고 먼저 우리에게 통지하고서, 함께 배를 타고 오시오. 내 군사를 보내어 영접하리다."

감택이 대답한다.

"나는 이미 강동을 떠나온 몸이니, 다시 돌아갈 수 없습니다. 그러니 승상께서는 다른 사람을 몰래 보내어 황개와 접촉하십시오."

"다른 사람이 가면 비밀이 누설될까 두렵소."

감택은 재삼 사양하다가, 한참 만에 대답한다.

"가기로 한다면 여기 오래 머물 수 없으니, 곧 떠나야겠습니다."

조조는 황금과 비단을 내준다. 그러나 감택은 받지 않고 조조에게 하직을 고하고, 다시 조그만 배에 올라 강동으로 돌아갔다.

감택은 즉시 황개에게 가서, 다녀온 경과를 자세히 말했다.

황개가 감사한다.

"그대에게 그 용기와 웅변이 없었다면, 내가 받은 형벌의 고통은 아무 쓸모가 없을 뻔했소."

"내 감영의 영채로 가서, 채중과 채화의 속을 떠봐야겠소."

"그러는 것이 참 좋겠소. 어서 가보시오."

감택은 감영의 영채로 갔다. 그는 감영의 영접을 받고 들어가서 말한다.

"지난번 장군이 황개를 구출하려다가 주유에게 곤욕을 당한 데 대해서는 나도 불평이 없지 않소."

그러나 감영은 웃기만 하고, 대답은 하지 않는다. 서로 다른 이야기를 하는데, 채중과 채화 두 사람이 왔다. 감택은 감영에게 슬쩍 눈짓을 한다. 감영은 그 뜻을 알아차리고 말한다.

"주유가 저만 제일인 줄로 믿고, 우리를 전혀 무시하는데다가, 이번에 나는 또 갖은 곤욕을 당했으니, 강동 사람을 대하기도 부끄러워서 견딜 수 없다!"

감영은 격하게 외치고 이를 갈더니, 책상을 주먹으로 치며 분해한다. 감택은 선뜻 감영의 귀에다 대고 뭐라고 속삭인다. 그러나 웬일인지 감영은 머리를 숙이고 길게 탄식하더니, 한숨만 연거푸 몰아쉰다.

채중과 채화는 곁에서 두 사람의 거동을 보고, 그들이 주유에게 배반할 뜻이 있음을 알았다.

채중이 슬며시 묻는다.

"장군은 왜 그렇게 괴로워하시며, 선생은 또 무슨 불평이라도 있으신지요?"

감택이 추연히 대답한다.

"우리의 가슴속 근심을, 너희들이 어찌 알리요."

채화가 넌지시 묻는다.

"동오를 배반하고 조조에게 귀순하려는 생각이 아닙니까?"

감택은 깜짝 놀라고, 감영은 벌떡 일어서면서 칼을 쭉 뽑는다.

"너희들이 우리 비밀을 눈치챘으니, 살려둘 수 없다! 다시는 말을 못하도록 죽여주마."

채중과 채화는 황망히 말한다.

"두 분은 근심 마십시오. 우리도 가슴속의 깊은 사실을 말하리다."

감영이 재촉한다.

"속히 말하라."

채화가 고한다.

"우리 두 사람은 실은 조승상의 분부를 받고 이곳으로 거짓 항복해온 사람입니다. 두 분께서 조승상께 귀순할 뜻이 있으시다면, 우리가 알선해 드리겠습니다."

감영이 묻는다.

"네 말이 참말이냐?"

채중과 채화가 일제히 대답한다.

"어찌 거짓말을 하겠습니까."

감영이 기뻐한다.

"그렇다면 하늘이 나를 도우심이로다."

채중과 채화가 자랑한다.

"황개와 장군이 주유에게 곤욕당한 일을, 우리는 벌써 승상께 통지해 됐소."

그제야 감택이 말한다.

"나도 황개를 위해 조승상께 항서를 갖다 바쳤소. 이제 돌아와서, 감영과 함께 항복하자고 약속하는 참이오."

감영이 결연히 말한다.

"대장부가 이 세상에 나서, 밝은 주인을 만난 바에야 마땅히 항복하고 성심껏 섬길지라."

이에 네 사람은 술을 마시며 속내를 이야기했다. 그날로 채중과 채화는 감영이 우리와 짜고 내응內應하기로 했다는 서신을 써서, 몰래 조조에게로 보냈다.

그리고 감택도 따로 서신을 써서, 은밀히 조조에게로 보냈다. 그 서신 내용은 황개가 곧 갈 것이로되, 아직 기회를 얻지 못하고 있으니, 청아기青牙旗를 꽂은 배가 가거든, 바로 황개가 오는 배인 줄로 아시라는 것이었다.

한편, 조조는 연달아 두 밀서를 받고도, 의심이 나서 결정을 짓지 못한다. 이에 모든 모사들을 불러모으고 상의한다.

"적장 감영은 주유에게 곤욕을 당하고 우리에게 내응겠다 하고, 황개도 주유에게 곤욕을 당하고 감택을 시켜 귀순하겠다는 뜻을 보내왔으나, 어찌 그들을 깊이 믿을 수 있으리요. 누구고 주유의 영채에 가서 내막을 알아보고 올 사람은 없느냐?"

장간이 나선다.

"내 전번에 동오에 갔다가 아무 성과 없이 온 것을 부끄러워하던 참입니다. 바라건대 이번엔 목숨을 걸고 다시 가서 내막을 알아본 후에 돌아와 승상께 보고하리다."

조조는 반색을 하며 곧 떠나도록 분부했다. 이에 장간은 조그만 배를 타고 바로 강남江南 수채로 가서, 자기가 왔다는 것을 주유에게 전하도록 했다. 군사는 즉시 주유에게 가서 보고했다.

주유는 장간이 왔다는 말을 듣자 곧장 희색이 만면하여,

"나의 이번 성공이 바로 장간에게 있도다."

하고, 노숙에게

"방통龐統에게 가서 이러이러히 하도록 부탁을 하시오."

하고, 무엇인가를 귓속말로 일러줬다.

원래 방통은 양양襄陽 출신으로 자는 사원士元이니, 마침 난리를 피해 강동에 와 있었던 것이다.

일찍이 노숙은 주유에게 방통을 등용해서 쓰도록 천거했었다. 주유는 방통이 인사하러 오기도 전에, 먼저 노숙을 보내어 계책을 물은 적이 있었다.

그때 노숙은 방통에게 가서 주유의 말을 전하고 물었다.

"조조를 격파하려면 어떤 계책을 써야 할까요?"

방통이 노숙에게 조그만 소리로 대답한다.

"조조의 군사를 격파하려면 불로 공격해야 하오. 그러나 한 배에만 불이 붙으면, 강이 커서 나머지 배들은 다 사방으로 흩어질 것이니, 연환계를 써서 적의 모든 배를 한데 비끄러매놓도록 해야만 성공할 수 있소."

노숙은 돌아와서 주유에게 방통의 말을 전했다. 주유는 깊이 감복하고, 노숙에게 말한다.

"나를 위해 그 계책을 실천해줄 사람은 방통뿐이오."

노숙이 말한다.

"그러나 간특하고 꾀 많은 조조를 어떻게 속여넘길 수 있겠소?"

주유는 아무 대답도 않고 깊은 생각에 잠겼으나, 별로 뾰족한 수가 떠오르지 않았다.

그 뒤로 주유는 여러 가지로 궁리하고 있던 터에, 마침 장간이 왔다는 보고를 받았던 것이다. 주유는 얼굴에 기뻐하는 빛이 가득해져 노숙을 방통에게로 보내어 계책을 일러주고, 곧 장상帳上에 높이 앉아 장간을 데려오라고 분부했다.

장간은 주유가 직접 와서 영접하지 않는 걸 보고 슬며시 의심이 나서, 타고 온 배를 사람 눈에 띄지 않는 후미진 곳에 매두도록 부하에게 분부한 뒤, 주유의 영채로 갔다.

장간이 영채 안으로 들어서자, 주유는 험한 표정을 짓고 책망한다.

"장간아, 어째서 그렇듯 나를 속였느냐?"

장간이 웃고 대답한다.

"옛날에 그대와 함께 형제처럼 지냈기로 특히 속마음을 말하러 왔는데, 어째서 나를 보고 속았다 합니까?"

"나에게 항복을 권하러 온 모양이다마는, 바다가 마르고 모든 돌이 불타버리기 전에는 안 될 것이다. 전번에 지난날의 우정을 생각하여 크게 취하고 함께 한 침상에서 잤거늘, 너는 도리어 내게 온 서신을 훔쳐 가지고 인사도 없이 돌아가서, 조조에게 보고하여 채모와 장윤을 죽이게 하고, 마침내 나의 계책까지 망쳐놓지 않았느냐. 그런데 오늘 또 까닭 없이 찾아왔으니, 반드시 간특한 계책을 품었을 것이다. 옛정을 생각하지 않는다면 단칼에 너를 두 조각으로 참하여 보낼 것이다. 그러나 2, 3일 안에 내가 역적 조조를 격파할 작정이므로, 우리 군중에 뒀다가는 네가 또 우리의 기밀을 누설할 것이니, 서산西山의 암자庵子로 보내야겠다. 그러니 내가 조조를 격파한 뒤에 배를 타고 돌아가도록 하여라."

장간이 말을 하려는데, 주유는 벌떡 일어나 안으로 들어가버렸다. 좌우 군사들은 곧 장간을 말에 태워 서산 뒤에 있는 조그만 암자로 데려가서 쉬게 하고, 군사 두 사람이 남아서 시중을 들었다.

장간은 암자 안에 감금당하다시피 되어, 어찌나 괴로운지 음식도 잘 먹히지가 않고, 잠도 오지 않았다. 그날 밤은 하늘 가득히 별들이 반짝였다.

장간은 밖으로 나와 암자 뒤를 거니는데, 어디선지 책 읽는 소리가 은은히 들려왔다. 장간은 책 읽는 소리가 나는 곳으로 찾아갔다.

산밑의 바위 곁에 수간數間 초가집이 있는데, 그 안에서 불빛이 환히 비친다. 장간은 가까이 가서 창 틈으로 엿보았다.

벽에는 칼이 한 자루 걸려 있었다. 한 사람이 등불 앞에서 손오(손은 손무孫武, 오는 오기吳起. 둘 다 고대의 유명한 병가이다)의 병서를 외고 있었다.

'보통 사람이 아니구나.'

장간은 생각하고, 문을 두드리며 주인을 찾았다. 그 사람이 문을 열고 나와 영접하는데, 그 풍채가 비범하였다.

장간이 성명을 물으니, 그 사람이 대답한다.

"나의 성명은 방통이요, 자는 사원이라 하오."

장간이 황망히 묻는다.

"그럼 봉추鳳雛 선생이 아니시오?"

"그러하오."

장간은 기뻤다.

"오래 전부터 선생의 높은 이름을 익히 들어왔는데, 어찌 이런 궁벽한 곳에 계시는지요?"

"주유가 자기 재주만 믿고 사람을 용납하지 않기에, 나는 이곳에 은거하고 있소. 그런데 귀공은 누구시오?"

"나는 장간이라는 사람입니다."

방통은 장간을 집 안으로 들어오라 하여, 함께 앉아 심정을 논한다.

장간이 말한다.

"선생의 그만한 재주라면 어디를 간들 융숭한 대접을 못 받겠습니까. 만일 조조에게 귀순할 뜻이 있으시다면, 내가 모셔다 드리겠습니다."

"나는 강동을 떠나고 싶은 지가 오래였소. 귀공이 나를 데려다 줄 생각이 있다면 지금 곧 떠나야지, 머뭇거리다가는 주유에게 들켜 살해당하기 쉽소."

이에 봉추선생 방통은 장간과 함께 그날 밤으로 산에서 내려왔다. 장간은 후미진 강변에 가서, 타고 왔던 배에 방통과 함께 올라타고, 나는 듯이 강 북쪽으로 달아났다.

그들은 조조의 영채에 이르렀다. 장간이 먼저 들어가서 조조를 뵙고, 갔다 온 경과를 자세히 보고했다. 조조는 봉추선생이 왔다는 말을 듣자 친히 장막에서 나와 영접해 들이고, 주인과 손님의 자리에 나누어 앉은 뒤 묻는다.

"주유의 나이가 젊어서 재주만 믿고 많은 사람을 멸시하고 좋은 계책이 있어도 쓰기를 않습디까? 나는 오래 전부터 선생의 큰 이름을 익히 들었는데, 이제야 왕림하셨으니 바라건대 잘 지도해주시오."

방통이 대답한다.

"나는 원래 승상의 군사 쓰는 것이 법도가 있다는 말을 들었소. 바라건대 군사들의 진용陣容을 한번 보여주시오."

조조는 곧 말을 대령하라 하고, 방통을 먼저 육지 영채로 안내했다. 방통은 조조와 함께 나란히 말을 달려 높은 곳에 올라가서 바라보고 말한다.

"산을 곁에 두고 숲을 의지하여 앞뒤로 연락을 취하게 하고, 들어가고 나오는 문이 있어 나아가고 물러설 수 있도록 한 곡절曲折은, 바로 손자孫子와 오자吳子와 양저穰苴가 다시 태어난다 해도, 이보다 더 잘하지는 못하리다."

조조가 대답한다.

"선생은 너무 칭찬만 마시고, 여러 가지로 가르쳐주시오."

조조는 다시 방통을 수채로 안내했다.

보니 남쪽으로 스물네 개의 문을 세웠고 큰 전함을 늘어놓은 것이 성곽을 이루었고, 그 안에서 조그만 배들이 시가市街를 오가듯 왕래하며, 모든 배치가 질서 정연하였다.

방통은 웃으며,

"승상의 군사 쓰는 법이 이러하니, 참으로 소문으로 듣던 칭찬과 다름없소이다."

하고 멀리 강남을 손가락질하며 저주한다.

"주유야! 너는 반드시 망하리로다."

조조는 매우 흡족해하며 영채로 돌아와, 방통을 장막 안으로 초청하고, 함께 술을 마시며 싸움에 대해서 의견을 교환한다. 방통은 뛰어난 식견과 웅변으로 청산유수처럼 대답하니 조조는 깊이 공경하고 감복하여 은근히 대우한다.

방통이 취한 척하면서 묻는다.

"군중에 좋은 의원이라도 있는지요?"

"의원은 뭣에 쓰시려오?"

"수군 군사들 중에는 병드는 자가 많을 것이니, 좋은 의원이 있어야 하지요."

이때 조조의 군사들 중에는 수토水土가 맞지 않아서, 먹으면 토하는 병에 걸려 죽는 자가 많았다. 조조는 그 때문에 골치를 앓던 중이라, 방통의 그 같은 말을 들었으니, 어찌 묻지 않고 배기리요.

방통이 넌지시 말한다.

"승상의 수군을 교련하는 법이 비록 묘하긴 하나, 완전하지 못하니 애석한 일이오."

조조는 몸이 달아서 거듭 묻는다. 방통이 대답한다.

"내게 한 가지 계책이 있으니, 수군들이 병을 앓지 않고도, 편안히 성공할 수 있을 것이오."

조조는 크게 반기며 그 묘한 계책을 가르쳐줍소사 청한다.

방통이 대답한다.

"큰 강에 조수가 밀어닥쳤다가는 밀려나가고, 또 바람과 물결이 쉬지를 않는지라. 북쪽 군사들은 배를 타는 일에 익숙하지 못해서, 늘 심히 흔들리다 보면 병이 나지 않을 수 없소이다. 그러니 큰 배와 작은 배를 서로 연결시켜 30척을 한 부대로 만들고 또는 50척을 한 부대로 작성하여 각기 뱃머리와 배 꼬리를 쇠고리로 연결해 묶고, 그 위에 넓은 철판을 깔면, 이 배에서 저 배로 사람만 건너다닐 수 있을 뿐만 아니라, 말을 타고도 종횡 무진으로 달릴 수 있소. 이런 섬 같은 함대를 타고 가면 바람과 물결이 제아무리 거세고 밀물 썰물의 차가 아무리 급격할지라도, 다시 무엇을 두려워할 것이 있겠소."

조조가 의자에서 내려와 감사한다.

"선생이 이런 좋은 계책을 일러주지 않았으면, 어찌 동오를 격파할 수 있으리요."

"어리석은 소견을 말한 것이니, 승상은 스스로 알아서 결정하십시오."

조조는 즉시 명령을 내렸다. 군중의 대장장이들은 밤을 새워가며 큰

連環策進却絶千里舳艫沉

龐統進獻連環計

苦肉計行立待一江烟浪起

조조에게 연환계를 일러주는 방통

쇠고리와 못을 만들어, 모든 배를 한데 단단히 비끄러매고 연결하니, 모든 군사들이 이를 보고 기뻐했다.

후세 사람이 이 일을 읊은 시가 있다.

적벽강赤壁江에서 조조의 군사를 전멸시키려면
화공법火攻法을 써야 한다는 데 의견이 일치했도다.
그러나 방통이 연환계를 이루지 못했다면
주유가 어찌 큰 공훈을 세울 수 있었으리요.

赤壁忙兵用火攻
運籌決策盡皆同
若非龐統連環計

방통이 또 조조에게 말한다.

"내가 보기엔 강동의 많은 호걸들이 주유를 원망하고 있으니, 내 세 치 혀를 휘둘러 그들을 다 승상께로 귀순시키겠소. 주유도 돕는 사람이 없고 외로워지면, 반드시 승상에게 사로잡힐 것이오. 주유만 격파하고 나면, 유비 따위는 저절로 망하리다."

조조가 대답한다.

"선생이 큰 공을 세우기만 하면, 내 천자께 아뢰어 삼공의 지위에 올리겠소."

"나는 부귀를 탐하려 하는 것은 아니오. 다만 만백성을 도탄에서 건지기 위해서요. 그러니 승상은 강동을 점령할 때, 사람들을 함부로 죽이지 마시오."

"나는 하늘을 대신해서 정의를 실천하려는 것이니, 어찌 차마 백성을 죽이겠소."

방통은 조조에게 절하고 청한다.

"승상의 군사가 강동에 쳐들어왔을 때 나의 가족이 화를 입지 않도록, 방서榜書(신분 보증서 같은 것)를 하나 써주시오."

"선생의 가족은 지금 어디에 있소?"

"바로 강가에 살고 있으니, 방서만 하나 써주시면 안전하겠소."

조조는 곧 그런 문서를 하나 써오도록 아랫사람에게 분부하고, 그 문서에다 친히 수결手訣(서명)을 지어, 방통에게 내준다.

방통이 조조에게 절하고 감사한다.

"내가 떠난 뒤에 되도록 속히 군사를 진격시키십시오. 주유가 눈치채지 못하도록 서둘러야 합니다."

"그렇게 하겠소."

조조는 떠나는 방통을 전송했다.

방통이 조조와 작별하고 강변에 이르러, 막 배를 타려는 순간이었다. 홀연 바위 뒤에서 죽관竹冠을 쓰고 도포 차림을 한 사람이 나타나더니, 방통의 어깨를 잡는다.

"참으로 자네는 대담하구나. 황개는 고육계를 쓰고, 감택은 거짓 항서를 갖다 바치고, 자네는 와서 연환계를 일러주긴 했지만, 그대들 뜻대로 조조의 함선을 다 불태워버리지는 못할 걸세. 자네들의 독한 수단이 조조를 속일 수는 있지만, 나만은 속이지 못할걸!"

방통은 그 말에 정신이 아찔했으니,

동남쪽이 반드시 승리한다고 말하지 말라
서북쪽에도 뛰어난 인물은 있다.
莫道東南能制勝
誰云西北獨無人

과연 그 사람은 누구인가.

제48회

조조는 장강에서 잔치를 하며 시를 읊고
북쪽 군사는 전함을 한데 묶어놓고 무기를 사용하다

방통은 그 말을 듣자 깜짝 놀라 급히 돌아본다. 그 사람은 다른 사람이 아니고 바로 서서徐庶였다. 방통은 옛 친구를 보자 비로소 마음이 놓였다.

사방을 돌아보니 마침 아무도 없는지라, 방통이 서서에게 사정한다.

"자네가 우리의 계책을 폭로하는 날이면 강남 81주 백성은 다 망하는 걸세."

서서가 웃으며 대답한다.

"그건 그렇고, 그럼 북쪽 80만 군사와 말은 다 죽어도 괜찮다는 말인가?"

"자네는 정말 우리 계책을 폭로할 작정인가?"

"나는 지난날에 유현덕 어른에게서 많은 은혜를 입었네. 언제고 그 은혜를 갚아야 한다는 걸 잊은 적은 없네. 조조가 나의 어머님을 돌아가시게 하였으므로, 나는 조조를 위해 계책을 세우지는 않기로 결심한 사람일세. 내가 어찌 자네의 계책을 폭로하겠는가. 그러나 내가 지금 북쪽 군사들 속에 있으니, 전쟁이 나서 패하는 날에는 시비곡절是非曲折을 따질 것 없이 모두가 다 죽게 마련인즉, 난들 어찌 안전하리요. 어떻게 하면 위험을 면할 수 있을지, 내가 이곳을 벗어날 수 있도록 좋은 계책이나 가르쳐주게. 그러면 나는 입을 다물고 먼 곳으로 일찌감치 떠날 요량일세."

방통이 웃는다.

"자네의 높은 안목과 앞길을 내다보는 식견으로써 스스로 처리할 일이지, 그만한 것을 나에게 묻는가?"

"바라건대 형은 나를 지도하시게."

방통은 서서의 귀에다 입을 대고, 이러이러히 하도록 일러준다. 서서는 얼굴에 희색을 띠며 작별하고, 방통은 배를 타고 강동으로 돌아갔다.

그날 밤, 서서는 자기 가까이 있는 사람들을 각 영채로 보내어, 몰래 유언비어를 퍼뜨렸다.

아니나다를까, 이튿날 각 영채에선 군사들이 삼삼오오 모여 머리를 모으고 귀에 입을 대고 소근거린다.

장교들은 군사들의 소근거리는 말을 탐지하여, 즉시 조조에게 보고한다.

"지금 군사들간에는 서량주西凉州의 한수韓遂와 마등馬騰이 반란하여, 허도로 쳐들어가고 있다는 소문이 분분합니다."

조조는 깜짝 놀라, 급히 모든 모사들을 불러모으고 상의한다.

"내가 이번에 군사를 거느리고 남쪽을 치러 오긴 했으나, 걱정인 것은 한수와 마등이라. 군사들 사이에 떠도는 유언비어를 그대로 믿을 것은 못 되지만, 그래도 대책을 세우지 않을 수 없다."

조조의 말이 끝나기도 전이었다.

서서가 앞으로 나가서 고한다.

"나는 그간 승상의 신세를 많이 졌으나, 조그만 공로도 세운 것이 없어서 늘 한이었습니다. 청컨대 군사 3천 명만 주시면 밤낮을 가리지 않고 산관散關으로 가서 요긴한 길목을 지키고, 만일 사태가 악화되면 다시 와서 보고하겠습니다."

조조가 기뻐한다.

"서서가 가준다면야 아무 걱정이 없겠소. 산관 땅에도 군사들이 있으니, 귀하는 그들을 통솔하고, 또 지금 군사 3천 명을 줄 테니 장패臧覇를 선봉으로 삼아 주야를 가리지 말고 어서 가시오."

이에 서서는 조조에게 하직하고 장패와 함께 군사를 거느려 즉시 떠나니, 이는 방통이 가르쳐주고 간 계책대로 한 것이었다.

후세 사람이 이 일을 읊은 시가 있다.

조조가 남쪽을 치러 와서 나날이 근심한 것은
마등과 한수가 그 동안에 배반하지나 않을까 염려함이로다.
봉추선생 방통이 서서에게 가르쳐준 그 한마디로
노닐던 고기는 고기잡이의 낚시에서 쉽사리 벗어났도다.
曹操征南日日憂
馬騰韓遂起戈矛
鳳雛一語教徐庶
正似遊魚脫釣鉤

조조는 서서를 떠나 보낸 뒤로 겨우 안심하고, 마침내 먼저 말을 달려 육지의 모든 진영을 둘러본 다음, 수채로 가서 큰 배에 올라 한가운데에 帥 자 기旗를 세우며 양쪽으로 수군을 늘어세우고, 배 위에 천여 명의 궁노수를 매복시킨 후, 그 위에 자리를 정하고 앉았다.

이때가 건안 12년(208) 겨울 11월 15일이었다. 바람은 자고 파도는 고요하였다. 조조는 큰 배 위에다 술과 음식을 차리게 하고, 악기를 준비시키며 말한다.

"내 오늘 저녁에, 모든 장수들과 한자리에서 모이고자 하노라."

마침내 해는 저물어 동쪽 산 위로 달이 솟으니, 그 밝은 빛이 대낮과 같아서 장강 일대는 흰 비단을 빗겨놓은 듯했다.

조조가 큰 배의 윗자리에 좌정하니, 좌우에서 모시는 수백 명은 다 비단옷, 수놓은 도포를 입었는데, 혹은 창을 메고 칼을 짚고 서 있다. 모든 문관과 무관은 각기 차례를 따라 앉는다.

조조가 병풍 그림 같은 산을 바라보는데, 동쪽으로는 시상柴桑 땅 경계가 바라보이고, 서쪽으로는 하구夏口 땅 강이 바라보인다. 남쪽으로는 번산樊山이 바라보이고, 북쪽으로는 오림烏林 땅 일부가 바라보이면서도 사방이 툭 터지고 시원한지라.

조조는 기쁨을 감추지 못하고, 모든 관리들에게 말한다.

"내가 의병을 일으킨 이래로 국가를 위해 음흉한 자들을 없애어 세상을 말끔히 청소하기로 맹세하고 천하를 싹 무찔러 평정했으나, 아직 얻지 못한 곳은 강남이로다. 이제 나는 씩씩한 백만 군사를 거느리고, 또한 모든 분의 능력에 힘입고 있으니, 어찌 성공하지 못할까 근심하리요. 저 강남을 거두어들이면 천하가 다 무사하리니, 내 여러분과 함께 부귀를 누리고 길이 태평을 즐기리라."

문무 관원은 일제히 기립하여 조조에게 감사한다.

"바라건대 어서 개가凱歌를 부르며 돌아가서, 승상의 무궁한 복력福力의 그늘 아래 의지하여 우리의 일생을 마치겠습니다."

조조는 크게 기뻐하며 좌우에 명하여 술을 돌리게 하고, 밤늦도록 마신다. 조조는 술이 취하자 아득한 남쪽 언덕을 손가락질한다.

"주유야, 노숙아! 하늘의 뜻을 모르는구나. 이제 너의 부하들이 다 내게로 귀순하여 너를 없애고자 저주하니, 이는 하늘이 나를 도움이로다."

순유가 곁에서 말한다.

"승상은 말을 조심하십시오. 혹 일이 사전에 누설될까 두렵습니다."

조조는 크게 껄껄 웃으며,

"이 자리에 있는 모든 사람은 다 나의 심복이라. 무슨 말을 한들 어떠리요."

하고 이번엔 하구 땅 쪽을 손가락질하며,

"유비야, 제갈양아, 너희들은 개미만한 힘으로 태산을 흔들려 하니, 어찌 그리도 어리석으냐!"

하고 모든 장수를 돌아보며,

"내 나이 올해 54세라. 강남 땅을 얻으면 나만이 아는 기쁨이 있을지라. 그건 뭔고 하니 옛날에 강남의 교공喬公과 나는 자별한 사이였다. 교공에게 두 딸이 있었는데 다 천하절색이라. 그러나 뒤에, 하나는 손책의 아내가 되고, 또 하나는 주유의 아내가 될 줄이야 뉘 알았으리요. 내 전번에 장수仰水 가에다 새로이 동작대銅雀臺를 세웠으니, 이번에 강남을 얻기만 하면 그 교공의 시집간 두 딸을 데려다가 동작대 위에 두고, 만년을 즐기리라. 나는 그것으로써 만족한다."

말을 마치자, 크게 웃었다.

당唐나라 때 시인 두목지杜牧之가 지은 시가 있다.

백사장 속에서 부러진 창이 나왔는데, 쇠는 삭질 않았다.
그걸 잘 갈아서 씻어본즉 지난 왕조의 물건이 분명했다.
당시에 동쪽 바람이 주유를 위해 불지 않았더라면
봄날 동작대에는 교공의 두 딸이 사로잡혀 있었을 것이다.

折戟苞沙鐵未消
自將磨洗認前朝

장강에서 창을 들고 노래를 지어 부르는 조조(오른쪽)

東風不與周郎便

銅雀春深鎖二喬

조조가 말하고 웃는데, 홀연 까치가 울면서 남쪽으로 날아간다.

조조가 묻는다.

"저 까치는 왜 밤에 우느냐?"

좌우 사람이 대답한다.

"까치는 밝은 달빛을 보자, 날이 샌 줄로 착각하고 나무를 떠나서 우는 것입니다."

조조는 그 말을 듣자 또 크게 웃었다. 이때 조조는 이미 취해 삭矟(창의 일종)을 짚고 뱃머리에 나서서, 술을 뿌려 강물을 위로한다. 조조는

40

다시 잔 가득히 술을 따르게 하여 석 잔을 마신 뒤에 삭을 비껴 들고, 모든 장수들에게 말한다.

"내 이 삭으로 황건적을 격파하고, 여포를 사로잡았으며, 원술을 멸망시켰고, 원소를 정복했다. 깊이 북쪽 변경에 들어가, 바로 요동遼東에까지 이르러 천하를 종횡으로 주름잡았으니, 이만하면 대장부의 뜻을 이룬 셈이다. 이제 남쪽 경치를 대하니 자못 감개가 무량하구나. 내가 노래를 지어 부를 테니, 너희들도 따라서 화답하라."

조조가 노래를 부른다.

　　술을 대하여 노래하노니
　　사람 한평생이 몇 해나 되느뇨.
　　비유하자면 아침 이슬 같거니
　　지나간 날은 괴롭기만 했도다.
　　슬프구나 슬프구나
　　자나깨나 근심이로다.
　　무엇으로 이 시름을 풀까
　　다만 술이 있을 따름이라.
　　젊고 젊은 그대 옷깃이여
　　유유한 내 마음이로다.
　　다만 그대를 생각하면서
　　지금도 나직이 읊조리노라.
　　부드러운 사슴의 울음이여
　　들에서 부평초를 먹는도다.
　　나에게 아름다운 손님이 있어
　　비파를 탄주하며 생황을 부는도다.

밝고 밝아서 저 달 같거니

어느 때나 그치려는가.

가슴속에 일어나는 근심을

아무도 끊을 수가 없도다.

언덕을 넘고 밭도랑 길을 건너

생각만 서로 오락가락.

오랜만에 잔치하고 말하다 보니

마음에 옛정이 새롭도다.

달은 밝고 별이 드무니

까막까치가 남쪽으로 나는도다.

나무를 세 번 감돌았으나

앉을 만한 가지가 없도다.

산은 높을수록 좋고

물은 깊을수록 좋도다.

옛 주공은 밥을 먹다가 말고 세 번이나 인재를 영접했으니

마침내 천하가 그의 것이 됐도다.

對酒當歌

人生幾何

譬若朝露

去日苦多

慨當以慷

憂思難忘

何以解憂

惟有杜康

青青子衿

悠悠我心

但爲君故

苍吟至今

琵琵鹿鳴

食野之萍

我有嘉賓

鼓瑟吹笙

皎皎如月

何時可輟

憂從中來

不可斷絶

越陌度阡

枉用相存

契闊談讌

心念舊恩

月明星稀

烏鵲南飛

遶樹三匝

無枝可依

山不厭高

水不厭深

周公吐哺

天下歸心

조조가 노래를 마치고 모든 사람의 화답도 끝나자, 다 함께 웃으며 떠든다.

홀연 한 사람이 나서서 조조에게 간한다.

"크게 싸워야 할 때며 모든 장수와 군사들이 목숨을 아끼지 말아야 할 때인데, 승상은 어째서 그런 불길한 말을 하십니까?"

조조가 보니, 그는 양주 자사로서 패국沛國 상현相縣 땅 출신인 유복劉馥이었다.

유복은 합비合肥 땅에서 몸을 일으킨 이래, 처음으로 양주 고을을 다스려, 달아난 백성들을 모아 학교를 세우고 논밭을 개간하고, 교화에 힘쓰면서, 오랫동안 조조를 섬겨 이루어놓은 공적이 적지 않았다.

"그래, 내 말이 어째서 불길하다는 거냐?"

조조가 삭을 비껴 짚고 묻자, 유복이 대답한다.

"'달은 밝고 별이 드물다'는 구절과 '나무를 세 번 감돌았으나 앉을 만한 가지가 없다'는 구절은 불길한 말입니다."

조조는 벌컥 화를 내며,

"네 어찌 감히 흥을 깨느냐!"

소리를 지르고, 손에 잡은 삭으로 유복을 찔러 죽였다. 모두가 뜻밖의 광경에 놀라 잔치는 흐지부지 끝나고 말았다.

이튿날, 조조는 술이 깨자 유복을 죽인 것을 매우 후회했다.

유복의 아들 유희劉熙가 들어와서 고한다.

"청컨대 부친의 시체를 주시면, 돌아가서 장사를 지내겠습니다."

조조는 울면서,

"내 어젯밤에 취하여 너의 아비를 죽였으니 후회막급이로다. 삼공에 대한 예로써 성대히 장사를 지내라."

하고, 그날로 군사를 주어 영구를 떠나 보냈다.

이튿날, 수군도독인 모개毛蚧와 우금이 장하에 와서 청한다.

"크고 작은 배를 다 쇠사슬로 튼튼히 묶어서 연결하고, 정기旌旗와 모든 기구를 낱낱이 준비했으니, 청컨대 승상은 둘러보신 뒤에 진격할 날짜를 일러주소서."

조조는 수군 중앙의 제일 큰 배 위에 가서 좌정하고 모든 장수를 불러모아, 수륙 이군二軍에게 양쪽마다 오색기를 나누어줬다.

수군으로 말하면, 중앙은 노란 기니 모개와 우금이 통솔하고, 맨 앞 부대는 붉은 기니 장합張慶이 거느리고, 뒷부대는 검은 기니 여건呂虔이 거느렸다.

좌군은 푸른 기니 문빙文聘이 거느리고, 우군은 흰 기니 여통呂通이 거느렸다.

육군으로 말하면 맨 앞 부대는 붉은 기니 서황이 거느리고, 뒷부대는 검은 기니 이전이 거느리고, 좌군은 푸른 기니 악진이 거느리고, 우군은 흰 기니 하후연이 거느렸다.

수륙로 도접응사水陸路都接應使는 하후돈과 조홍曹洪이요, 호위왕래 감전사護衛往來監戰使는 허저와 장요며, 그 외 장수들은 각 부대에 배치됐다.

이윽고 수군 영채에서 큰 북소리가 세 번 울려 퍼지자, 각 부대의 전함은 정연히 일렬 횡대로 나온다. 이날은 서북풍이 불어서 각 전함은 돛을 높이 올려 달고, 성난 파도를 걸어차니, 든든하기가 넓은 땅이나 다름없었다.

조조의 수군은 배 위에서 날뛰며 각기 신이 나서 창으로 찌르고 칼로 베는 시늉을 하고, 전후좌우 각 부대의 깃발은 질서 정연하였다. 또 조그만 배 50여 척은 사이사이로 돌아다니며 순찰하고 독촉한다.

조조는 장대將臺 위에 서서, 조련하는 군사들을 보고 크게 기뻐한다. 그는 이번 싸움에 이길 것을 확신하고, 모든 함대에게 일제히 돛을 내리고 일단 차례로 수채에 돌아갈 것을 명령했다.

조調 曹操三江調水軍
度水軍吳岫雨收金甲冷

區分戰艦楚江風動錦帆高

수군을 통솔하는 조조(오른쪽 끝)

그런 뒤에, 조조는 장막으로 들어가 모든 모사들에게 말한다.

"하늘이 나를 돕지 않는다면 어찌 봉추가 와서 묘한 계책을 일러줬으리요. 배들을 쇠사슬로 묶어놓고 보니, 강을 건너기가 과연 평지나 다름없도다."

정욱이 말한다.

"배를 다 비끄러맸으니, 평지 같아 든든하긴 하지만, 만일 적이 불로 공격해오면 우리는 피할 도리가 없으니, 그 점도 생각하셔야 합니다."

조조는 크게 껄껄 웃는다.

"정욱은 앞일을 염려할 줄은 알지만, 정확히 볼 줄은 모르는도다."

순유가 말한다.

"정욱의 말이 옳은데, 승상은 어째서 웃으십니까?"

조조가 설명한다.

"대저 불로 공격을 하려면, 반드시 바람이 불어야 한다. 이 한겨울에 서풍·북풍은 불지만, 어찌 동남풍이 불겠는가. 우리는 지금 서북쪽에 있고, 적군은 다 남쪽에 있다. 그들이 불로 우리를 공격하면, 그것은 그들 자신을 불질러 태우는 결과가 된다. 지금이 10월이라면 나는 이 점을 미리 알고, 벌써 다른 조처를 취했을 것이다."

모든 장수들이 절하며 칭송한다.

"승상의 높으신 식견을, 어찌 모든 사람이 알 수 있으리까."

조조는 장수들을 둘러보며 말한다.

"청주靑州, 서주徐州, 연주徠州, 대주代州 출신 군사들은 배를 타본 경험이 없다. 그러니 이런 계책을 쓰지 않고서는, 어찌 크고 험한 강을 건널 수 있으리요."

반열 가운데서 두 장수가 썩 나선다.

"저희들은 유주幽州, 연주 등 북쪽의 군사입니다만 능히 배를 탈 줄 아니, 바라건대 순선巡船 20척만 주십시오. 그러면 바로 강남 항구에 가서 적군의 기와 북을 빼앗아 돌아와서, 우리 북쪽 군사도 능히 배를 탈 줄 안다는 사실을 과시하겠습니다."

조조가 보니, 옛 원소의 수하 장수였던 초촉焦觸과 장남張南이었다.

조조가 대답한다.

"전함은 다 비끄러매었고, 남은 것은 조그만 배들뿐이니, 20명씩 탈 수는 있으나 그 조그만 배로 적군과 싸우기는 어려울 것이다."

초촉은 다시 청한다.

"큰 배를 타고 간다면 대단할 것이 없지 않습니까. 그러니 조그만 배 20여 척만 주십시오. 나는 장남과 함께 반씩 거느리고 오늘 중으로 바로 강남에 가서, 적의 수채에 들어가 기를 빼앗고 적의 장수를 참한 뒤에 돌아오겠습니다."

"그럼 내 너에게 작은 배 20척과 씩씩한 군사 5백 명을 줄 테니, 각기 긴 창과 튼튼한 활을 준비하고, 날이 밝거든 가도록 하라. 그러면 대채의 큰 배를 내어, 멀리서 너희들을 후원하겠으며, 또 문빙에게 순선 30척을 주어 너희들이 돌아올 때 영접하도록 하겠다."

조조의 말에 초촉과 장남은 기뻐하며 물러갔다.

이튿날, 4경에 그들은 밥을 지어 먹고 5경 때 준비를 마쳤다. 이미 수채에서 북소리와 징소리가 울리고 배들이 나와 강 위에 늘어서니, 장강 일대에 푸른 기와 붉은 기가 선명하였다.

이에 초촉과 장남은 초선哨船 20척을 거느리고 수채를 나와서, 강남을 바라보고 떠났다.

한편, 강남에서는 그 전날 북쪽에서 진동하는 북소리를 들었던 터라, 훈련하는 조조의 수군을 멀리 바라보고, 곧 주유에게 보고했다.

주유가 산 위에 올라가서 바라보니, 조조는 이미 군사를 거둔 뒤였다.

이튿날 또 북소리가 천지를 진동하듯 들려오기에, 강남 군사는 급히 산 위에 올라가서 바라보았다. 북쪽에서 조그만 배들이 파도를 헤치며 달려온다. 군사는 즉시 중군에 가서 이 사실을 보고했다.

주유가 묻는다.

"누가 나가서 오는 적을 맞아 싸우겠느냐?"

한당韓當과 주태周泰 두 장수가 일제히 대답한다.

"내가 선봉이 되어 적을 격파하리다."

주유가 쾌히 승낙하고 '각기 수비에 만전을 기하고 경거망동하지 말라'는 영을 모든 영채에 내렸다.

한당과 주태는 초선 다섯 척을 거느리고 좌우로 나뉘어 일제히 출발했다.

한편, 조조의 장수 초촉과 장남은 한낱 용기만 믿고 급히 배들을 젓게 하여 나는 듯이 달려오는데, 주유의 장수 한당은 홀로 엄심갑掩心甲(오늘날의 방탄복)만 입고 손에 긴 창을 잡고 뱃머리에 선 채로 맨 앞에 나아간다.

쌍방에서 앞장선 배와 배가 서로 가까워지자, 초촉이 먼저 군사들에게 명하여, 한당이 탄 배로 화살을 어지러이 쏘아댄다. 한당은 몸을 방패로 가리고 화살을 막아내는데, 적군의 배가 들이닥치면서, 초촉이 긴 창을 잡고 뛰어 건너온다. 그러나 서로 싸운 지 겨우 1합에 한당의 창이 번쩍하면서, 초촉을 찔러 거꾸러뜨렸다.

장남이 탄 배가 이를 보고 곧 뒤따라 달려드는데, 이번에는 주태가 탄 배가 옆에서 달려들어 앞을 가로막는다. 장남도 역시 뱃머리에 서서 어지러이 활을 쏘는데, 주태가 한 손으로 방패를 잡고 날아오는 화살을 막으며, 다른 손으로 칼을 잡고 기다리다가, 두 배의 사이가 한 7, 8척 가량 접근했을 때였다. 주태는 몸을 날려 적군의 배로 뛰어올라가서, 한칼에 장남을 베어 강물 속으로 차 던지고, 배 젓는 적군을 닥치는 대로 베어 죽였다.

그 나머지 배들은 두 장수가 죽는 것을 보자, 황급히 뱃머리를 돌려 나는 듯이 북쪽으로 달아난다.

한당과 주태가 거느린 배들을 독촉하여, 달아나는 적함을 반쯤 추격해갔을 때였다. 마침 구원차 나온 조조의 장수 문빙이 탄 배를 만나 서로 접전이 벌어졌다.

한편 주유는 모든 장수를 거느리고 산 위에 올라, 아득한 강북江北에 까맣게 모여 있는 조조의 전함과 선명한 기치를 바라보다가, 문득 시선을 옮겨보니, 강 복판에선 어느새 한당과 주태의 힘찬 공격을 문빙이 감당하지 못하고 달아나는 중이었다.

한당과 주태가 문빙의 배를 뒤쫓아간다. 주유는 두 장수가 너무 적군 깊숙이 들어갈까 염려되어, 흰 기를 휘두르고 징을 쳐서 신호를 보내게 했다. 이에 한당과 주태는 추격하는 걸 중지하고 배를 돌려 돌아왔다.

주유는 조조의 배들이 다 그들의 수채 안으로 들어가는 것을 바라본 연후에야 모든 장수들을 돌아보며 묻는다.

"강 북쪽에 적의 전함이 갈대처럼 빽빽히 집결해 있고, 더구나 조조 는 꾀가 많으니, 우리는 어떤 계책을 써야 그들을 격파할 수 있을까?"

모든 장수가 대답하기도 전에, 아득한 조조의 수채에서 중앙의 황기 黃旗가 바람에 펄펄 나부끼다가, 갑자기 부러지더니 강물 위로 춤추며 떨어지는 것이 바라보인다.

주유가 크게 웃으며,

"저건 좋지 못한 징조로다."

하고 자세히 바라보는데, 갑자기 광풍이 크게 일어나며 파도가 허옇게 언덕을 치면서 몰려오더니, 그 억센 바람이 기폭을 휘말아 주유의 눈을 때리고 지나간다.

순간 주유는 갑자기 떠오르는 생각에 충격을 받고, 크게 외마디소리 를 지르며 뒤로 벌렁 나자빠지더니, 입에서 시뻘건 피를 토한다. 모든 장수들이 황급히 부축해 일으켰으나, 주유는 의식을 잃었으니,

크게 웃다가 갑자기 외마디소리를 지르니
강남 군사는 북쪽 군사를 격파하기 어렵겠구나.
一時忽笑又忽叫
難使南軍破北軍

주유의 생명은 어찌 될 것인가.

제49회

제갈양은 칠성단에서 바람을 빌고
주유는 삼강구에서 불을 지르다

주유는 산 위에 서서 조조의 수채를 바라보다가, 갑자기 뒤로 나자빠지더니, 피를 토하고 의식을 잃는다. 좌우 장수들이 주유를 업고 장막으로 돌아가니, 모든 장수들이 와서 보고 아연 실색하여 말한다.

"강북江北의 백만 대군이 범처럼 쭈그리고 고래처럼 우리를 노리는데, 도독이 이렇게 될 줄은 몰랐다. 만일 조조의 군사가 한꺼번에 밀어닥치면 어찌할까."

그들은 황망히 오후吳侯(손권)에게로 사람을 보내어 이 사실을 보고하는 한편, 의원을 불러 주유를 치료한다.

노숙은 주유가 병이 나서 누워 있는 것을 보자 괴롭고 답답해서 공명을 찾아갔다.

"도독이 갑자기 병이 났으니 큰일이오."

공명이 되묻는다.

"귀공의 생각엔 어찌하면 좋겠소?"

"이건 조조의 복이며, 우리 강동江東의 불행이오."

공명이 웃으며 말한다.

"주유의 병은 이 제갈양이 능히 고칠 수 있소."

"진실로 그럴 수 있다면, 이는 국가의 천행이오."

노숙은 주유의 병을 봐달라 간청하고, 공명을 장막으로 데려갔다. 노숙이 먼저 장막으로 들어가보니, 주유는 머리를 싸매고 누워 있다.

노숙이 묻는다.

"병세가 좀 어떠하시오?"

주유가 대답한다.

"배가 쑤시듯 아프고 가끔 정신이 흐릿하오."

"그래 무슨 약이라도 자셨소?"

"구역질이 나서 약이 넘어가질 않는구려."

"조금 전에 공명에게 갔는데, 도독의 병을 고칠 수 있다 하기에, 지금 장막 밖에 데리고 왔소. 들어오라고 하여 치료를 받는 것이 어떻겠소?"

주유는 공명을 안내하도록 하고, 좌우의 부축을 받아 침상에 일어나 앉았다. 공명이 들어와서 말한다.

"수일 동안 도독의 얼굴을 뵙지 못했으나, 어찌 귀한 몸이 편찮을 줄이야 알았으리요."

"사람은 아침저녁 사이에 불행한 일도 생기고 좋은 일도 있거니, 어찌 자신을 지킬 수 있겠소."

공명이 웃고 말한다.

"바람과 구름이 일어나는 것도 미리 짐작할 수 없거늘, 사람 일인들 어찌 알겠소."

주유는 그 말에 얼굴빛이 변하더니, 신음하는 시늉을 한다.

공명이 묻는다.

"아마 도독은 마음속에 무슨 울적한 생각이라도 있으신가 보오."

"그러하오."

"열을 내리는 약을 써야 할 것이오."

"열 내리는 약을 썼지만, 효험이 없소이다."

"먼저 그 기운을 다스리고, 그 기운이 순조로워지면 호흡하는 사이에 병은 자연 낫게 마련이오."

주유는 공명이 이미 자기 속을 빤히 들여다보고 있는 것 같아서 수작을 건다.

"기운을 순조롭게 하려면, 무슨 약을 써야 할까요?"

공명이 웃고 대답한다.

"내게 한 방문方文(처방)이 있으니, 도독의 기운을 순조롭게 해드리리다."

"바라건대 선생은 나에게 가르쳐주시오."

공명이 붓과 종이를 갖다 달라고 하더니, 좌우 사람을 밖으로 내보낸 다음에 비밀히 열여섯 자를 쓴다.

조조를 격파하려면, 불로써 공격하는 수밖에 없는데
모든 준비는 됐으나, 다만 동쪽 바람이 없구려.
欲破曹公　宜用火攻
萬事俱備　只缺東風

공명이 쓰기를 마치자, 종이를 주유에게 주며 말한다.

"이것이 바로 도독의 병의 근원이오."

주유는 종이를 받아보고 크게 놀라 마음속으로,

'공명은 참으로 신인이로다. 벌써 내 속마음을 알고 있으니, 이젠 실정을 고하는 수밖에 없다.'

생각하고, 웃으며 말한다.

"선생이 이미 내 병의 근원을 알았으니, 앞으로 무슨 약을 써서 고치려? 일이 위급하니, 바라건대 어서 가르쳐주시오."

"이 제갈양이 비록 재주는 없으나, 일찍이 이인異人(비범한 사람)을 만나 『기문둔갑천서奇門遁甲天書』를 전해 받은 일이 있어서, 가히 비와 바람을 부를 수 있으니, 만일 동남풍이 필요하다면 남병산南屛山에 대 하나를 세워, 그 이름을 칠성단七星壇이라 하고, 높이 9척의 3층을 쌓고, 120명으로 기旗와 번旛을 잡혀 둘러세우시오. 그러면 내가 단에 올라가서 기도하여 3일 동안 밤낮없이 크게 동남풍을 빌어 도독을 돕겠으니, 뜻에 어떠하오?"

"3일 동안은 고사하고 하룻밤만 큰바람이 불어줘도, 큰일을 너끈히 해치우겠소. 다만 일이 매우 급하니, 시일을 늦출 수 없소이다."

공명이 말한다.

"그럼 11월 20일 갑자甲子날에 바람을 빌어, 22일 병인丙寅날에 바람이 멎도록 하면 어떻겠소?"

주유는 이 말을 듣자 크게 기뻐하며, 벌떡 일어나더니 명령을 내린다.

"씩씩한 군사 5백 명을 뽑아 남병산으로 보내어 단을 쌓게 하여라. 다시 120명을 뽑아 기를 잡혀 단을 지키게 하고, 영을 기다리도록 하여라."

이에 공명은 하직 후 장막을 나오자, 노숙과 함께 말을 달려 남병산으로 가서 지세를 살피고, 군사들을 시켜 동남쪽 붉은 흙을 떠다가 단을 쌓게 했다. 단은 주위가 24장이요, 각 층의 높이를 3척으로 하니, 총 9척이었다.

맨 아랫층에는 28수宿의 기를 꽂아 세웠으니, 동쪽 일곱 개의 푸른 기는 각角·항亢·저氐·방房·심心·미尾·기箕(28수 명칭의 일부이며, 이하도 별 이름이다)의 별을 상징하고 청룡의 형태로 늘어세운다. 북쪽 일곱 개의 검은 기는 두斗 · 우牛 · 여女 · 허虛 · 위危 · 실室 · 벽壁의 별을 상징하고 현무玄武의 형태로 늘어세운다. 서쪽 일곱 개의 흰 기는 규奎 · 누婁 · 위胃 · 묘昴 · 필畢 · 자觜 · 참參의 별을 상징하고 백호白虎의 위력을 나타낸다. 남쪽 일곱 개의 붉은 기는 정井 · 귀鬼 · 유柳 · 성星 · 장張 · 익翼 · 진軫의 별을 상징하고 주작朱雀의 모양을 이루었다.

그리고 2층에는 64괘卦를 상징하는 누른 기 64개를 여덟 방향으로 나누어 세웠다. 또 맨 윗층에는 군사 네 사람을 세웠는데, 모두 속발관束髮冠을 쓰고 검은 비단 도포를 입고, 봉의鳳衣의 넓은 띠를 두르고, 붉은 신을 신고, 모가 난 바지를 입었다.

왼쪽 앞에 서 있는 군사는 손에 긴 장대를 들었는데, 그 장대 위에는 닭 털을 묶어 매달았으니, 이는 바람을 부르는 표시였다. 오른쪽 앞에 서 있는 군사도 손에 긴 장대를 들었는데, 그 장대 위에는 칠성七星을 나타내는 긴 베를 드리웠으니, 이는 바람이 부는 방향을 표시하는 것이었다.

왼쪽 뒤에 서 있는 한 군사는 보검을 받쳐들었으며, 오른쪽 뒤에 서 있는 한 군사는 향로를 받쳐들고 있다.

그리고 단壇의 맨 밑에는 군사 24명이 각기 정기旌旗 · 보개寶蓋 · 대극大戟 · 장모長矛 · 황모黃旄 · 백월白鉞 · 주번朱旛 · 조독皁纛을 들고 사방으로 호위한다.

공명은 11월 20일 갑자날, 목욕 재계하고 도의道衣를 입고 머리를 풀고 맨발로 칠성단 앞에 이르러, 노숙에게 말한다.

"그대는 영채로 가서 주유를 도와 군사를 정돈하오. 만일 내가 기도하여 효과가 없을지라도, 의심하지는 마시오."

이에 노숙은 영채로 돌아갔다. 공명은 단을 지키는 모든 장사將士들에게 분부한다.

"결코 맡은바 위치를 떠나지 말며, 서로 돌아보고 속삭이지 말라. 더

칠성단에서 바람을 비는 제갈양

구나 허튼수작을 하지 말며, 놀라거나 의심하지 말라. 만일 명령을 어기는 자가 있으면 참하리라."

모든 장사들이 영을 받자, 공명은 천천히 칠성단 위로 올라가서 모든 정해진 위치를 둘러본 후에, 향로에 향을 사르고 그릇에 물을 따른 후 하늘을 우러러 가만히 축원하였다. 그리고 단에서 내려와 장막으로 들어가 잠시 쉬는 동안에, 장사들을 교대시키고 식사를 하게 했다.

이날 공명은 하루 동안에 세 번 단 위에 올라가고, 세 번 내려왔으나, 동남풍은 일어나지 않았다.

한편 주유는 정보, 노숙 등 일반 군관을 불러,

"각기 장막에서 대기하고 있다가, 동남풍이 일어나거든 즉시 군사를 거느리고 출발하라."

명령을 내리고, 동시에 손권에게로 사람을 보내어 뒤를 대어줄 것을 청했다.

이에 황개는 화선火船 20척을 준비하여 뱃머리마다 보이지 않게 안으로 큰 못을 무수히 쳤다. 배 안에는 갈대와 풀과 잘 마른 장작을 가득히 싣고, 그 위에 물고기 기름을 뿌리고, 다시 그 위에다 유황과 염초 등 불 잘 붙는 인화물을 잔뜩 편 후, 푸른 기름을 먹인 유포油布로 덮어서 가렸다. 뱃머리 위에는 청룡기를 꽂고, 배 꼬리에는 속력이 대단히 빠른 조그만 배를 비끄러매었다. 그런 뒤에 그들은 장하에서 주유의 명령이 내리기만 기다리고 있었다.

감영과 감택은 배 안에서 채중과 채화의 비위를 맞추며, 날마다 진탕 술을 먹이고, 군사를 한 명도 언덕으로 올려 보내지 않으니, 육지는 모두가 동오의 군사뿐이어서 물샐틈없이 비밀리에 전투 준비가 착착 진행되어, 장상帳上에서 명령이 내리기만 기다리고 있다.

주유는 장막 안에 앉아 모든 장수들과 의논을 하는 중인데, 망을 보러 갔던 군사가 돌아와서 보고한다.

"우리 주공(손권)께서 거느리신 배들이 여기서 85리 떨어진 곳에 와서 정박하고, 다만 도독으로부터 좋은 소식이 있기를 기다린다고 하셨습니다."

주유는 노숙을 각 부대의 관병官兵, 장사들에게로 보내어 두루 알린다.

"각기 배, 무기, 돛, 노 등속을 수습하되, 일단 명령이 내리거든 시각을 어기지 말라. 만일 어기거나 잘못을 저지르는 자가 있으면, 즉시 군법으로 다스리리라."

모든 군사와 장수들은 분부를 받자 각기 손바닥을 쓰다듬으며 주먹을 불끈 쥐더니, 적을 무찌를 준비를 한다.

이날은 어느새 해가 저물고 밤으로 접어들었다. 하늘은 맑아서 바람

한 점 일어나지 않는다.

주유가 노숙에게 말한다.

"공명의 말이 맞지 않도다. 한겨울에 어찌 동남풍을 얻겠소."

노숙이 대답한다.

"내 생각으로는 공명의 말이 틀림없을 것 같소."

밤 3경이 가까울 무렵이었다. 갑자기 바람 소리가 난다.

군사가 들어와서 고한다.

"기와 번이 흔들리기 시작합니다."

주유는 장막 밖으로 나갔다.

보라! 깃발이 일제히 서북쪽을 향하여 나부낀다. 삽시간에 동남풍이 크게 일어나, 휩쓸듯이 불어제친다. 주유가 깜짝 놀라며,

"이 사람이 이렇듯 천지 조화의 이치를 알고 귀신도 측량할 수 없는 술법을 지녔으니, 그대로 뒀다가는 언젠가 우리 동오의 불행을 초래하고야 말 것이다. 빨리 제갈양을 죽여 다음날의 근심이 없게 하리라."

하고, 급히 장전帳前의 호군교위護軍校尉인 정봉丁奉과 서성徐盛 두 장수를 불러 명령한다.

"각기 군사 백 명씩을 거느리고, 서성은 강으로, 정봉은 육지로 가서 남병산 칠성단 앞에 이르거든, 불문곡직하고 제갈양을 잡아내어 그 자리에서 참하여라. 어서 그 목을 베어가지고 와서 공을 아뢰라."

이에 서성은 배를 타고 도부수 백 명에게 급히 노를 젓게 하고, 정봉은 말을 타고 궁노수 백 명과 함께 남병산으로 달려간다. 그들 앞으로 동남풍이 세차게 불어온다.

후세 사람이 이 일을 읊은 시가 있다.

와룡선생이 칠성단 위로 오르니

58

하룻밤에 동남풍이 일어 강물을 뒤덮는도다.

공명이 이러한 묘한 계책을 펴지 않았던들

주유가 제 어찌 재주를 쓰기나 하였으리요.

七星壇上臥龍登

一夜東風江水騰

不是孔明施妙計

周郎安得逞才能

말 탄 정봉이 먼저 남병산에 이르러, 단 위를 보니 기를 잡은 장사들이 바람을 맞으며 서 있다. 정봉은 말에서 뛰어내려 칼을 뽑아 들고, 단숨에 단 위로 올라갔으나 공명은 보이지 않는다.

정봉이 단을 지키는 장사들에게 황망히 묻는다.

"공명은 어디에 있느냐?"

"조금 전에 단을 내려가셨습니다."

급히 또 아래로 내려가서 공명을 찾는데, 서성이 탄 배가 언덕에 들이닥친다. 이때 군사 하나가 와서 고한다.

"어젯밤에 쾌속선 한 척이 저기 여울에 와서 정박해 있었는데, 조금 전에 공명 선생이 머리를 푼 채로 가서 올라타자마자 그 배가 떠나갔습니다."

정봉과 서성은 다시 수륙으로 나뉘어 배를 찾아 쫓아간다. 서성은 돛을 가득히 올리게 하고 바람을 이용해서 빠른 속도로 달려가다 보니, 저 앞에 배 한 척이 가고 있다. 서성이 뱃머리에 나서서 큰소리로 외친다.

"선생은 잠깐 멈추시라. 우리 도독께서 전하라는 말씀이 있소이다."

공명이 배 꼬리로 나오더니 크게 웃으며 대답한다.

"그대는 돌아가서 도독에게 잘 싸우라는 나의 말이나 전하여라. 제갈양은 일단 하구夏口 땅에 돌아갔다가 다음날에 다시 도독과 만나겠노라."

서성이 연달아 소리를 지른다.

"선생은 잠깐만 배를 멈추시라. 긴급히 드려야 할 말씀이 있소이다."

"나는 도독이 나를 용납하지 않고 나를 죽이려 사람을 보낼 것을 알았기 때문에, 미리 조자룡趙子龍을 불러서 기다리게 한 것이다. 장군은 굳이 쫓아온다 해도 소용없노라."

서성은 공명이 탄 배에 돛이 없는 것을 보고 열심히 뒤쫓아간다. 두 배의 사이가 점점 접근했을 때였다.

갑자기 조자룡이 배 꼬리로 썩 나와서, 활을 당기며 크게 외친다.

"나는 상산常山의 조자룡이다. 우리 주공의 분부를 받고 각별하게 달려와서 군사軍師를 영접해 모시고 돌아가는데, 네 어찌 이렇듯 뒤쫓아오느냐. 화살 한 대로 너를 쏘아 죽일 것이로되, 양가兩家(유현덕과 손권)의 친선에 혹 금이 갈까 해서, 나의 솜씨만 보여주겠다."

조자룡의 말이 끝나기가 무섭게 화살이 날아와, 서성이 타고 있는 돛대 줄을 맞혀 끊어버린다. 돛이 물위에 떨어지자, 배 전체가 빙그르르 돌면서 기울어진다. 그제야 조자룡은 자기 배에 가득히 돛을 올리게 하고 순풍에 밀리어 나는 듯이 사라져간다. 서성이 아무리 쫓아가도 어쩔 도리가 없었다. 말을 달려 언덕길로 뒤쫓던 정봉이 서성을 언덕으로 불러 올리고 말한다.

"제갈양의 신기 묘산神機妙算을 사람의 힘으로는 따를 수 없소. 더구나 만부萬夫도 대적하는 조자룡이 호위하고 있으니 어찌하리요. 그대는 지난날에 조자룡이 당양當陽 장판長坂에서 종횡 무진으로 활약한 것을 듣지 않았는가. 그러니 돌아가서 사실대로 보고하는 수밖에 없네."

이에 서성과 정봉은 빈손으로 돌아가서, 주유에게 보고한다.

"공명이 미리 알고, 조자룡을 불러서 함께 배를 타고 가버렸습니다."

주유가 크게 놀란다.

"그가 이렇듯 꾀가 많으니, 나는 이제부터 밤잠을 잘 수가 없겠구나!"

노숙이 곁에서 말한다.

"우선 조조부터 격파하고, 다시 제갈양을 도모합시다."

주유는 머리를 끄덕이고, 모든 장수들을 불러들여 일일이 영을 내린다.

"감영은 채중과 거짓 항복해온 적의 졸개까지 데리고 남쪽 언덕을 따라가서 북군北軍의 기호旗號부터 공격하고, 곧 오림 일대를 빼앗아 조조가 군량미를 쌓아둔 곳으로 깊이 들어가서, 불을 질러 신호를 올려라. 그리고 채화만은 장하에 남겨두고 가거라. 내 그놈을 쓸 데가 있다."

다음에는 태사자에게 명령을 내린다.

"그대는 군사 3천 명을 거느리고 바로 황주黃州 경계로 가서, 조조를 후원하러 오는 합비 땅 군사를 막아 무찌르고, 조조의 군사에게로 쳐들어가서 불을 질러 신호하여라. 그리고 붉은 기가 보이거든, 우리 주공께서 후원하러 오신 줄로 알아라."

이리하여 제1부대와 제2부대는 가야 할 곳이 가장 멀기 때문에, 먼저 출발했다.

제3부대인 여몽呂蒙에게는,

"군사 3천 명을 거느리고 오림으로 가서 감영을 후원하고, 조조의 영채를 불질러 태워버려라."

제4부대인 능통凌統에게는,

"군사 3천 명을 거느리고 바로 이릉彝陵 경계로 가되, 오림 일대에서 불이 일어나거든, 곧 군사를 투입시켜 후원하여라."

제5부대인 동습董襲에게는,

"군사 3천 명을 거느리고 가서, 바로 한양漢陽을 취하고, 한천漢川으로

부터 조조의 진영으로 쳐들어가되, 흰 기가 보이거든 후원하여라."

제6부대인 반장潘璋에게는,

"군사 3천 명을 거느리고 흰 기를 휘두르며 한양으로 가서, 동습과 긴밀히 연락을 취하며, 적군을 무찌르라."

이리하여 6개 부대의 배들은 맡은바 목적지를 향하여 각기 나뉘어 떠나갔다.

그리고 주유는 황개를 불러 명령을 내린다.

"화선을 정돈하고, 우선 졸개를 시켜 조조에게 서신을 보내되, 오늘밤에 항복하러 갈 것이라고 하여라."

주유는 계속 영을 내린다.

"전함 네 척은 황개의 배를 바짝 뒤따르면서 도와라."

주유는 다시 한당을 제1대 통솔관, 주태를 제2대 통솔관, 장흠을 제3대 통솔관, 진무를 제4대 통솔관으로 삼고, 그들에게 전함 3백 척을 거느리고 화선 20척을 앞세워 나아가도록 명령했다.

주유는 정보와 함께 제일 큰 전함을 타고 싸움을 지휘하기로 하고, 서성과 정봉을 좌우 호위장護衛將으로 삼고, 노숙·감택 등 여러 모사만 남아서 진영을 지키게 했다. 정보는 주유가 군사를 배치하는 그 노련한 솜씨를 보자, 매우 감복하고 공경했다.

이때 손권의 차사差使가 와서, 주유에게 병부兵符를 정하며 말한다.

"주공께서는 이미 육손陸遜을 선봉으로 삼아, 기춘栢春과 황주 방면으로 떠나 보내시고, 앞으로는 친히 도독을 후원하겠다고 하셨습니다."

주유는 사람을 서산西山으로 보내어, 때가 되거든 신호의 포를 쏘도록 하고, 신호의 기를 올릴 자도 남병산으로 보냈다. 이리하여 만반의 준비를 완료한 동오의 모든 군사는 황혼을 기다려, 출발할 시각만 기다린다.

한편, 유현덕은 하구 땅에 있으면서, 오로지 공명이 돌아오기만 기다리는데, 한 대의 배가 도착했다.

그것은 공자 유기가 그간의 소식을 알아보려고 온 것이었다. 유현덕은 유기를 맞이하여 성루에 올라가서 자리를 정하고 앉아 말한다.

"동남풍이 일어나기에, 공명을 모셔오도록 조자룡을 보냈는데, 아직 돌아오지를 않으니 매우 걱정이 된다."

한 장교가 멀리 번구樊口 항구 쪽을 가리키며 고한다.

"돛을 단 배 한 척이 바람을 타고 돌아오니, 필시 군사軍師가 탔을 것입니다."

유현덕은 유기와 함께 성루에서 내려와, 영접하러 갔다. 이윽고 배가 닿자, 공명과 조자룡이 언덕으로 올라온다. 유현덕은 매우 기뻐하며, 영접하고 그간의 안부를 묻는다.

공명이 묻는다.

"그간 여러 가지 일은 틈틈이 말씀 드리기로 하고, 우선 전번에 약속했던 군사와 말, 전함은 다 준비하셨습니까?"

"이미 준비된 지 오래요. 군사가 돌아와서 지휘해주기만 기다리는 중이오."

공명은 유현덕, 유기와 함께 장막에 올라가서 자리를 정하고 앉자, 조자룡에게 분부한다.

"장군은 군사 3천 명을 거느리고 강을 건너가서 바로 오림 땅 소로로 나아가, 수목과 갈대가 빽빽히 우거진 곳을 골라 매복하라. 오늘 밤 4경 이후에 조조가 반드시 그 길로 도망쳐올 것이니, 그들 군사를 반쯤 지나가게 한 뒤에, 불을 지르고 무찌르라. 비록 그들을 몰살하지는 못할지라도, 아마 반 정도는 죽일 수 있으리라."

조자룡이 묻는다.

"오림에는 두 가닥 길이 있어, 하나는 남군南郡으로 통하는 길이며, 또 하나는 형주荊州로 가는 길인데, 어느 쪽 길로 조조가 오겠습니까?"

"남군은 형세가 급박하기 때문에, 조조가 감히 가지 못할 것인즉, 반드시 형주로 빠져 군사를 수습하고, 허도로 돌아가려 할 것이다."

조자룡은 명령을 받자 즉시 떠났다.

이번에는 공명이 장비를 불러, 영을 내린다.

"장군은 군사 3천 명을 거느리고 강을 건너가 이릉 길을 끊고, 호로곡胡蘆谷에 가서 매복하라. 조조는 감히 남이릉南彝陵으로는 달아나지 못하고 반드시 북이릉北彝陵 쪽으로 갈 것이니, 내일 비가 개면 그들이 필시 냄비를 걸고 밥을 지어 먹으려 서두를 것이다. 그러니 연기가 일어나는 것이 보이거든, 곧 산기슭에 불을 지르고 내달아 무찔러라. 비록 조조를 잡지는 못할지라도, 장군의 공이 또한 적지 않으리라."

장비가 영을 받고 즉시 떠났다.

공명은 또 미축糜竺, 미방糜芳, 유봉劉封 세 사람에게 명령한다.

"그대들은 각기 배를 타고 강을 돌아다니며 적의 패잔병을 사로잡고, 그들의 무기를 닥치는 대로 노획하라."

세 사람은 영을 받자 나갔다.

공명이 일어나서, 공자 유기에게 말한다.

"무창武昌 일대는 가장 요긴한 곳이니 공자는 곧 돌아가서 군사를 강 언덕 일대에 배치하시오. 조조가 싸움에 패하면, 반드시 그리로 도망쳐 갈 패잔병들이 있을 것이니, 닥치는 대로 사로잡으시오. 그러나 성에서 너무 멀리 나가지 않도록 주의하시오."

유기는 곧 유현덕과 공명에게 하직하고 돌아갔다.

공명이 유현덕에게 고한다.

"주공께서는 번구樊口에 군사를 주둔하고 높은 곳에 오르사, 오늘 밤에 주유가 싸움에서 크게 성공하는 걸 바라보소서."

이때 관운장이 시종 곁에 있었건만, 공명은 거들떠보지도 않았다. 관운장은 참다못해 큰소리로 묻는다.

"내가 형님을 모신 이후로 오랜 세월을 싸워왔건만, 한 번도 남에게 뒤떨어진 일이 없었소. 그런데 오늘 큰 적을 상대하는 마당에 군사가 나를 쓰지 않으니 이는 무슨 뜻이오?"

공명이 웃고 대답한다.

"관운장은 의심 말라. 내 귀공에게 가장 요긴한 곳을 맡아달라는 부탁을 하고 싶으나, 좀 뭣해서 감히 가라고 못하노라."

"좀 뭣하다니 그게 무슨 말씀이오. 바라건대 터놓고 일러주시오."

"옛날에 조조가 장군을 극진히 대우했으므로, 장군은 늘 조조에 대한 은혜를 잊지 않고 있음이라. 오늘 조조가 패하면 반드시 화용도華容道 길로 도망칠 것인데, 장군이 가면 필시 옛 은혜를 잊지 못해서 조조를 놓아줄 것이니, 그래서 감히 보내지 못하노라."

"군사께서는 너무 지나친 생각을 하십니다. 그 당시 조조가 과연 나를 극진히 대우했으나, 내가 안양과 문추를 참하고 백마白馬 땅 포위를 풀어주어 은혜를 갚았거늘, 이제 어찌 그를 놓아주겠습니까."

"만일 장군이 놓아주면 어찌할 테요?"

"군법대로 처벌을 받겠습니다."

"그러면 여기에 어떤 처벌이라도 받겠다는 다짐장을 쓰시오."

관운장은 즉시 군령장을 써주고 묻는다.

"조조가 화용도로 오지 않을 때는 어찌할 테요?"

"나도 군령장을 써서 장군에게 주리라."

관운장은 크게 기뻐한다. 공명이 분부한다.

"장군은 화용 소로小路 가의 높은 산에 마른풀 더미와 장작을 쌓아 불을 지르고, 연기를 올려 조조를 끌어들이라."

"조조가 연기 오르는 것을 바라보면, 반드시 복병이 있는 줄 미리 알 것이니, 어찌 그리로 올 리 있습니까."

공명이 웃고 대답한다.

"병법에 허허실실虛虛實實로 적을 대한다는 걸 듣지 못했는가. 조조가 비록 군사를 잘 쓰나, 그래야만 그를 속일 수 있을지라. 조조는 연기가 오르는 걸 보면 '적이 공연히 위세를 부리는 것'이라 하여 반드시 그 길로 들어설 것이니, 장군은 인정만 쓰지 않도록 명심하시오."

관운장이 명령을 받고 관평關平, 주창周倉과 함께 군사 5백 명을 거느리고, 화용도에 매복하러 떠났다.

유현덕이 공명에게 염려한다.

"내 동생은 의리를 존중하기 때문에, 과연 조조가 화용도로 도망쳐온다면, 필시 살려서 놓아 보낼까 걱정이오."

"내가 요즘 밤에 천문을 본즉, 아직 역적 조조는 죽을 때가 아닙디다. 그럴 바에야 관운장을 보내어 그 의기를 드날리게 하고, 조조를 살려주는 것 또한 아름다운 일이 아니겠습니까."

유현덕이 거듭 감탄한다.

"선생의 신인다운 계산은 세상에서 보기 드문 바요."

공명은 유현덕과 함께 주유의 싸움을 구경하러 번구로 떠나고, 손건과 간옹만이 남아서 하구성夏口城을 지켰다.

한편 조조는 대채 안에서 모든 장수들과 앞일을 상의하며, 강동의 황개에게서 소식이 오기만을 기다리고 있었다.

그날 동남풍이 점점 세게 불어온다.

정욱이 들어와 조조에게 고한다.

"오늘 동남풍이 부니, 만일을 위해서 미리 준비하십시오."

조조가 껄껄 웃는다.

"동지冬至는 양기陽氣가 움트는 시절이니, 어찌 잠시인들 동남풍이 없 겠는가. 조금도 이상히 생각할 것 없다."

이때 군사가 들어와서 고한다.

"강동에서 조그만 배 한 척이 왔는데, 황개의 밀서를 바치겠다고 합 니다."

"속히 그 사람을 이리로 데려오너라."

이윽고 강동에서 온 사람이 들어와서, 조조에게 밀서를 바친다.

주유의 감시가 삼엄해서 빠져 나갈 기회가 없던 중, 이번에 파양 호로부터 새로이 군량미를 운반해오게 됐는데, 주유가 나를 보내 며 감독 호위하라고 하였습니다. 이제 빠져 나갈 기회가 생겼으니, 강동의 유명한 장수의 목을 베어가지고 오늘 밤 3경에 승상께로 투항하겠습니다. 배 위에 청룡기가 꽂혔거든 바로 내가 데리고 가 는 군량선인 줄로 아십시오.

조조는 크게 기뻐하며, 모든 장수와 함께 수채의 큰 배로 가서, 황개 의 배가 오기를 기다렸다.

한편 강동에서는 어떠했던가.

어느덧 해가 저물고 황혼이 되자, 주유는 채화를 불러오게 하고, 대뜸 군사들에게 분부한다.

"저놈을 결박하고 끌어 눕혀라."

채화가 외친다.

"내게 무슨 죄가 있다고 이러십니까?"

주유가 조용히 꾸짖는다.

"네 놈이 여기가 어디라고 감히 거짓 항복을 해와서, 나를 속이려 드느냐. 내 이제 싸우러 나가는 마당에 기旗에 제사를 지내려 하나, 마땅한 물건이 없었다. 바라건대 네 목을 빌려 제사를 지내리라."

채화는 비밀이 이미 탄로나서 더 속일 수 없게 되자 발악한다.

"감택과 감영도 실은 너를 배신했고, 나와 한패라는 걸 아느냐!"

주유가 대답한다.

"그건 내가 그렇게 하라고 그들에게 시킨 것이다."

채화는 분했지만 이미 때가 늦었다. 주유는 군사를 시켜 채화를 끌어내 강변 조독기弔纛旗 아래로 가서, 술을 따라 소지燒紙를 올리고, 친히 칼을 뽑아 한칼에 채화를 참한 다음, 그 피를 뿌려 기에 제사지냈다. 그리고 마침내 출발 명령을 내렸다.

이에 황개는 세 번째 화선에 올라타고, 엄심갑掩心甲(방탄복)을 두르고 손에 시퍼런 칼을 잡고, '선봉 황개'라고 쓴 큰 기를 올린 뒤에 순풍을 이용하여 곧장 적벽赤壁을 향하여 떠나간다.

아득히 강물을 바라보니, 달빛은 강물에 비치어서 만 마리 황금 뱀이 물결을 희롱하는 듯하다.

조조가 바람을 쐬며 크게 웃으면서, 스스로 만족해하는 참이었다. 저편 강남 쪽에서 한 무리의 돛단배가 은은히 바람에 밀리듯 다가온다.

조조가 높이 앉아 비스듬히 기대어 바라보는데, 군사가 와서 고한다.

"저기 오는 배들은 다 청룡기를 꽂았는데, 그중에 '선봉 황개'라고 쓴 큰 기가 있습니다."

조조가 웃으며 말한다.

"황개가 항복하러 오니, 이는 하늘이 나를 도우심이로다."

배들이 점점 가까이 오는데, 정욱이 한참 바라보다가 조조에게 고한다.

"암만 봐도 오는 배들이 우리에게 속임수를 쓰는 것 같으니, 더 이상 수채 가까이 오지 못하게 하십시오."

조조가 묻는다.

"무슨 증거라도 있는가?"

"곡식을 실은 배라면, 그 무게가 무거워서 배가 꾸물거릴 텐데, 지금 가벼이 떠서 속히 오는 걸 보니 수상할 뿐만 아니라, 오늘 밤에는 동남풍이 몹시 부니, 만일 그들이 흉측한 뜻을 품었다면 어떻게 대적하겠습니까?"

조조는 그제야 갑자기 정신이 번쩍 나서 외친다.

"누가 가서 저 배들을 정지시킬 테냐?"

이때 문빙이 썩 나서며,

"강물에 익숙한 제가 가겠습니다."

하고 조그만 배로 뛰어내려 출발을 명령하니, 순선巡船 10여 척이 따라 나선다. 문빙이 뱃머리에 나서서, 앞에 다가오는 배들을 향하여 크게 외친다.

"승상의 분부시니, 거기 오는 배들은 더 이상 수채 가까이 오지 말고, 거기 정지하라."

문빙을 따라온 모든 군사들도 일제히 소리를 지른다.

"들리지 않느냐! 어서 속히 돛을 내려라."

그들의 외치는 소리가 끝나기도 전이었다. 갑자기 날아오는 화살 소리가 핑 울리더니, 어느새 문빙이 왼쪽 팔에 화살을 맞고, 배 위에 벌렁 나자빠진다. 이에 문빙이 거느리고 온 배들 안에서는 일대 혼란이 일어나더니, 각기 뱃머리를 돌려 허둥지둥 달아난다.

강남에서 온 배들이 조조의 수채에서 2리 정도 되는 거리까지 육박했을 때였다. 황개가 칼을 번쩍 들어 허공에 휘두르니, 앞서가던 배들이 일제히 불을 내지른다. 불은 억센 바람을 따르고 바람은 강한 불길을 도우니, 쏜살같이 달리는 배들을 따라, 연기가 하늘에 가득히 퍼진다.

이렇듯 화선 20척이 불을 내지르며 앞을 다투어 조조의 수채 안으로 들이닥치니, 수채 안에 있던 조조의 배들은 순식간에 모두 불이 붙는다. 조조의 배들은 모두 다 쇠고리로 서로 단단히 비끄러매여 있었기 때문에, 각기 흩어져 달아날 수도 없었다.

이때 강동 쪽에서 신호를 알리는 포 소리가 은은히 들려왔다.

화선 20척이 사방으로 에워싸고 종횡 무진으로 달리며, 타오르는 조조의 배들에 빈틈없이 불을 지른다. 삼강三江에는 불이 바람을 따라 미친 듯이 날아, 하늘과 땅, 바다가 온통 불로 변한다. 조조가 육지를 돌아보니, 여러 곳 영채에도 연기와 불길이 가득하다.

황개가 날쌘 조그만 배로 뛰어내리자, 군사들은 급히 노를 저어 연기를 무릅쓰고 불속을 뚫어, 조조를 찾으러 들어간다.

조조는 형세가 매우 급한 것을 알자, 어쩔 줄을 몰라 하는데, 이때 장요가 조그만 배를 타고 쏜살같이 달려왔다. 장요가 조조를 부축해서 조그만 배로 옮겨 태우려 하는데, 이미 큰 배들은 불이 번질 대로 번져 타오른다.

10여 명의 군사와 장요는 위기일발의 찰나에, 겨우 조조를 구출하여 호위하고 나는 듯이 언덕으로 달아난다.

황개는 붉은 비단 전포를 입은 자가 조그만 배로 옮겨 타는 걸 보자, 그것이 조조인 줄로 짐작하고, 배를 재촉하여 그 뒤를 쫓아간다. 황개가 손에 칼을 들고 크게 외친다.

"역적 조조는 달아나지 말고 거기 있거라! 황개가 여기 왔노라!"

조조는 너무나 기가 막혀서, 연달아 소리를 지르며 탄식한다. 장요는 활을 잔뜩 잡아당겨, 황개가 가까이 오기를 기다렸다가 힘껏 쐈다.

삼강구에서 불을 지르는 주유

이때 몰아치는 바람소리가 요란하니, 불빛 속에 있는 황개에게 어찌
화살 날아오는 소리가 들렸으리요.

황개는 어깨 깊이 화살을 맞고 몸을 뒤집으며 강물로 떨어지니,

　　불은 한창 타오르는데 물에 빠지니
　　곤장에 맞은 상처가 아물자 이제는 화살에 상처를 입는다.
　　火厄盛時遭水厄
　　棒瘡愈後患金瘡

황개의 목숨은 어찌 될 것인가.

제50회

제갈양은 지혜로써 화용도를 계산하고
관운장은 의리로써 조조를 놓아주다

　그날 밤에 장요張遼가 화살 한 대로 황개黃蓋를 쏘아 강물에 떨어뜨리고 조조曹操를 구출하여 언덕으로 올라가 말을 타고 도망치는 동안, 군중軍中은 일대 혼란에 빠져 있었다.

　강동江東의 장수 한당韓當이 연기를 무릅쓰고 불속을 뚫고 들어가 조조의 수채를 한참 공격하는데, 군사 한 명이 외친다.

　"배 뒤 밑에서 누가 장군을 부릅니다."

　한당이 귀를 기울여 들으니,

　"공의公義(한당의 자字)는 나를 구해다오."

하고 부르짖는 소리가 난다.

　"오오, 틀림없는 공복公覆(황개의 자)의 목소리다!"

　한당은 급히 배 뒤로 가서 강물을 굽어본다. 황개가 강물에 떠서 손을 흔든다. 한당은 군사를 시켜 급히 황개를 배 위로 끌어올렸다.

　한당은 황개의 어깨에 꽂혀 있는 화살을 입으로 뽑았다. 그러나 화살대만 나오고, 활촉은 살에 깊이 박혀서 나오지 않는다. 한당은 급히 황개의 젖은 옷을 벗기고 칼끝으로 살을 도려내어 활촉을 뽑았다. 그리고 기를 찢어 상처를 매주고, 자기 전포를 벗어 황개에게 입히고는 속히 대채로 돌아가서 치료를 받도록 다른 배에 태워 보낸다.

황개는 갑옷을 입은 채로 한겨울 추운 강에 빠졌지만 워낙 강물에 익숙했기 때문에 죽지 않고 살아났던 것이다.

강에는 온통 불똥이 치솟고 쏟아지며 함성은 천지를 진동하니, 왼편은 한당과 장흠蔣欽 두 장수가 군사를 거느리고 적벽강赤壁江 서쪽으로부터 와서 공격하고, 오른편은 주태周泰와 진무陳武 두 장수가 군사를 거느리고 적벽 동쪽으로부터 와서 공격한다. 한가운데는 주유周瑜가 정보程普와 서성徐盛, 정봉丁封과 함께 함대를 거느리고 일제히 모여든다.

불은 군사를 따라 맹렬히 타오르고, 군사는 불의 힘을 입어 용기 백배하니, 이것이 후세 사람이 말하는바 삼강 수전三江水戰이요, 적벽 대전赤壁大戰이었다.

조조의 군사들은 창에 찔려 죽고 화살에 맞아 죽고 불에 타 죽고 물에 빠져 죽으니, 그 수효를 어찌 다 계산할 수 있으리요.

후세 사람이 이 일을 읊은 시가 있다.

위(중원)와 오(강동)가 크게 싸워 승부를 결정하니
적벽의 수많은 다락배가 일시에 없어졌도다.
맹렬한 불은 구름처럼 퍼져 바다를 삼켰으니
주유가 일찍이 이곳에서 조조를 격파했도다.

魏吳爭鬪決雌雄

赤壁樓船一掃空

烈火初張照雲海

周郞曾此破曹公

또 다른 시가 있으니,

산은 높고 달은 작아 강물이 아득한데
그 옛날 영웅들이 땅을 차지하기에 바빴던 일을 탄식하노라.
강남 사람들은 조조를 영접할 뜻이 전혀 없는데
동남풍은 영험하게도 주유 편을 도왔더라.
山高月小水茫茫
追嘆前朝割據忙
南士無心迎魏武
東風有意便周郎

조조의 수군이 적벽에서 전멸당한 이야기는 이 정도로 해두자. 그러면 육지에서의 전투는 어떠했던가.

한편, 감영甘寧은 채중蔡中을 앞장세우고 조조의 진영 근처로 깊숙이 들어가다가, 한칼에 채중을 베어 죽이고 마른풀에다 불을 질렀다.

이때 여몽呂蒙은 아득히 불길이 오르는 것을 보고, 즉시 10여 곳에 불을 질러 감영을 돕는다. 동시에 반장潘璋과 동습董襲도 둘로 나뉘어 불을 지르고 함성을 올린다. 이리하여 사방에서 일제히 북소리가 진동한다.

조조는 장요와 함께 기병 백여 명을 거느리고 불길 속을 달아나다가 보니, 앞이 모두 불바다다. 어쩔 줄을 모르고 당황해하는데, 마침 모개毛玠가 문빙文聘을 구출하여 기병 10여 명을 거느리고 왔다. 조조는 군사들에게 속히 달아날 길을 찾도록 분부한다.

장요가 손가락으로 길을 가리키며 고한다.

"저편 오림烏林 쪽이 비교적 넓으니 그리로 달아납시다."

조조가 오림 쪽을 바라보고 한참 달리는데, 등뒤에서 1대의 군사가 쫓아오며 크게 외친다.

"역적 조조는 게 섰거라!"

불빛 속에서 강동 장수 여몽의 깃발이 나타난다. 조조는 군사들을 앞으로 나아가게 하고, 장요로 하여금 뒤를 끊어 여몽을 막게 했다.

그런데 이번에는 앞에서 갑자기 불이 오르고, 산골짜기에서 한 떼의 군사가 쏟아져 나오며 크게 외친다.

"능통凌統이 여기 있으니 조조는 꼼짝 말라!"

앞뒤가 막힌 조조는 일시에 가슴이 찢어지는 듯했다. 홀연 한 떼의 군사가 옆에서 달려 들어오며 크게 외친다.

"승상은 안심하소서. 서황徐晃이 여기 왔습니다."

이리하여 피차 혼전하는 틈을 타서 조조는 곧장 북쪽으로 달아나다가 보니, 언덕 앞에 한 떼의 군사가 주둔하고 있다.

서황이 앞으로 썩 나서며 묻는다.

"너희들은 누구의 군사들이냐?"

군사들 속에서 두 장수가 달려 나오니, 마연馬延과 장의張顗였다. 그들은 원래 원소를 섬기던 장수로서 조조에게 항복해온 자들이었다. 군사 3천 명을 거느리고 이곳에 영채를 세우고 있었는데, 그날 밤에 하늘 가득히 불이 치솟는 것을 보고 감히 움직이지 못하고 있다가 마침 조조를 만난 것이다.

조조는 마연과 장의에게 군사 천 명을 주어 앞장서서 길을 열게 하고 나머지는 자기 신변을 호위하게 했다. 조조는 뜻밖에 상당수의 군사를 얻게 되자 겨우 마음이 놓였다.

마연과 장의 두 장수가 말을 달려 한 10리쯤 앞서갔을 때였다. 갑자기 함성이 일어나면서 한 떼의 군사가 쏟아져 나오는데, 맨 앞에 선 장수가 크게 외친다.

"나는 동오東吳의 장수 감영이다!"

마연이 맞이하여 싸우려 하다가, 어느새 쏜살같이 달려온 감영의 칼에 맞아 몸을 뒤집으며 말에서 떨어져 죽는다. 이에 장의가 창을 치켜 들고 달려들다가, 감영이 크게 꾸짖는 소리에 그만 손이 떨려 머뭇거리는 순간, 역시 칼을 맞고 두 조각이 나서 죽었다. 순식간에 두 장수를 잃은 군사들은 황급히 되돌아가, 이 사실을 조조에게 보고했다.

이때 조조는 은근히 합비合肥 땅에서 구원군이 오리라고 믿고 있었다. 그러나 뉘 알았으리요. 이미 손권孫權이 합비 땅 입구를 틀어막고 있다가, 강 쪽에서 충천하는 불빛을 보자 싸움에 이긴 것을 알고 즉시 육손陸遜을 시켜 불을 올려 신호를 보내니, 태사자太史慈가 그 신호를 보고 곧 약속한 지점에 가서 육손과 군사를 합쳐 조조가 있는 곳으로 쳐들어 온다.

조조는 소스라치게 놀라 이릉彝陵 쪽으로 달아나다가, 도중에서 장합張郃을 만났다. 조조는 장합에게 뒤쫓아오는 강동 군사를 막으라 하고 달리는 말에 채찍질하여 5경 무렵까지 달아나서야 뒤를 돌아보았다. 저 멀리 불빛이 아득하였다. 조조는 겨우 안정하고 묻는다.

"여기가 어디냐?"

좌우에서 대답한다.

"여기는 오림 땅 서쪽이며 의도宜都 땅 북쪽입니다."

조조는 빽빽히 들어찬 나무와 험준한 산과 냇물을 둘러보더니, 말 위에서 갑자기 얼굴을 뒤로 젖히며 크게 껄껄 웃는다.

모든 장수들이 의아해서 묻는다.

"승상은 어째서 웃나이까?"

조조가 겨우 웃음을 진정하면서 대답한다.

"내 딴사람 때문에 웃는 것이 아니다. 저 꾀 없는 주유와 지혜 없는 제갈양諸葛亮을 생각하고 웃는 것이다. 내가 그들과 반대 입장이라면 이곳에다 미리 군사를 매복시켜뒀을 것이니, 그 누가 벗어날 수 있으리요."

조조의 말이 미처 끝나기도 전이었다. 갑자기 양쪽에서 북소리가 진동하며 불이 하늘에서 쏟아지듯 일어난다. 순간 조조는 어찌나 놀랐던지 하마터면 말에서 굴러 떨어질 뻔했다.

한 떼의 군사가 내달아오는데, 맨 앞의 장수가 크게 외친다.

"나는 상산常山 조자룡趙子龍이다. 우리는 군사軍師(제갈양)의 명령을 받고 여기서 너를 기다린 지 오래노라."

조조는 서황과 장합을 시켜 조자룡과 싸우게 하고, 몸소 연기를 무릅쓰며 불속을 뚫고 달아난다. 조자룡은 달아나는 조조를 더 이상 뒤쫓지 않고 적군의 무기와 기치만 빼앗았다.

이래서 조조는 겨우 위기를 벗어나 도망치는데, 어느덧 먼동이 트면서 검은 구름이 가득히 모이기 시작했다. 동남풍은 아직도 부는데, 갑자기 큰비가 와서 전포와 갑옷 속까지 다 젖었다. 조조와 그의 군사들은 줄곧 비를 맞으며 간다. 모두들 시장해서 기운을 차리지 못한다. 이에 조조는 군사들에게 명령을 내려 마을에 들어가 식량을 약탈하고 불씨를 가지고 와서 속히 밥을 지으라 한다.

군사들이 밥을 지으려 하는데, 뒤에서 갑자기 한 떼의 군사가 달려온다. 조조가 크게 놀라 어쩔 줄을 모르는데, 그 군사들의 선두를 보니 이전李典과 허저許褚가 모사謀士들을 호위하고 온다. 조조는 매우 기뻐하고 다시 군사와 말들을 거느리고 가다가 앞을 가리키며 묻는다.

"저기는 어느 지방이냐?"

곁에서 고한다.

"하나는 남이릉南彝陵으로 가는 큰길이며, 또 하나는 이릉 땅 북쪽으로 빠지는 산길입니다."

"남군南郡 강릉江陵으로 가려면 어디로 가는 것이 더 가까우냐?"

군사가 아뢴다.

"남이릉을 경유하여 호로곡胡蘆谷으로 가는 것이 가장 빠릅니다."

조조는 남이릉 길로 접어들어 호로곡에 이르렀다. 군사들은 시장하고 지쳐서 더 걷지를 못하고 말들도 길가에 쓰러진다. 조조는 군사들을 잠시 휴식시켰다. 군사들은 산밑 건조한 곳에서 말 등에 실어놓은 솥을 내리고 마을에서 약탈해온 곡식으로 밥을 짓고, 죽은 말을 불에 구워 요기를 했다. 그리고 그들은 젖은 옷을 벗어 바람에 말리기도 하고, 안장을 내린 후 말들을 들에 놓아 마음대로 마른풀과 뿌리를 먹게 했다.

조조는 숲 속에 앉아 있다가, 갑자기 머리를 뒤로 젖히면서 크게 껄껄 웃는다.

모든 사람들이 어리둥절해서 묻는다.

"저번에도 승상께서 주유와 제갈양을 비웃다가 조자룡을 끌어들여 많은 군사와 말을 잃었는데 어째서 또 웃으십니까?"

조조가 대답한다.

"제갈양과 주유가 꾀가 없기에 그래서 웃는다. 내가 만일 그들 처지라면 반드시 이곳에 1대의 군사를 매복시키고, 편안히 앉아 적이 기진한 틈을 보아 무찌를 것이다. 그렇게 되면 우리가 죽지는 않을지라도 많이 상할 것이 아니냐. 그런데 그들에게 이만한 소견도 없으니, 내 어찌 웃지 않을 수 있으리요."

조조가 이렇게 말하는 순간에 갑자기 전방과 후방에서 일제히 함성이 일어난다. 조조는 어찌나 놀랐던지 갑옷도 버리고 말에 올라탔다. 군사들 중에는 미처 말을 수습하지 못한 자도 많았다.

이미 사방에서 불과 연기가 치솟고 산 어귀에서 한 떼의 군사가 쏟아져 나오는데, 맨 앞의 장수는 다름 아닌 바로 연燕나라 출신 장비張飛

였다.

장비가 창을 비껴 들고 문득 말을 멈추더니, 큰소리로 외친다.

"역적 조조는 어디로 달아날 테냐!"

모든 군사와 장수들은 장비를 보자 일제히 간이 떨어지는 듯하여 온몸이 떨린다. 그 중에서 허저가 안장도 없는 말에 뛰어올라 장비에게 달려들어 싸우니, 그제야 장요와 서황 두 장수도 달려가서 협공한다. 이리하여 양쪽 군사가 한바탕 싸우는 동안에 조조는 먼저 말을 달려 달아나고, 모든 장수들도 각기 빠져 나와 도망친다.

장비는 뒤쫓고, 조조는 산을 따라 한동안 달아나다가 돌아보니, 적군은 아득히 저 멀리에 있다. 그러나 조조를 따르는 장수들은 모두 많은 부상을 입었다. 조조는 다시 길을 재촉하여 간다.

한 군사가 아뢴다.

"앞에 길이 두 가닥으로 나뉘었으니, 승상께서는 어느 쪽 길로 가시렵니까?"

"어느 쪽 길로 가는 것이 빠르겠느냐?"

"큰길은 순탄하나 50리를 더 돌게 되고, 좁은 길로 가면 화용도華容道를 지나가기 때문에 50리 가량 가깝습니다. 그러나 화용도는 좁고 험해서 가시기가 어렵습니다."

조조는 사람을 시켜 산 위에 올라가서 사방을 둘러보도록 했다.

그 사람이 돌아와서 보고한다.

"좁은 길이 나 있는 산 여러 곳에서 연기가 오르고 있습니다. 그 대신 큰길 쪽은 아무런 동정이 없습니다."

조조는 앞쪽 군사에게,

"좁은 길로 들어서서 화용도로 나아가라."

하고 분부한다.

抱頭遠竄天寒鷹度嶺雙垂

束手忙奔月落猿啼腸幾斷

曹操敗走華容道

화용도로 패주하는 조조(오른쪽). 왼쪽 위는 관우

　모든 장수가 의아해하며 묻는다.

　"연기가 나는 곳에는 적군이 매복하고 있을 텐데 어째서 좁은 길로 가자고 하십니까?"

　"그대들은 병서를 보지 못했는가. '겉으로 허虛하면 속을 실實하게 하고, 겉으로 실하면 속을 허하게 한다'고 했다. 제갈양은 워낙 꾀가 많아서 궁벽한 산속에다 연기를 올리게 하여 우리를 산속으로 못 들어가게 하고, 큰길에다 군사를 매복시켜 우리가 그리로 가는 것을 기다리게 한 것이다. 내가 그 꾀를 안 바에야 어찌 그들의 계책에 빠지리요."

　모든 장수들이 감탄한다.

　"승상의 신묘한 안목은 따를 사람이 없습니다."

　마침내 그들은 화용도로 향했다. 병사들은 배가 고파 지치고 말들은 기진했다. 불에 머리와 이마를 그슬린 자는 지팡이를 짚고, 화살과 창에 부상당한 자는 끌려가다시피 간다. 그들의 옷과 갑옷은 젖은데다가 그나마 제대로 갖추어 입지도 못하고, 무기와 기와 번은 분분히 흩어져 질서가 없었다. 이는 이릉 땅 도중에서 갑자기 장비의 습격을 받아, 겨우 말은 탔으나 안장과 의복을 다 버리고 도망쳐왔기 때문이다.

더구나 한겨울 엄동 설한에 그들의 고통을 어찌 다 말로 표현할 수 있으리요. 조조는 앞에 가는 군사들이 가다 말고 서 있는 것을 보고서 묻는다.

"왜 그러고들 있느냐?"

군사 한 명이 와서 고한다.

"산길이 너무 궁벽한 좁은 길이고, 더구나 오늘 새벽에 내린 비로 웅덩이에 물이 잔뜩 고여서 말이 진흙에 빠져 헤어나지를 못하기 때문에 더 나아갈 수가 없습니다."

조조는 버럭 화를 내며,

"원래 군사는 산이 막히면 길을 내고 물을 만나면 다리를 놓아 건너야 하거늘, 그까짓 진흙이 두려워서 못 간단 말이냐!"

꾸짖고 계속 명령을 내린다.

"늙고 약한 군사들과 부상당한 자들은 뒤에 천천히 따르고, 강하고 씩씩한 자들은 흙을 져 나르고, 나무를 엮고, 풀과 갈대를 운반하여 길을 메워라. 즉시 행동을 개시하되 명령을 어기는 자가 있으면 참하리라."

이에 모든 군사들이 말에서 내려 길가의 나무와 대나무를 베어 산길을 메우는데, 조조는 적군이 뒤쫓아올까 겁이 나서 장요·허저·서황에게 분부한다.

"너희들은 기병 백 명을 거느리고, 만일 느리거나 꾸물대는 자가 있거든 사정없이 베어 죽여라."

이리하여 조조가 사람과 말을 꾸짖어 얕은 곳을 따라 나아가니 죽은 자는 일일이 헤아릴 수도 없을 정도요, 길마다 울부짖는 소리가 그치지 않는다.

조조가 노하여 호령한다.

"죽고 사는 것은 다 천명이거늘, 운다고 무슨 소용이 있으리요. 만일 또 우는 자가 있으면 그 자리에서 참하리라!"

3대의 군사 중에서 1대는 뒤에 처지고, 1대는 어리둥절하다가 죽음을 당하여 진흙 길에 그대로 묻히고, 1대만이 겨우 조조를 따라 험준한 곳을 통과하자 길이 약간 순탄해진다. 조조가 돌아보니 자기를 따르는 군사는 3백여 명에 불과한데, 그나마 다들 갑옷도 없이 안장도 없는 말을 타고 있었다.

조조가 속히 가도록 재촉하니, 모든 장수들이 말한다.

"말들이 굶고 지쳤으니, 좀 쉬었다 가는 것이 좋을 성싶습니다."

"어서 형주에 가서 쉬어도 늦지는 않으리라."

다시 계속 몇 리쯤 갔을 때였다. 조조가 말 위에서 갑자기 채찍을 쳐들며 크게 껄껄 웃는다.

모든 장수들이 묻는다.

"승상은 어째서 또 크게 웃으십니까?"

"세상 사람들 모두 주유와 제갈양이 지혜와 꾀가 많다고 말하지만, 내가 보건대 참으로 무능한 것들이로다. 만일 내가 그들의 처지라면, 반드시 이곳에다 한 떼의 군사를 매복시켰을 것이다. 그러면 우리가 속수무책으로 결박을 당하지 별수 있겠는가."

그 말이 미처 끝나기도 전이었다. 갑자기 한 방 포 소리가 나면서 시퍼런 칼을 든 군사 5백 명이 양쪽에서 나타나는데, 맨 앞에서 오는 장수는 다름 아닌 관운장關雲長이었다. 관운장이 청룡도를 잡고 적토마를 타고 앞을 가로막는다.

조조의 군사들은 순간 혼비백산하여 등신처럼 서로 쳐다만 보고 있다. 조조가 말한다.

"이 지경을 당했으니, 이제는 생사를 걸고 싸워 결판을 내는 수밖에 없다."

모든 장수들이 고한다.

"겁날 것은 없으나, 말들이 기운을 잃었으니 어찌 싸운단 말입니까?"

정욱이 고한다.

"나는 원래 관운장을 잘 압니다. 관운장은 윗사람에 대해서는 오만하지만 아랫사람에 대해서는 인정에 약하고, 강한 자를 멸시하나 약한 자를 돕는 성격이어서 은혜와 원수를 대하는 태도가 분명하므로, 신의와 의리를 천하에 드날리고 있습니다. 승상께서 지난날 관운장에게 많은 은혜를 베풀었으니, 이때를 당하여 친히 사정하면 이 위기를 면할 수 있으리다."

조조는 그 말을 옳게 여기고, 관운장 앞으로 말을 몰고 나아가 몸을 굽혀 인사한다.

"우리가 작별한 뒤, 그간 장군은 별고 없으시오?"

관운장이 또한 몸을 굽혀 답례하고 대답한다.

"나는 우리 군사軍師의 명령을 받고 이곳에서 승상을 기다린 지 오래됐소."

"나는 이번 싸움에 패하고 위기에 몰려 이곳까지 왔으나, 벗어날 길이 없으니 장군은 그 옛날 우리의 정을 참작하여 길을 터주시오."

"옛날에 내가 승상으로부터 많은 은혜를 입었으나 이미 그 당시에 안양顔良과 문추文醜를 참하여 백마白馬 땅에서의 위기를 풀어드렸으니, 그것으로도 은혜는 갚은 셈입니다. 오늘은 사정私情으로 공사公事를 폐

의리로써 조조를 놓아주는 관우(왼쪽)

할 수 없습니다."

조조가 사정한다.

"장군은 옛날에 나를 버리고 떠나서 다섯 관소를 지나갈 때마다 나의 장수를 죽인 일을 기억하시오? 대장부는 신의를 목숨보다도 소중히 여기는 바라. 더구나 장군은 『춘추春秋』(공자의 저서)에 대한 연구가 깊으니, 유공지사庾公之斯가 자탁유자子濯孺子를 뒤쫓던 일을 아실 것이오."

춘추 시대 때 정鄭나라의 활 잘 쏘는 자탁유자가 군사를 거느리고 위衛나라를 쳤다. 그러나 자탁유자는 위나라의 유공지사에게 패하여 달아나는데, 부하가 말했다. "위나라의 활 잘 쏘는 유공지사가 뒤쫓아오니 큰일났습니다." 자탁유자는 여유 있게 대답했다. "유공지사는 내 제자에게서 활을 배운 사람이다. 그러니 그는 스승의 스승뻘인 나를 쏘지는 않을 것이다." 과연 유공지사는 스승의 스승뻘인 자탁유자를 해치지 않았다 한다. 여기서는 이 고사를 가리킨다.

관운장은 원래 의리를 태산보다도 무겁게 생각하는 장수였다. 옛날에 조조에게서 많은 은혜를 입은 일과, 그 뒤에 조조를 뿌리치고 떠나오면서 다섯 관소를 지날 때마다 길을 막는 조조의 장수들을 참했던 일이 생각나니, 어찌 마음이 동요하지 않을 수 있으리요. 더구나 조조의 군사들을 보니 모두가 겁을 먹고 울상이 되어 있다.

관운장은 한 가닥 측은한 마음을 금할 수 없어서 말을 돌려 세우더니, 자기가 거느리고 온 수하 군사들에게 말한다.

"너희들은 사방으로 흩어져라."

그 말은 조조를 살려 보내겠다는 뜻이 분명했다.

순간, 조조는 모든 장수들과 함께 일제히 말을 달려 달아난다. 관운장이 다시 말을 돌려 세우고 보니, 조조와 모든 장수들은 이미 다 달아나고 없었다.

관운장이 크게 소리를 지르니, 남은 조조의 군사들은 다 말에서 내려 통곡하면서 살려줍소사고 절을 한다. 관운장이 측은해서 망설이고 있는데, 그제야 조조의 장수 장요가 뒤늦게 달려온다.

관운장은 장요를 보자 옛날에 서로 친하게 지냈던 가지가지 일이 또 생각나서, 길게 탄식하고 외친다.

"속히 내 앞에서 없어지거라!"

이리하여 조조의 군사들은 다 관운장 앞을 무사히 지나서 달아났다.

후세 사람이 이 일을 찬탄한 시가 있다.

조조는 적벽 싸움에서 패하여 화용도로 달아나다가
바로 좁은 산길에서 관운장을 만났도다.
그 옛날 입은 은혜에 대한 의리가 지극해서

관운장은 칼을 거두고 교룡을 놓아 보냈도다.

曹瞞兵敗走華容

正與關公狹路逢

只爲當初恩義重

放開金鎖走蛟龍

조조는 화용도에서 죽을 고비를 넘기고, 큰길로 나섰다. 그제야 돌아보니 자기를 따르는 기병은 겨우 27명뿐이었다.

그날 저물 무렵에야 남군南郡 가까이에 이르렀는데, 앞에 횃불이 수없이 나타나면서 한 떼의 군사가 내달아와 길을 가로막는다.

조조는 정신이 아찔했다.

"이제야 내가 죽나 보다!"

그런데 그들 중에서 가까이 달려오는 군사를 보니, 바로 조인曹仁의 부하가 아닌가. 그제야 조조는 놀란가슴을 진정했다. 이윽고 조인이 달려와서 조조를 영접하고 고한다.

"우리 군사가 이번에 패했다는 소식은 들었으나 지키는 곳을 멀리 떠날 수가 없어서 결국 여기서 영접합니다."

조조가 대답한다.

"하마터면 다시는 너를 보지 못할 뻔했다."

이에 조조는 호위를 받아 남군으로 들어가서 쉬는데, 뒤따라 장요가 당도하여 관운장의 의리와 덕을 칭송하였다.

장교들을 점검하니 대부분 중상을 입은지라, 조조는 그들에게 편히 쉬도록 분부했다.

조인이 크게 술상을 차리고 조조를 위로하는데, 모든 모사들도 자리를 함께했다. 조조는 갑자기 하늘을 우러러 대성 통곡한다.

모사들이 묻는다.

"승상께서는 무서운 적군 속을 도망쳐오실 때는 전혀 두려워하지 않으시더니, 지금은 성안에 이르러 군사와 말도 다 요기하고, 이제부터는 다시 군사와 말을 정돈하여 원수를 갚아야 할 계제인데, 어째서 도리어 통곡하십니까?"

조조가 좌중을 돌아보며,

"나는 곽봉효郭奉孝(봉효는 곽가郭嘉의 자이다)가 생각나서 우노라. 봉효가 살아 있었다면, 결코 나를 이 지경이 되도록 놔두지는 않았을 것이다."

하고 가슴을 치면서 크게 운다.

"애달프구나 봉효여! 괴롭구나 봉효여! 아깝구나 봉효여!"

모사들은 부끄럽고 무안해서 묵묵히 머리만 숙이고 있었다.

이튿날, 조조는 조인을 불러 말한다.

"내 잠시 허도로 돌아가서 군사와 말을 수습하고, 반드시 다시 와서 이번 원수를 갚고야 말 테니 너는 그 동안에 남군을 잘 지켜라. 내게 계책이 하나 있어, 그것을 비밀히 써놓고 간다. 잘 두었다가 급한 일이 생겼을 때 열어보고, 지시한 대로 실천하여라. 그대로만 하면 동오 놈들이 감히 우리 남군을 엿보지는 못하리라."

조인이 묻는다.

"그럼 합비 땅과 양양襄陽 땅은 누가 지킵니까?"

"형주荊州 땅은 너에게 맡기니 네가 관리하고, 양양 땅은 내가 이미 하후돈夏侯惇을 보냈으니 잘 지킬 것이다. 합비 땅은 가장 중요한 곳이라 장요를 주장으로 삼고 악진과 이전을 부장으로 삼아 지키게 할 작정이다. 그러니 불시에 급한 일이 일어나거든 즉시 사람을 보내어 나에게 연락하라."

조조는 모든 조처를 취하고는, 말을 타고 곧장 허도로 돌아갔다. 그는 전번에 형주에서 항복해왔던 문무 관리들에게도 전과 같은 벼슬을 주어 일을 보게 했다.

한편 조인은 조홍曹洪을 이릉과 남군으로 보내어, 주유가 쳐들어오지 못하도록 방비하게 했다.

한편, 관운장은 조조를 살려 보낸 뒤에 군사를 거느리고 돌아왔다. 각 방면으로 갔던 장수들과 군사들은 다 적의 무기와 재물과 곡식, 또는 말을 빼앗아가지고 이미 하구에 돌아와 있었다. 그런데 관운장만이 적의 군사는커녕 말 한 마리도 빼앗지 못한 채 빈손으로 돌아온 것이다.

공명은 유현덕과 함께 술을 마시며 이번 성공을 축하하는 참이었다. 수하 군사가 들어와서 고한다.

"관운장 장군이 돌아왔습니다."

공명은 황망히 자리에서 일어나 술잔을 들고 관운장을 영접한다.

"장군이 천하의 역적을 없애 역사적인 큰 공로를 세우고 돌아왔으니, 마땅히 멀리 나가서 영접해야 할 것인데, 그만 미안하게 됐소."

"……"

관운장은 아무 대답이 없다. 공명은 술잔을 든 채로,

"장군은 우리가 멀리 나가 영접하지 않아서 불쾌하신 건가요?"

하고 좌우를 돌아보며 꾸짖는다.

"너희들은 어째서 장군이 돌아오는 것을 속히 알리지 않았느냐?"

그제야 관운장이 말한다.

"나는 죽기 위해서 돌아왔소이다."

공명이 묻는다.

"그럼 조조가 화용도로 오지 않았다는 말인가요?"

"조조가 그리로 오기는 왔는데, 내가 워낙 무능해서 달아나는 조조를 붙잡지 못했소이다."

"그럼 조조의 장수는 몇 명이나 잡았소?"

"한 사람도 잡지를 못했습니다."

공명은 소리를 높여,

"관운장은 옛 은혜를 생각하고 일부러 조조를 놓아준 것이 분명하다. 여기에 그대가 써두고 갔던 군령장이 있으니, 어찌 군법에서 벗어나리요!"

하고 좌우 무사들에게 추상같이 명령한다.

"어서 관운장을 끌어내어 참하여라!"

　　죽기를 각오하고, 옛 은혜에 보답했으니
　　관운장의 의기는 천추에 빛난다.
　　穿將一死酬知己
　　致令千秋仰義名

관운장의 목숨은 어찌 될 것인가.

제51회

조인은 동오의 군사와 크게 싸우고
공명은 첫 번째로 주유를 기절시키다

공명이 관운장을 죽이려 하는데, 유현덕劉玄德이 말린다.

"옛날에 우리 세 사람은 살고 죽는 것을 함께하기로 맹세했소. 이제 관운장이 비록 군법을 어기긴 했으나, 우리 세 사람은 옛 맹세를 어길 수 없으니, 바라건대 군사는 허물을 기록해뒀다가 그가 공로를 세워서 속죄할 수 있도록 봐주시오."

공명은 그제야 마지못하는 듯이 관운장을 살려줬다.

한편, 주유는 군사를 거두어 장수를 점검하고, 그들의 공로를 각각 기록하여 오후吳侯 손권에게 보고하는 동시에 항복한 조조의 군사들은 모조리 강동으로 압송시키고, 크게 잔치를 베풀어 삼군을 위로했다. 드디어 남군으로 쳐들어가기 위해서 전방 부대를 강가에 주둔시키는데, 앞뒤로 다섯 영채를 세우고, 주유는 그 한가운데에 거처했다.

주유가 모든 장수들과 함께 남군을 함락시킬 일을 상의하는 중에, 수하 사람이 들어와서 고한다.

"유현덕에게서 사자 손건孫乾이 축하하러 왔습니다."

주유는 안내해 들이도록 분부한다.

이윽고 손건이 들어와서 인사를 마치고 말한다.

"우리 주공께서는 특히 저를 보내사, 도독께서 이번에 세운 공로를 축하하게 하고 예물도 드리고 오라 하셨습니다."

주유가 묻는다.

"유현덕 공은 지금 어디에 계시오?"

손건이 대답한다.

"지금은 유강油江 어귀로 군사를 옮기고 계시오."

주유가 놀란다.

"그럼 공명도 유강에 있소?"

"그렇소이다. 공명도 주공과 함께 계시오."

주유가 말한다.

"먼저 돌아가시오. 내 친히 유강에 가서 유현덕 공에게 답례하겠소."

주유는 예물을 받고 손건을 먼저 돌려보냈다.

노숙魯肅이 묻는다.

"조금 전에 도독都督은 어째서 그렇게 놀라셨소?"

"유비가 유강으로 군사를 옮기고 있다는 것은 반드시 남군을 쳐서 차지하겠다는 배짱이오. 우리는 이번 싸움에 많은 군사를 투입했고 많은 곡식과 엄청난 비용을 써서 이제야 남군을 차지할 단계에 이르렀는데, 그들이 흉측한 생각을 품고 우리를 이용해서 야욕을 채우려 하니, 나는 죽을지언정 그들을 그냥 두지는 않겠소."

"그럼 어떤 계책을 써서 그들을 물리칠 작정이시오?"

"내가 직접 가서 유비를 만나보겠소. 일이 잘되면 좋거니와 그렇지 못할 경우엔 유비를 죽여버리는 수밖에 없소."

"그럼 나도 함께 가겠소."

이에 주유는 노숙과 함께 기병 3천 명을 거느리고 유강으로 떠났다.

한편, 손건은 먼저 유강으로 돌아가서 유현덕에게 보고한다.

"주유가 친히 답례하러 온다고 하였습니다."

유현덕이 공명에게 묻는다.

"주유가 온다는 건 무슨 뜻일까요?"

공명이 웃고 대답한다.

"우리가 보낸 그만한 예물에 답례하러 올 주유가 아닙니다. 오로지 남군 때문에 오는 것입니다."

"주유가 군사를 거느리고 오면 어떻게 대해야겠소?"

"그가 오거든 이러이러히 하십시오."

공명은 조그만 소리로 일러준다. 이에 유현덕은 유강에다 전함을 벌여놓고, 언덕에 군사를 늘어놓았다.

수하 사람이 와서 고한다.

"강동의 주유가 노숙과 함께 군사를 거느리고 왔습니다."

공명은 조자룡을 보내어 주유를 영접하게 했다.

유강 어귀에 이른 주유는 유현덕의 병력이 웅장한 것을 보자 매우 불안했다.

주유가 영문瑩門 밖에 이르자 유현덕과 공명이 나와서 영접하며 장막 안으로 안내하고, 서로 인사를 나눈다. 유현덕은 잔치를 베풀어 주유를 대접하면서 술잔을 들고 말한다.

"이번에 조조의 군사를 전멸시킨 것을 축하하오."

술이 몇 순배 돌았을 때였다. 주유가 말한다.

"귀공께서 군사를 이곳으로 이동시킨 것은 남군을 취하기 위해서가 아닙니까?"

유현덕이 대답한다.

"도독이 남군을 취할 생각이라기에 나는 도와드리려고 이리로 왔소이다. 그러나 도독이 남군을 취할 생각이 없다면 이 유비가 취하겠소이다."

주유가 웃으며 말한다.

"우리 동오는 오래 전부터 한강漢江 일대를 차지할 생각이었습니다. 이제 남군이 손아귀에 들어왔는데 어찌 취하지 않겠소이까."

"그러나 승부는 미리 예측할 수 없는 일이오. 조조가 허도로 돌아가면서 조인에게 남군 일대를 맡겼으니, 반드시 특출한 계책이 서 있을 것이오. 또한 조인은 그 용맹이 대단하니, 도독이 남군을 함락하지 못할까 걱정이오."

주유가 대답한다.

"내가 남군을 차지하지 못하거든, 그때는 귀공께서 맘대로 차지하시지요."

유현덕이 강조한다.

"노숙과 공명이 장차 증인이 될 것이니, 도독은 뒷날에 후회하지 마시오."

노숙은 선뜻 대답을 못하는데, 주유가 흔쾌히 대답한다.

"사내대장부가 한번 말한 이상, 어찌 후회하겠소."

그제야 공명이 말한다.

"도독의 말이 참으로 지당하시오. 먼저 도독이 남군을 쳐서 함락하지 못하거든, 그때는 주공께서 남군을 취한다 한들 시비를 걸 사람이 없을 것입니다."

이에 주유와 노숙은 유현덕과 공명에게 작별하고 말을 타고 돌아갔다.

유현덕이 공명에게 묻는다.

"선생이 주유에게 그렇게 말을 하라고 해서 하긴 했으나, 곰곰이 생각하니 일이 난처할 것만 같소. 내 지금 군색한 신세로 발붙일 땅 한 평도 없어서 남군을 차지하고 방편상 몸둘 곳이나 마련하려 했던 것인데, 주유로 하여금 먼저 남군을 치게 한다면 남군은 동오의 것이 되고 말 터인즉, 그러면 우리는 어디로 가야 한단 말이오?"

공명이 크게 웃으며 대답한다.

"당초에 내가 주공께 형주를 차지하도록 권했을 때는 듣지 않으시더니, 이제 와서 생각이 간절하십니까?"

"그때는 형주가 유경승劉景升의 땅이었기 때문에 차마 빼앗지 못했으나, 지금은 조조의 땅이니 빼앗는 것이 마땅하오."

"주공은 근심 마십시오. 주유가 남군을 친다 해도 결국은 주공이 남군성 안에 높이 좌정하시리다."

"무슨 계책이라도 있는지요?"

공명은 유현덕에게 이러이러히 할 것이라고 말했다. 그 말을 듣자 유현덕은 매우 기뻐하며 유강 어귀에 군사를 주둔한 채 이동하지 않았다.

한편, 주유와 노숙은 그들의 영채로 돌아왔다.

노숙이 묻는다.

"도독은 어쩌자고 우리가 실패할 경우엔 유현덕이 남군을 취해도 좋다는 허락을 했소?"

주유가 대답한다.

"나는 단번에 남군을 점령할 자신이 있기 때문에 슬쩍 인정을 쓰는 체한 거요."

주유는 장막 아래의 모든 장수들에게 묻는다.

"누가 먼저 가서 남군을 점령하겠는가?"

한 사람이 자원해서 나서니, 그는 바로 장흠이었다.

주유가 분부한다.

"그대는 선봉이 되어, 서성과 정봉을 부장으로 삼고 씩씩한 군사 5천 명을 거느리고 먼저 강을 건너가라. 내 군사를 거느리고 뒤따라가서 응원하리라."

한편, 조인은 남군에 있으면서 조홍에게 이릉 땅을 지키게 하고 방비에 만전을 기했다.

수하 사람이 와서 보고한다.

"동오의 군사들이 한강을 건넜습니다."

조인이 분부한다.

"굳게 지키기만 하고 싸우지 않는 것이 상책이다."

날쌘 장수 우금于禁이 썩 나서며 말한다.

"적군이 성 아래까지 왔는데도 나가서 싸우지 않는다면 겁이 많은 탓이오. 더구나 우리 군사는 이번에 패했기 때문에 새로이 용기를 북돋워야 할 것이니, 바라건대 씩씩한 군사 5백 명만 주면, 내가 거느리고 가서 사생결단을 내겠소."

조인이 허락하자 우금은 군사 5백 명을 거느리고 떠나갔다. 우금이 가서 맨 처음에 부닥친 적의 장수는 정봉이었다.

정봉이 영접하듯 달려들어 싸운 지 4, 5합에 일부러 패한 체하고 달아나니, 우금은 군사를 거느리고 뒤쫓아 동오의 진영에까지 쳐들어간다. 이에 정봉은 군사를 지휘하여 우금을 순식간에 완전히 포위했다. 우금은 좌충우돌하여 강동의 군사를 무찌르나 능히 벗어나지를 못한다.

이때 조인은 남군성 위에서 우금이 동오의 군사에게 포위당하는 것을 보자, 마침내 갑옷을 입고 말을 타고 군사 수백 명을 거느리고 성을 나와 적의 진영으로 마구 쳐들어갔다. 서성이 맞이해 싸우다가 막아내지 못하자, 조인은 적진의 중심부를 무찌르며 우금을 구출하고, 나와서 뒤를 돌아보았다. 아직도 말 탄 군사 수십 명이 동오의 진영에서 벗어나지 못하고 있다. 조인은 다시 적진으로 달려들어가 그들을 구하여 포위를 뚫고 나오는데, 바로 앞을 막고 달려드는 장흠과 만났다.

이에 조인과 우금은 힘을 합쳐 적군을 쳐서 흩뜨리는데, 때마침 조인의 동생 조순曹純이 또한 군사를 거느리고 응원을 왔다. 일대 혼전이 벌어진 결과 동오의 군사는 패하여 달아났다. 이긴 조인은 기세 당당하게 남군성으로 돌아갔다.

한편, 싸움에 패한 장흠은 주유에게로 돌아갔다. 주유가 노하여 장흠을 참하려 하는데, 모든 장수들이 힘써 말리는 바람에 그만뒀다.

주유는 즉시 군사를 점검하고 친히 가서 조인과 결판을 내려는데, 감영이 청한다.

"도독은 조급히 서두르지 마시오. 지금 조인이 조홍을 시켜 이릉을 지키게 하고 오른쪽 날개를 삼고 있으니, 나에게 군사 3천 명만 주면 가서 이릉을 점령하겠소. 그런 뒤에 도독은 남군을 함락하시오."

주유는 그 말을 옳게 여기고 감영에게 군사 3천 명을 주어서, 먼저 이릉 땅을 공격하도록 했다.

그러나 이 사실은 곧 첩자에 의해서 조인에게 보고됐다. 조인은 진교陳矯와 이 일을 상의한다. 진교가 말한다.

"이릉을 잃으면 남군도 지킬 수 없으니 속히 돕도록 하시오."

조인은 드디어 조순과 우금에게 분부한다.

"그대들은 군사를 몰래 거느리고 가서 이릉의 조홍을 도우라."

이에 조순은 먼저 사람을 이릉으로 보내어 '적군을 성안으로 끌어들이도록 하라'는 작전 계획을 조홍에게 지시했다.

한편, 동오의 장수 감영은 군사를 거느리고 이릉에 이르렀다. 이릉성 안에서 조홍이 나와 감영을 맞이하여 20여 합을 싸우다가 달아났다. 감영은 생각보다도 훨씬 손쉽게 이릉을 점령했다.

그날 황혼 무렵이었다. 조순과 우금이 군사를 거느리고 다시 오더니, 이릉성을 겹겹이 에워싼다. 이에 파발꾼은 나는 듯이 말을 달려 주유에게 가서 고한다.

"감영이 이릉성을 점령했으나, 곧 적군에게 포위당하여 성안에서 꼼짝못하고 있습니다."

주유는 크게 놀랐다. 곁에서 정보가 말한다.

"속히 군사를 보내어 감영을 구출해야 하오."

"이곳이야말로 요긴한 곳인데, 군사를 나누어서 이릉으로 보낸 뒤에 조인이 군사를 거느리고 이곳을 습격해오면 어찌하리요."

이번에는 여몽이 말한다.

"감영은 우리 강동에 없어서는 안 될 장수요. 어찌 구출하지 않고 내버려두리요."

주유가 묻는다.

"내가 직접 가서 구출해야겠는데, 그렇다면 누가 이곳을 맡겠소?"

여몽이 대답한다.

"이곳은 능통에게 맡기고, 내가 전위 부대가 되고 도독이 뒤를 맡아주면 10일 이내에 반드시 개선할 수 있소."

주유가 능통에게 묻는다.

"귀공이 잠시 나 대신 이곳을 맡아주겠소?"

능통이 대답한다.

"열흘 동안이라면 맡지만 그 이상은 맡을 자신이 없소."

주유는 매우 기뻐하고, 능통에게 군사 만여 명을 남겨주고, 그날로 크게 군사를 일으켜 이릉으로 출발했다.

도중에서 여몽이 주유에게 청한다.

"이릉에서 남쪽으로 빠지는 조그만 길은 남군으로 가는 가장 가까운 거리니, 우리 군사 5백 명을 그리로 미리 보내어 나무를 베어 눕혀 길을 막게 하시오. 적군이 패하면 반드시 그 조그만 길로 달아날 것이니, 길이 막혀 말이 달릴 수 없게 되면 말을 버리고 달아날 것이오. 그러면 우리는 그들의 말을 빼앗을 수 있소."

주유는 즉시 군사를 그곳으로 보냈다. 동오의 대군이 이릉성 가까이에 이르렀을 때였다.

주유가 묻는다.

"누가 포위를 뚫고 성안으로 들어가서 감영을 구출할 테냐?"

주태周泰가 자원하고 나서며 즉시 칼을 들고 말을 달려 조조의 군사를 무찌르고 들어가, 이릉성 아래에 이르렀다. 이때 감영은 이릉성 위에서 주태가 오는 것을 보고, 곧 성밖으로 나가 영접해 들였다.

주태가 감영에게 말한다.

"도독이 친히 군사를 거느리고 왔소."

이에 감영은 군사들을 배부르게 먹이고 성안에서 내응할 준비를 서둘렀다.

한편, 조홍·조순·우금은 주유의 군사가 온다는 보고를 듣자, 즉시 남군으로 사람을 보내어 이 사실을 조인에게 보고하는 한편, 군사를 나누어 적군을 막도록 했다.

이윽고 주유의 군사가 당도하여 조홍의 군사와 싸울 즈음에, 이릉성 안의 감영과 주태가 양쪽에서 밖으로 쏟아져 나와 무찌른다. 이에 조홍의 군사는 앞뒤로 협공을 받아 일대 혼란에 빠졌다.

주유의 군사가 사방으로 에워싸고 공격하니, 조홍·조순·우금은 과연 남쪽으로 뻗은 좁은 길로 달아나다가, 길에 널브러져 있는 나무들 때문에 일제히 말을 버리고 도망친다. 이 작전으로 주유의 군사는 적군의 말 5백여 필을 얻었다.

주유는 군사들을 재촉하여 남군으로 가다가, 도중에 남군에서 이릉을 도우러 오는 조인의 군사를 만나 한바탕 혼전을 벌였으나, 곧 해가 저물었기 때문에 각기 군사를 거두었다.

조인이 남군성으로 돌아와 모든 사람과 상의하니, 조홍이 말한다.

"이제 이릉을 잃어 우리 형세가 매우 위급하거늘, 승상이 주고 가신 그 봉서를 왜 뜯어보지 않으십니까? 필시 좋은 계책을 지시했을 것입니다."

"네 말이 옳다."

조인은 조조가 급할 때 보라고 한 봉서를 뜯어보더니 크게 기뻐하면서,

"5경에 밥을 먹고, 날이 밝을 무렵에 모든 군사들은 성을 버릴 준비를 하되, 성 위로 돌아가며 가득히 기를 꽂아 거짓 기세를 올리고, 군사들은 나뉘어 삼문三門으로 나가거라."

하고 명령을 내렸다.

한편, 주유는 이릉에서 감영을 구출하여 남군성 밖에 이르러 군사를 벌여 세우는데, 조조의 군사들이 삼문에서 나오고 있었다. 주유가 높은 곳에 올라가서 바라보니 남군성 위에는 쓸데없는 정기만 가득히 꽂혀 있고, 지키는 사람도 없을 뿐만 아니라 군사들은 각기 허리에 보따리를 차고 있었다.

'조인이 달아날 준비를 하는구나!' 생각하고 높은 곳에서 내려온 주유는 모든 군사를 좌우 양익兩翼으로 나눈 뒤에,

"만일 전위 부대가 이기거든 곧장 돌격해 들어가되, 징이 울리거든

물러서라."

명령을 내리고, 정보에게 후속 부대를 맡겼다.

이윽고 주유가 남군성을 취하려고 북을 울리자 조홍이 성안에서 달려 나와 싸움을 건다.

주유는 문기 아래로 나가 서서 한당을 내보낸다. 한당이 말을 달려가 싸운 지 30여 합에 조홍은 패하여 달아나고, 이번에는 조인이 나와서 달려든다. 주유 쪽에서 주태가 말을 달려 나가 싸운 지 10여 합에 조인 또한 패하여 달아나자, 진영은 혼란해지기 시작한다.

주유가 기회를 놓치지 않고 좌우 군사를 일시에 휘몰아 적군을 향해 돌격하니, 조인의 군사들 또한 패하여 달아난다. 주유는 패한 적군을 추격해 남군성 밑까지 갔다. 그러나 조인의 군사는 성안으로 들어가지 않고 서북쪽을 향하여 달아난다. 한당과 주태는 달아나는 적군을 뒤쫓아 갔다.

주유가 남군 성문을 보니 크게 열려 있고, 성 위에는 사람이 없다. 드디어 명령을 내리고 성으로 달려가서 먼저 기병 수십 명을 들여보내고 이어 주유도 말에 채찍질하면서 뒤따라 들어갔다.

이때 성루에 숨어서 주유가 친히 성안으로 들어오는 것을 굽어본 진교의 얼굴에는 희색이 만면하다.

"승상이 봉서에 적어두고 간 계책이 신神처럼 들어맞는구나!"

진교가 손짓을 한 번 하자 순간 성 위의 양쪽에서 화살이 소나기처럼 날아 내리고, 앞을 다투어 들어가던 동오 군사들은 함정에 굴러 떨어진다.

주유가 이 광경을 보고 황급히 말을 돌렸을 때였다. 어느새 화살 한 대가 날아와 주유의 왼편 옆구리에 꽂힌다. 순간 주유가 몸을 뒤집으며 말에서 떨어지자 성안에서 우금이 범처럼 달려 나와 덤벼든다. 이에 서

남군성에서 화살을 맞는 주유

성과 정봉은 목숨을 걸고 주유를 구출해서 성밖으로 도망치는데, 지금까지 성안에 숨어 있던 조인의 군사들이 일제히 나와서 뒤쫓는다. 주유의 군사들은 먼저 달아나려고 서로 짓밟다가 함정에 굴러 떨어진 자만도 그 수효를 헤아릴 수 없을 정도였다.

정보가 급히 징을 울려 군사를 거두는데, 달아나던 조인과 조홍이 어느새 군사를 거느리고 양쪽 길로 나뉘어 돌아와서 마구 무찌른다. 주유의 군사가 크게 패하여 위기에 몰리는데, 이때 마침 능통이 군사를 거느리고 와서 중간을 뚫고 들어가 겨우 조인의 군사를 막아냈다. 이에 조인은 이긴 군사를 거느리고 다시 남군성으로 들어가고, 정보는 패한 군사를 거두어 영채로 돌아갔다.

서성과 정봉 두 장수는 주유를 떠메어다가 장막 안에 눕힌 다음 군의

軍醫를 불러 쇠집게로 화살촉을 뽑아내고 상처에 금창약金瘡藥을 발랐다. 주유는 아파서 음식도 먹지 못한다.

군의가 말한다.

"이 화살촉에는 원래 독약을 칠했기 때문에 상처가 속히 낫지 않을 것입니다. 만일 분노하거나 마음에 심한 충격을 받을 경우엔 상처가 다시 터질 염려가 있으니, 각별히 주의하셔야 합니다."

이에 정보는 모든 군사들에게 각기 영채를 굳게 지키고 경솔히 출전하지 말도록 명령을 내렸다.

사흘이 지났다.

우금이 군사를 거느리고 와서 싸움을 걸었으나, 정보의 군사는 꼼짝도 하지 않았다. 우금은 온갖 욕설을 퍼붓다가 날이 저물 무렵에야 돌아갔다.

이튿날, 우금은 또 와서 싸움을 걸며 욕질을 한다. 정보는 주유의 병이 덧날까 봐 염려하여 보고도 하지 않았다.

3일째 되는 날, 우금은 바로 영채 밖에까지 와서 또 갖은 욕설을 하며 군사들을 시켜 외친다.

"우리는 주유를 잡으러 왔다. 주유야 썩 나오거라."

정보는 모든 장수들과 상의하여, 일단 군사를 거느리고 물러가서 손권에게 보고하고 다시 대책을 세우기로 했다.

주유는 상처가 쑤시고 아팠으나 정신은 말짱했다. 조인의 군사가 늘 영채 앞까지 와서 싸움을 걸고 욕질하는 것도 주유는 다 알고 있었다. 그러나 아무도 주유에게 사실을 고하지는 않았다.

하루는 조인이 많은 군사를 거느리고 요란스럽게 북을 치고 함성을 지르며 영채 앞에 와서 싸움을 건다. 정보는 여전히 군사를 꼼짝도 못하게 했다.

주유는 모든 장수들을 장막 안으로 불러들였다.

"어디서 북소리가 요란하고, 저렇듯 함성을 지르느냐?"

모든 장수들이 대답한다.

"저건 우리 군사들이 전투 연습하는 소리입니다."

주유가 노하여 꾸짖는다.

"그대들은 어째서 나를 속이는가? 나는 조인의 군사가 날마다 영채 앞에 와서 욕질하며 싸움을 거는 것을 다 알고 있다. 그런데 정보는 나 대신 병권을 잡고 있으면서도 어째서 가만히 앉아 구경만 한다더냐!"

드디어 정보를 불러 그 까닭을 물으니, 정보가 대답한다.

"의원이 말하기를 도독이 충격을 받으면 상처가 악화된다 하기에, 그래서 일절 알리지 않은 것이오."

"그렇다고 싸우지 않으면 장차 어쩔 셈이냐?"

정보가 대답한다.

"일단 군사를 거두어 강동으로 돌아가서 도독의 상처가 낫기를 기다렸다가 다시 싸울 작정이오."

이 말을 듣자 주유는 병상에서 분연히 일어나 소리를 지른다.

"대장부가 나라의 녹을 먹었다면, 전장에서 죽어 말 가죽에 싸인 시체가 되어 돌아가는 것이 영광일 터, 어찌 나 한 사람을 위해 국가의 큰 일을 버려둔단 말이냐!"

주유가 말을 마치자마자 갑옷을 입고 말 위에 성큼 올라타니, 모든 군사와 장수들은 놀라지 않는 사람이 없었다. 드디어 주유는 기병 수백 명을 거느리고 영채 앞으로 나갔는데, 조인의 군사는 이미 진영을 펴고 있었다.

조인이 문기 아래에 말을 세우고 채찍을 번쩍 들어 크게 욕질한다.

"입에서 젖내 나는 주유야! 네 필시 요사夭死하여 다시는 감히 우리 군사를 넘보지 못하리라!"

조인의 욕질이 끊임없이 계속되는데, 주유가 기병들 속에서 썩 나서며 외친다.

"철없는 조인아! 네 눈에 이 주유가 보이느냐!"

조인의 군사들은 뜻밖에 주유가 나타난 것을 보고 깜짝 놀란다.

조인이 모든 장수를 돌아보며 분부한다.

"쉬지 말고 갖은 욕설을 다 퍼부어라."

조인의 군사들은 악머구리 떼처럼 주유에게 입에도 담지 못할 욕을 마구 퍼붓는다. 주유가 노기 등등하여 장수 반장을 싸우도록 내보냈다.

미처 싸움이 벌어지기도 전이었다. 주유는 갑자기 크게 외마디소리를 지르더니 입에서 피를 토하며 말 밑으로 굴러 떨어졌다. 이를 본 조인의 군사들이 일제히 쳐들어온다.

주유의 모든 장수들은 급히 달려나가 한바탕 혼전을 벌인 끝에 주유를 떠메고 장막 안으로 들어왔다.

정보가 황급히 묻는다.

"도독은 정신을 차리시오!"

주유가 슬며시 눈을 뜨며 속삭인다.

"이건 내가 꾸민 계책이오."

정보는 그제야 안심하고 묻는다.

"계책이라니 어떤 계책이오?"

"내 몸은 심히 아프지 않으나, 내가 이런 짓을 한 것은 조인의 군사들에게 병이 위독한 것처럼 보여 그들을 속이기 위해서요. 그러니 장군은 심복 군사 몇 사람을 남군성 안으로 보내어 거짓 항복을 하게 하고 내가 죽었다는 헛소문을 퍼뜨리게 하시오. 그러면 오늘 밤에 조인이 반드시 우리 영채를 습격하러 올 것이니, 그때 우리 군사들이 사방에 매복하고 있다가 그들을 무찌르면 단번에 조인을 사로잡을 수 있소."

정보는 머리를 끄덕이며,

"참으로 묘한 계책이오."

하고 곧 나가서 장하의 모든 장수들에게 영을 내렸다.

모든 장수들은 즉시 초상난 것을 사방에 알리니, 이어서 곡성이 일어난다. 모든 군사들은 곡하는 소리를 듣고 크게 놀라 서로 돌아보며 말한다.

"도독이 상처가 터지고 온몸에 독이 퍼져 마침내 세상을 떠나셨구나!"

이에 각 영채마다 상표喪標를 내걸고 여기저기서 곡성이 진동한다.

한편, 남군성 안으로 돌아온 조인은 모든 장수들과 함께,

"주유가 분이 나서 상처가 터지는 바람에 피를 쏟고 말에서 굴러 떨어졌으니, 오래지 않아 죽을 것이다."

하고 기분이 좋아져서 말하는데, 수하 사람이 들어와서 고한다.

"적의 영채에서 적군 10여 명이 우리에게로 투항해왔습니다. 더구나 그들 중에는 그간 적군에게 포로로 있던 우리 군사 두 사람도 있습니다."

조인은 즉시 그들을 데려오라 했다. 도망쳐온 군사들이 들어와 말한다.

"오늘 주유는 영채 앞에서 상처가 터져 장막으로 돌아가자, 이내 죽었습니다. 그래서 모든 장수들이 발상發喪하고 울고 있습니다. 우리는 지난날 정보에게 구박을 받은 일이 있기 때문에 특히 장군에게 항복하고 이 일을 알려드리고자 왔습니다."

조인은 크게 기뻐하며 곧 모든 장수들과 상의한다.

"오늘 밤에 적의 영채를 습격하고, 주유의 시체를 빼앗아 그 머리를 끊어 허도로 보내자!"

진교가 말한다.

"이런 계책은 속히 해치워야지 머뭇거리면 일을 그르치고 마오."

이에 조인은 우금을 선봉으로 삼고 자신은 친히 중군中軍이 되고, 조순을 후군後軍으로 삼았다. 그리고 진교에게는 약간의 군사를 남겨주어 남군성을 맡기고, 그 나머지 군사를 모조리 일으켜 초경 무렵에 일제히 떠난다.

조인이 군사를 거느리고 바로 주유의 대채를 향하여 가서, 영채 문 앞까지 이르러 둘러본다. 그런데 적의 군사는 하나도 보이지 않고, 영채에는 공연한 기와 창만 가득히 꽂혀 있었다.

조인은 그제야 정신이 번쩍 나서 크게 외친다.

"우리가 적의 계책에 걸려들었다! 속히 후퇴하라!"

조인의 군사들이 일제히 돌아서서 달아나려 할 때였다.

사방에서 일제히 포 소리가 일어나며 동쪽에서는 한당과 장흠이 쳐들어오고, 서쪽에서는 주태와 반장이 쳐들어오고, 남쪽에서는 서성과 정봉이 쳐들어오고, 북쪽에서는 진무와 여몽이 쳐들어오니, 조인의 삼로군은 완전히 포위당하고 습격을 받아 산산조각이 났다.

조인은 겨우 기병 10여 명을 거느리고 포위를 뚫고 나오다가, 마침 조홍을 만나 겨우 패잔병을 거느리고 함께 달아나서 5경 무렵에야 겨우 남군 가까운 지점까지 돌아왔다.

이제야 살았나 보다 하고 숨을 좀 돌리려는데, 난데없이 북소리가 진동하면서 능통이 군사를 거느리고 썩 나타나더니 앞길을 가로막고 쳐들어온다. 조인은 질겁을 하며 군사를 거느리고 옆길로 달아나는데, 이번에는 앞에서 감영이 군사를 거느리고 나타나 무찌른다.

조인은 감히 남군으로 돌아가지 못하고 양양으로 향하는 큰길을 따라 달아난다. 오나라 군사들은 조인을 한 마장 가량 뒤쫓다가 돌아왔다.

주유와 정보는 드디어 모든 군사를 거두고 의기 양양하게 곧바로 남

첫 번째로 주유(오른쪽)를 기절시키는 공명. 성 위의 인물은 조자룡

군을 향하여 나아갔다.

남군성 아래에 이르러 주유가 성 위를 쳐다보니, 정기가 가득히 꽂혔는데, 성루에서 한 장수가 내려다보며 외친다.

"도독은 허물 말라. 우리는 군사軍師의 명령을 받고 이미 이 성을 점령했다. 나는 상산 조자룡이다."

주유가 격분하여 즉시 일제히 공격을 명령하는데, 성 위에서 화살이 빗발치듯 날아온다. 주유는 하는 수 없이 군사를 거느리고 돌아와서 모든 장수들과 상의한 뒤에 명령을 내린다.

"감영은 군사 수천 명을 거느리고 가서 형주를 함락하고, 능통은 군사 수천 명을 거느리고 가서 양양을 함락시켜라. 그런 다음에 다시 남군을 치면 저절로 항복할 것이다."

주유가 군사를 나누어주고 각기 떠나 보내려는데, 문득 파발꾼이 말을 달려와서 급히 고한다.

"제갈양이 남군을 점령하고, 조인의 병부兵符(총사령관을 상징하는 신표信標)를 그날 밤으로 형주에 보내어 '조인이 속히 구원 오라 한다'고 속여 그곳 군사를 끌어낸 뒤에 장비를 시켜 형주성을 점령했습니다."

기막힌 보고를 듣고 주유가 당황해하는데, 또 파발꾼이 달려와서 급히 고한다.

"양양을 지키던 하후돈은 제갈양이 사람을 시켜 보낸 병부와 '조인이 속히 구원 와달라고 한다'는 말을 곧이듣고 속아서 떠났는데, 바로 뒤에 관운장이 쳐들어가서 양양성을 점령했습니다. 이리하여 유현덕은 힘 하나 들이지 않고 형주와 양양 두 곳을 다 차지했습니다."

주유가 냅다 소리를 지른다.

"제갈양이 조인의 병부를 어떻게 구했다더냐!"

정보가 말한다.

"남군성을 지키고 있던 진교를 잡아 족쳤겠지요. 진교가 조인의 병부를 제갈양에게 바쳤을 것 아니겠소?"

주유는 기가 막혀 크게 외마디소리를 지르다가 상처가 터져 쓰러지고 만다.

몇 고을 성城도 내 차지가 못 된단 말인가.

그렇다면 지금까지 누굴 위해 갖은 고생을 했던고.

幾郡城池無我分

一場辛苦爲誰忙

주유의 생명은 어찌 될 것인가.

제52회

제갈양은 지혜로써 노숙을 거절하고
조자룡은 계책을 써서 계양 땅을 점령하다

공명이 남군성을 가로채고 형주·양양까지 점령했다는 사실을 전해 들었으니, 주유가 어찌 울화가 치밀지 않을 수 있으리요. 울화가 치밀어 상처가 터지는 바람에, 주유는 까무라친 지 반 식경 만에 깨어났다. 모든 장수들이 고정하시라 재삼 권한다.

주유가 대답한다.

"촌놈 제갈양을 죽이지 못한다면, 어찌 이 원한을 풀리요. 정보는 나를 도와 남군을 공격하여 꼭 탈환하도록 하시오."

서로 상의하는데, 노숙이 들어온다.

주유가 말한다.

"군사를 일으켜 유비·제갈양과 맞부닥쳐 생사를 결정짓고 땅을 탈환하리니, 노숙은 힘을 다해 나를 도와주시오."

노숙이 대답한다.

"그래선 안 되오. 지금 우리는 조조와 서로 겨루고 있는 처지로, 아직도 승부가 나지 않았소. 더구나 주공께서 합비를 함락 못하고 있는 형편인데, 만일 우리가 유현덕과 겨루어 동맹군끼리 서로 싸우는 동안에, 조조의 군사가 기회로 삼아 밀어닥치는 날이면 어찌할 테요? 더구나 유현덕은 예부터 조조와 서로 친한 사이였소. 유현덕이 우리와 싸워 사태가 위급해지면, 조조에게 성을 몽땅 바치고 서로 합세하여 우리 동오를 공격할지도 모르지 않소?"

주유가 탄식한다.

"그러나 우리는 그간 갖은 계책을 짜고 싸워 수많은 군사와 말을 잃었고, 엄청난 비용과 곡식을 쳐들였거늘 그 결과가 뭐요. 유현덕이 이익을 독차지했으니 어찌 분하지 않겠소."

"도독은 참아야 하오. 내가 친히 가서 유현덕을 만나보고 사리를 따져서 타이르겠소. 그래도 유현덕이 고집하면, 그때에 우리 군대가 가서 쳐도 늦지는 않을 것이오."

모든 장수들이 권한다.

"노숙의 말씀이 가장 좋은 방법이오."

이에 노숙은 시종하는 사람들을 거느리고 바로 남군으로 가서, 성 아래에 이르러 성문을 열라고 외쳤다.

조자룡이 나와 용건을 묻는다. 노숙이 대답한다.

"나는 유현덕 공에게 할말이 있어 왔소."

조자룡이 대답한다.

"우리 주공께서는 군사軍師와 함께 형주성에 가 계시오."

노숙은 남군성으로 들어가지 않고 바로 형주로 갔다. 형주에 이르러보니, 정기는 정연히 열 지어 섰고, 군대의 위세가 자못 삼엄했다. 노숙은 속으로 감탄한다.

"공명은 참으로 비상한 인물이로다!"

이윽고 성문을 지키는 군사가 성안으로 들어가서 노숙이 왔다고 고했다. 공명은 성문을 활짝 열고 나가서 노숙을 영접한다. 그리고 관아로 들어와 인사를 마치자 주인과 손님의 자리에 나뉘어 앉아 차를 마신다.

차를 다 마시자 노숙이 말한다.

"나는 우리 주공과 도독 주유의 뜻을 유황숙劉皇叔 귀공께 전하러 왔소이다. 지난날 조조가 백만 대군을 거느리고 강남에 온 것은 사실 유황숙 어른을 치기 위함이었소. 그러나 다행히도 우리 동오가 조조의 군사를 완전히 격퇴하고 유황숙을 구해드렸소. 그러니 형주 땅 아홉 군은 우리 동오가 차지해야 마땅하거늘, 이제 유황숙이 잔꾀를 부려 형주와 양주 땅을 다 가로챘으니, 이게 웬일이오? 그래 우리 동오는 공연히 수많은 돈과 곡식과 군사와 말과 무기만 허비하고, 그 이익은 유황숙이 독차지했으니 이래서야 어찌 이치에 합당하다 하겠소."

공명이 대답한다.

"노숙 귀공은 뛰어난 선비로서 어찌 그런 말씀을 하시오. 자고로 '물건은 반드시 주인에게로 돌아간다'는 말이 있소. 형주·양양 아홉 군은 동오의 땅이 아니고 원래가 유경승劉景升(유표劉表)의 땅이며, 우리 주공은 바로 유경승의 동생이시오. 유경승은 비록 세상을 떠났으나, 그 아들이 분명히 있으니, 그 아저씨뻘 되시는 우리 주공께서 조카를 돕기 위하여 형주와 양양을 차지한 것이 어째서 이치에 어긋난단 말이오?"

노숙이 트집을 잡는다.

"공자公子 유기劉琦가 부친이 남긴 땅을 이어받아서 차지하고 있다면야 이해 못할 바는 아니나, 지금 공자 유기는 강하江夏 땅에 있고 여기엔 없지 않소?"

공명이 되묻는다.

"귀공은 공자를 보시려오?"

공명은 좌우 사람에게 분부한다.

"공자를 모셔오너라."

이에 병풍 뒤에서 시종하는 사람이 유기를 부축하고 나온다.

유기가 노숙에게 말한다.

"병 든 몸이라 진작 나와서 인사를 못했으니, 귀공은 너무 책망하지 마시오."

노숙은 속으로 깜짝 놀랐다. 한동안 묵묵히 앉았다가 묻는다.

"공자가 없다면 어찌하겠소?"

공명이 대답한다.

"그야 공자가 계시면 하루라도 더 이곳을 지켜야 하고, 만일 공자가 안 계신다면야 그때엔 별도로 상의를 해야지요."

"그렇다면 공자 유기가 없을 경우엔, 우리 동오에게 성을 다 돌려주셔야 합니다."

공명이 쾌히 대답한다.

"노숙의 말씀이 옳소."

공명은 잔치를 차려 대접한다. 잔치가 끝나자 노숙은 하직하고 형주성을 떠났다. 노숙은 밤낮으로 말을 달려 영채로 돌아가서 주유에게 경과를 자세히 보고했다.

주유가 묻는다.

"유기는 젊은 청춘인데 죽을 리가 있겠소. 그렇다면 형주를 어느 세월에 돌려받는단 말이오?"

노숙이 대답한다.

"도독은 안심하시오. 이 노숙이 힘을 써서 형주와 양양을 우리의 것으로 만들어 보이리다."

"노숙은 무슨 뛰어난 의견이라도 있소?"

"내가 이번에 가본즉 유기는 주색이 지나쳐서 병이 골수에 들어, 얼굴은 마르고 얼마나 객혈喀血을 했는지 숨결이 가쁩디다. 아마 반년도 못 가서 반드시 죽을 것이니, 그때 우리가 가서 형주를 취하면 유현덕인들 별수없을 것이오."

주유는 오히려 울화가 나서 상을 찌푸리고 있는데, 수하 사람이 들어온다.

"주공께서 보내신 사자가 왔습니다."

주유는 곧 들라 하였다. 손권의 사자가 들어와서 고한다.

"주공께선 그간 합비성을 공격했으나 아직 점령하지 못하셨습니다. '특히 도독은 대군을 거느리고 돌아와서 싸움을 도우라'는 분부이십니다."

이에 주유는 모든 군사들을 거느리고 시상柴桑 땅으로 돌아가서 병을 조섭하는 동시에, 정보에게 군사와 전함을 주어 합비로 가서 손권을 돕게 했다.

한편, 유현덕은 형주·남군·양양을 얻고는 매우 흡족해하며 앞으로의 일을 상의한다. 이때 한 사람이 대청으로 올라와 '계책이 있다' 하기에 보니, 바로 이적伊籍이었다.

유현덕은 지난날의 은혜를 잊을 수 없어 이적을 십분 공경하며 물었다.

이적이 대답한다.

"형주 일대를 오래 유지하려는 계책이라면, 왜 어진 선비를 청하여 묻지 않습니까?"

유현덕이 거듭 묻는다.

"어진 선비라니 그분이 어디 계시오?"

"이 일대에선 마馬씨 형제 다섯 사람이 모두 명성이 높으니, 끝에 동생의 이름은 마속馬謖이고 자는 유상幼常이오. 그들 중에 가장 뛰어난 인물은 마양馬良으로 자를 계상季常이라 하는데, 눈썹에 흰 털이 있답니다. 그래서 고을 사람들은 마씨 오 형제 중에서 흰 눈썹이 가장 뛰어나다고 말합니다. 귀하는 어째서 마양을 불러 이 일을 상의하지 않습니까?" 오늘날에도 가장 뛰어난 것을 백미白眉라고 하니, 백미라는 말은 이때부터 시작된 것이다.

유현덕은 즉시 사람을 보내어 마양을 초빙했다. 마양이 오자 유현덕은 극진히 대하고 어떻게 하면 형주, 양양 일대를 영구히 보존할 수 있는가를 물었다.

마양이 대답한다.

"형주, 양양은 사방으로부터 적의 공격을 받기 쉬운 곳이기 때문에 오래 보존하기 어렵습니다. 그러니 공자 유기를 불러 이곳에서 병을 조섭하게 하고, 지난날 유경승의 옛 수하 사람들에게 이 지방을 지키도록 맡기는 동시에 천자께 표문을 보내어 유기를 형주 자사로 삼아 백성들의 마음을 안정시키십시오. 그런 뒤에 남쪽 무릉武陵, 장사長沙, 계양桂陽, 영릉零陵 네 군을 공격하고 돈과 곡식을 거두어 쌓는 것으로써 장구한 방침을 세우십시오. 이것이 장래를 위한 계책입니다."

유현덕은 크게 기뻐하며 묻는다.

"네 군을 공격한다면, 어느 곳부터 먼저 쳐야 할까요?"

마양이 대답한다.

"상강湘江 서쪽에 있는 영릉이 가장 가까운 곳이니 먼저 그곳부터 점령하고, 다음은 무릉을 점령하고, 그런 뒤에 상강 동쪽에 있는 계양을 점령하고, 장사는 맨 나중에 도모하십시오."

유현덕은 드디어 마양을 종사從事(주목州牧 · 군수郡守의 속관屬官)로 삼고 이적을 그의 부관副官으로 삼았다.

유현덕은 공명을 초청하고 상의한 뒤에 유기를 양양에 가 있게 하고

형주에서 4군 공략의 계책을 세우는 공명(왼쪽에서 세 번째). 그 오른쪽은 유비

관운장을 형주로 불러 올리고, 곧 영릉 땅을 칠 군사를 일으켰다. 이리
하여 장비는 선봉이 되고, 조운趙雲은 후군, 공명과 유현덕은 중군이 되
고, 관운장에게는 군사 만여 명을 주어 형주를 지키게 하고, 미축麋竺과
유봉劉封은 강릉江陵으로 보내어 지키게 했다.

한편, 영릉 태수 유도劉度는 유현덕이 군사를 거느리고 쳐들어온다는
보고를 받자, 그 아들 유현劉賢과 상의한다.

유현이 말한다.

"부친은 안심하소서. 그들에게 비록 장비와 조자룡의 용맹이 있다 해
도, 우리의 장수 형도영邢道榮은 만 명의 적도 능히 대적할 힘이 있습니다."

마침내 유도의 명령을 받은 유현은 형도영과 함께 군사 만여 명을 거
느리고 영릉성에서 30리 떨어진 곳으로 나가 산을 등지고 냇가에 진영

을 세웠다.

이때 파발꾼이 말을 달려와서 고한다.

"공명이 일지군을 거느리고 옵니다."

이에 형도영은 군사를 거느리고 나갔다. 공명의 군사는 저편에서 전투 태세를 갖추고 있다.

서로 둥글게 진을 이루자, 형도영은 말을 달려 나가서 개산대부開山大斧를 휘두르며 소리 높여 외친다.

"반란한 도둑들아! 어찌 감히 우리 경계를 침범하느냐!"

상대편 진영에서 한 떼의 노란 기가 나오더니 양쪽으로 갈라지면서 사륜거四輪車 한 대가 나오는데, 그 수레에는 머리에 윤건綸巾을 쓰고 몸에 학창의鶴氅衣를 입고 손에는 깃털 부채[羽扇]를 든 사람이 앉아 있었다.

그 사람이 깃털 부채로 형도영에게 손짓하며 말한다.

"나는 남양의 제갈공명이다. 조조의 백만 대군도 나의 조그만 계책에 걸려 전멸당했거늘, 너희들이 어찌 감히 나를 대적하겠느냐. 내 이제 조용히 너희들을 부르는데 어째서 속히 항복하지 않느냐?"

형도영은 크게 웃으며,

"적벽강에서 이긴 것은 바로 주유의 계책 덕분이라. 네가 뭘 했다고 내 앞에 와서 미친 소리를 하느냐."

하고 개산대부를 휘두르며, 곧바로 공명에게로 달려온다. 공명은 즉시 수레를 돌려 진영 안으로 들어가고, 진문陣門은 다시 닫힌다.

형도영이 마구 쳐들어가자 공명의 진영은 급히 양쪽으로 나뉘어 달아난다. 형도영이 바라보니 중앙에 한 떼의 노란 기가 모여서 달아나는지라. 형도영은 그 속에 공명이 있는 줄로 짐작하고, 그 한 떼의 노란 기만 바라보고 뒤쫓아 산기슭을 돌아 나간다. 거기에 그 한 떼의 노란 기가 서 있었다.

형도영이 급속히 접근해가자, 모여 섰던 노란 기의 한가운데가 갑자기 나누어진다. 그 속에 사륜거는 보이지 않고 한 장수가 장팔사모를 쳐들고 말을 달려 나오며 크게 꾸짖는다. 그 장수는 바로 장비였다.

형도영은 개산대부를 휘두르며 맞이하여 싸운 지 수합에 기운이 모자라자, 문득 말을 돌려 달아나니 뒤에서 장비가 쫓아온다. 갑자기 함성이 진동하면서 양쪽에서 복병이 일제히 튀어나온다.

형도영은 죽을힘을 다하여 앞을 무찌르고 나가는데, 한 장수가 길을 딱 가로막고 크게 외친다.

"너는 상산 조자룡을 못 알아보느냐!"

형도영은 도저히 대적할 수가 없고, 그렇다고 달아날 틈도 없어 마침내 말에서 뛰어내려 항복했다.

조자룡은 형도영을 결박지어 영채로 끌고 돌아가 유현덕과 공명에게 보였다.

"끌어내어 참하여라."

유현덕이 꾸짖는데, 공명이 급히 말리고 형도영에게 묻는다.

"유현을 잡아오면 너의 항복을 믿어주마."

형도영은 연방 소리를 지르며 그러겠노라고 애원한다.

공명이 다시 묻는다.

"너는 어떤 방법으로 유현을 잡아올 테냐?"

"군사軍師께서 저를 돌려보내주시면, 제가 가서 교묘히 꾸며낼 자신이 있습니다. 오늘 밤에 군사께서는 병사를 거느리고 그들의 영채를 엄습하십시오. 영채 안에서 제가 동시에 들고일어나 유현을 잡아 바치겠습니다. 유현만 사로잡으면, 그 아비 유도는 스스로 항복하리다."

유현덕은 그 말을 믿지 않는데, 공명이

"형장군은 거짓말할 사람이 아닙니다."

하고, 드디어 형도영을 영채로 돌려보냈다.

형도영은 영채로 돌아가서 유현에게 사실대로 고했다.

유현이 묻는다.

"어찌하면 좋을까!"

형도영이 대답한다.

"적의 계책을 우리가 역이용해야 합니다. 오늘 밤에 모든 군사들을 영채 밖에 매복시키고, 영채 안에는 기와 번만 잔뜩 세워두십시오. 공명이 영채로 들어가거든, 즉시 포위하고 사로잡으면 됩니다."

유현은 거듭 머리를 끄덕였다.

그날 밤 2경에 과연 한 떼의 군사가 오더니, 군사마다 풀 다발에 불을 붙여 일제히 영채에 불을 지른다. 지금까지 밖에서 숨어 보던 유현과 형도영이 군사를 거느리고 달려나가 무찌르니, 불을 지른 군사들이 일시에 달아난다.

유현과 형도영이 달아나는 군사들을 한 10리쯤 뒤쫓아가다가 보니, 달아나던 군사들이 어디로 사라졌는지 하나도 보이지 않는다.

유현과 형도영은 속았다는 생각에 크게 놀라, 그들의 영채로 급히 돌아갔다. 영채에는 아직도 불이 꺼지지 않았는데, 그 안에서 한 장수가 달려 나온다. 보니 바로 장비가 아닌가!

유현이 외친다.

"형도영은 영채로 들어가지 말라. 차라리 공명의 영채를 치러 가자!"

이에 그들이 급히 군사를 돌려 한 10리쯤 달려갔을 때였다.

조자룡이 일지군을 거느리고 옆에서 달려 나와 마구 무찌르고 들어와서 단번에 형도영을 창으로 찔러 말 아래로 거꾸러뜨린다.

유현이 급히 말을 돌려 달아나다가 돌아보니, 장비가 나는 듯이 뒤쫓아온다. 장비는 긴 손을 뻗어 유현의 뒷덜미를 잡아채서 말 아래로 냅다

던지고, 즉시 결박을 지어 공명에게로 갔다.

유현이 공명에게 고한다.

"형도영이 시키는 대로 했을 뿐 이번 일은 저의 본심에서 한 짓이 아닙니다."

공명은 유현의 결박을 풀어주고, 옷을 갈아입힌 다음 술을 먹여 놀란 가슴을 진정시킨다.

"너를 성으로 돌려보낼 테니, 너의 부친에게 잘 말해서 항복하게끔 하여라. 너희들이 항복하지 않으면 성을 격파하고, 너의 일가를 몰살하리라."

이에 유현은 영릉성으로 돌아가서, 부친 유도에게 공명의 인덕을 자세히 말하고 항복을 권했다.

유도는 그 뜻을 따라 마침내 성 위에 항복하는 기를 올리고, 성문을 활짝 열었다. 유도는 인수를 들고 성밖으로 나가 유현덕의 대채로 가서 항복했다.

공명은 유도에게 전처럼 영릉을 지키도록 내주고, 그 아들 유현만 형주로 데리고 가서 군사 일을 보게 하니 영릉 땅 모든 백성이 다 기뻐했다.

유현덕은 영릉성으로 들어가서 백성들을 위로하며 삼군의 공로에 대해서 상을 내린 후에 모든 장수들에게 묻는다.

"영릉은 이미 얻었으나, 다음 계양 땅은 누가 가서 얻겠느냐?"

조자룡이 대답한다.

"바라건대 내가 가겠습니다."

장비가 분연히 썩 나서며 자원한다.

"나도 가겠소."

두 사람이 서로 가겠노라고 다투는데, 공명이 말한다.

"조자룡이 먼저 대답했으니 보냅시다."

장비가 복종하지 않고 나서거늘, 공명은 두 사람에게 심지를 뽑게 했다. 그 결과 역시 조자룡이 가게 되었다.

장비가 버럭 화를 낸다.

"난 남의 도움을 받지 않고 혼자 군사 3천 명만 거느리고 가서 계양성을 함락할 테니 두고 보라."

조자룡도 지지 않고 나선다.

"나도 군사 3천 명만 거느리고 가겠소. 만일 계양성을 함락 못하면 군령에 의해서 형벌을 받으리다."

공명은 크게 기뻐하고, 조자룡이 쓴 군령장軍令狀을 받고 용맹한 군사 3천 명을 내줬다. 그래도 장비가 복종하지 않고 자기도 가겠다며 나서는 것을 유현덕이 꾸짖어 물러나게 했다.

이에 조자룡은 군사 3천 명을 거느리고 계양 땅으로 진군하는데, 적의 첩자가 이를 탐지하고 계양 태수 조범趙範에게 달려가서 고했다. 조범은 급히 사람들을 불러 대책을 상의한다.

관군교위管郡校尉로 있는 진응陳應과 포용鮑龍이 가서 싸우겠다고 자원한다. 그들은 원래 계양령桂陽嶺 산골 동네 사냥꾼 출신으로, 진응은 비차飛叉(쇠사슬 끝에 쇠를 단 무기)를 잘 썼고, 포용은 지난날 호랑이 두 마리를 활로 쏘아 죽인 일이 있었다.

두 사람은 자기 용기만 믿고 조범에게 말한다.

"유비가 오기만 하면 우리 두 사람이 전부前部 선봉이 되어 나가서 무찌르겠습니다."

조범이 말한다.

"내 들으니 유현덕은 바로 한나라 황숙(천자의 아저씨)이며, 겸하여 지혜 많은 공명과 용맹이 대단한 관운장·장비를 두었다 한다. 지금 군사를 거느리고 오는 조자룡이란 장수는 지난날 당양當陽 땅 장판長坂에

120

서 백만 적군 속을 무인지경 드나들듯하였으니, 우리에게 군사가 있긴
있되 그들을 대적할 수 없으니 항복하는 것이 옳으리라."

진응이 대답한다.

"우리가 나가 싸워 조자룡을 잡지 못하거든, 그때에 태수께서 항복해
도 늦지 않으리다."

조범은 더 우길 수도 없어서 허락하니, 이에 진응이 군사 3천 명을 거
느리고 계양성을 떠나 적군과 싸우러 나간다.

가다가 바라보니 저 멀리에서 조자룡의 군사가 달려온다. 진응은 진
陣을 펴고 말을 달려 나아가니, 조자룡이 창을 비껴 들고 말을 달려 나오
면서 크게 꾸짖는다.

"우리 주공 유현덕은 유경승(유표)의 동생이시니, 이제 공자 유기를
도와 함께 형주 일대를 다스리고 특히 백성들을 위로하러 오셨는데, 너
희들이 어찌 감히 싸우러 나왔느냐."

진응이 욕질한다.

"우리는 조승상의 명령에 복종할 뿐이다. 어찌 되지못한 유비 따위에
게 순종하리요."

조자룡은 크게 노하여 창을 꼬느어 잡고 말을 달려온다.

진응이 비차를 휘두르고 서로 말을 비비대며 어우러져 싸운 지 4, 5합
에 이르렀을 때였다. 그제야 진응은 도저히 조자룡을 대적하지 못할 것
을 알고 말을 돌려 달아난다.

조자룡은 뒤쫓아가 점점 가까이 육박하는데, 진응이 휙 말을 돌려 세
우면서 면상을 향하여 비차를 던졌다.

조자룡은 날아오는 비차를 창으로 막아 잡아가지고 도로 진응에게
던진다.

진응이 급히 몸을 돌려 비차를 피하는 순간, 조자룡은 나는 듯이 말을

달려 들어가 진응의 뒷덜미를 잡아 올려 말 아래로 내던지고 군사들을 시켜 결박하니, 적군은 사방으로 흩어져 달아난다.

조자룡은 진응을 사로잡아 이끌고 영채로 돌아가서 꾸짖는다.

"네가 감히 나를 대적하겠느냐! 내 너를 죽이지 않고 돌려보낼 테니, 조범에게 가서 속히 항복하도록 일러라!"

진응은 사죄하고 머리를 감싸고 도망치듯 계양성으로 돌아갔다. 그리고 그간의 경과를 자세히 계양 태수 조범에게 보고했다.

조범이 꾸짖는다.

"그러기에 내가 애초에 항복하자고 했는데, 너희들이 우기더니 이 지경이 됐구나!"

조범은 드디어 인수를 들고 기병 수십 명을 거느리고 성을 떠나, 조자룡의 영채로 가서 항복했다. 조자룡은 영채 밖으로 나가서 조범을 영접하여 손님에 대한 예의로써 대접하고, 함께 술을 마시고 인수를 받았다.

술이 몇 순배 돌았을 때였다. 조범이 말한다.

"장군의 성이 조씨이고 나도 또한 조가니 5백 년 전에는 우리가 다 한 집안이었소. 더구나 장군은 진정眞定 땅 출신이며, 나도 또한 진정 땅 출신이니 바로 같은 고향 사람이오. 장군이 나를 버리지 않고 서로 의형제를 맺는다면 참 좋겠소이다."

조자룡은 크게 기뻐하고 서로 나이를 대보니, 그들은 서로 동갑이고 조자룡이 4개월 빠른 셈이었다. 이에 조범은 일어나 절하고 조자룡을 형님으로 삼았다.

두 사람은 동갑인데다 고향도 같은지라, 더욱 친해졌다. 밤늦게야 술자리를 파하고, 조범은 계양성으로 돌아갔다.

이튿날, 조범은 사람을 보내어 조자룡에게 계양성에 들어와 백성을 안정시켜줄 것을 청했다. 이에 조자룡은 군사들에게 규율을 지키도록

지혜로써 계양 땅을 점령한 조자룡. 오른쪽은 조범

명하고, 기병 50명만 거느리고 계양성으로 들어가니 백성들이 나와서 향불을 사르며 영접한다. 그는 백성들을 위로하고 나서 조범의 안내를 받아 관아에 들어가 잔치 자리에 임석했다.

술자리가 어느 정도 무르익자 조범은 다시 조자룡을 데리고 후당의 깊숙한 방으로 들어가서, 잔을 씻고 다시 술을 대접한다.

조자룡이 술기가 거나했을 때였다. 조범은 문득 한 부인을 나오게 하여 조자룡에게 술을 따르도록 한다. 조자룡이 그 부인을 보니 상복을 입었는데, 참으로 절세미인이었다.

조자룡이 조범에게 묻는다.

"이 부인은 누군가?"

"저의 형수씨온데, 성은 번樊씨올시다."

조자룡은 옷깃을 여미고 번씨에게 경의를 표한다.

번씨가 조자룡에게 술을 따르자, 조범은 자리에 앉도록 권한다. 그러나 조자룡은 번씨에게 군이 안으로 들어가시라며 사양한다.

번씨가 안으로 들어간 뒤에 조자룡이 묻는다.

"동생은 하필이면 형수씨를 불러 나에게 술을 따르게 했는가?"

조범이 웃고 대답한다.

"까닭이 있어 그런 것이니, 바라건대 형님은 너무 나무라지 마십시오. 저의 형님이 세상을 떠난 지 이미 3년이 지났으나, 형수씨는 청상 과부로서 개가할 뜻이 없기에 제가 여러 번 권했더니, 형수씨 말이 '만일 세 가지 조건을 구비하면 시집을 가겠으니, 첫째 문무겸전文武兼全한 사람이라야 하고, 둘째는 용모가 당당하고 위의威儀가 출중한 사람이라야 하며, 셋째는 전남편과 같은 조씨 성이라야 한다'는 것입니다. 그러나 천하에 그런 여러 가지 조건을 모두 갖춘 사람이 어디 있습니까. 그런데 이제 형님이 오신 것입니다. 형님은 용모와 풍신이 당당하고 이름이 천하에 알려진데다가, 또 저의 친형님과 같은 성이니 바로 형수씨 말씀과 맞는 분입니다. 형수씨 얼굴이 마음에 드신다면, 바라건대 비용은 대드릴 테니 아내로 삼으사, 참으로 한집안이 되어주십시오."

조자룡이 크게 노하여 벌떡 일어나 소리를 지른다.

"내 이미 너와 형제를 맺었으니, 너의 형수씨는 바로 나의 형수씨라. 그런데 어찌 세상의 인륜을 어지럽히려 하느냐."

조범은 무안해서 얼굴을 붉히며,

"난 호의로 말했는데 어찌 이렇듯 무례하냐!"

하고 좌우 사람에게 '처치해버리라'는 눈짓을 한다.

조자룡은 눈치를 채고 한 주먹에 조범을 때려눕히고 바로 관아의 문을 나와, 말을 타고 계양성을 떠나간다.

조범은 급히 진응과 포용을 불러 상의한다.

진응이 말한다.

"그자가 화가 나서 가버렸으니, 어떻든 싸워야 합니다."

조범이 걱정한다.

"그러나 싸워서 이길 자신이 있어야 말이지."

포용이 말한다.

"우리가 적진으로 가서 거짓 항복을 하겠으니, 태수께서는 군사를 거느리고 싸움을 거십시오. 우리 두 사람이 적진 안에서 기회를 보아 조자룡을 사로잡겠습니다."

진응이 말한다.

"그러려면 우리도 군사를 좀 데리고 가야 하리라."

포용이 대꾸한다.

"기병 5백 명이면 족하오."

그날 밤에 진응과 포용 두 사람은 기병 5백 명을 거느리고 조자룡의 영채로 달려가서 항복했다.

조자룡은 두 놈이 거짓 항복해온 걸 알면서도 일부러 불러들였다.

진응과 포용이 장막 아래에 이르러 고한다.

"조범은 장군에게 미인계를 써서 듬뿍 취하게 한 뒤에 안으로 끌고 가 장군의 머리를 베어 조조에게 보내고, 상을 탈 속셈이었습니다. 그는 이렇듯 흉악한 자입니다. 우리 두 사람은 장군이 분노해서 떠나시는 걸 보고 우리도 조범에게 걸려들 것 같아 도망쳐왔습니다."

조자룡은 기뻐하는 체하며 두 놈에게 술을 잔뜩 먹이고, 두 놈이 정신을 못 차릴 정도로 취하자 그 자리에서 결박을 지어놓고, 따라온 군사를 붙들어오라고 하여 물어보니, 과연 거짓 항복한 것이었다.

조자룡은 두 놈이 거느리고 왔던 5백 명 군사에게 명령을 내린다.

"나를 해치러 온 자는 진응과 포용이다. 너희들은 이 일과 상관없으니 나의 명령대로 하면 많은 상을 주리라."

5백 명 군사는 다 절하고 감사한다.

조자룡은 진응과 포용을 끌어내어 참하고 5백 명 군사를 앞장세워, 친히 천 명의 군사를 거느리고, 그날 밤으로 계양성 아래에 가서 외치게 했다.

"성문을 열라!"

성 위에서 묻는 말에 군사들이 대답한다.

"진응과 포용 두 장수께서 조자룡을 죽이고 돌아왔소. 태수와 상의할 일이 있어 오신 것이오."

성 위에서 불을 밝혀 비춰보니, 과연 자기편 군사들이 돌아와 있었다. 계양 태수 조범이 급히 성문을 열고 나오자, 조자룡은 영을 내려 그 자리에서 사로잡았다.

조자룡은 성안으로 들어가 백성들을 안정시키고, 즉시 유현덕에게로 사람을 보내어 경과를 보고했다. 이에 유현덕은 친히 공명과 함께 계양성으로 왔다. 조자룡은 유현덕과 공명을 영접해서 성안으로 모시고, 조범을 끌어오라고 해서 댓돌 아래에 꿇어앉혔다.

공명이 물으니, 조범은 형수를 조자룡에게 개가시키려던 일을 소상히 말한다. 공명이 조자룡에게 묻는다.

"이 또한 아름다운 일인데, 귀공은 어째서 그랬소?"

"첫째는 조범과 의형제를 맺은 처지에 그 형수를 얻는다면 남들이 욕할 것이며, 둘째는 그 형수가 개가하면 절개를 잃는 것이며, 셋째는 조범이 항복은 했으나 그 속뜻을 알 수 없었소이다. 주공께서 장강長江과 한강漢江 일대를 아직 정하지 못하사 밤에도 잠을 이루지 못하시는데, 내가 어찌 부인을 얻는 일로 큰일을 소홀히 할 수 있으리요."

유현덕이 말한다.

"오늘 우리의 큰일은 정해졌으니, 그대는 장가드는 것이 어떠하오?"

조자룡이 대답한다.

"천하엔 여자가 적지 않은데, 명예를 손상할까 두렵습니다. 어찌 아내와 자식이 없는 것을 근심하겠습니까?"

"참으로 자룡은 남아 대장부로다."

유현덕은 찬탄하고, 곧 조범의 결박을 풀어주어 다시 계양 태수로 삼고, 조자룡에게는 많은 상을 주었다.

장비가 갑자기 큰소리로 외친다.

"자룡만 두둔해서 공을 세우게 하고, 그래 나를 이렇듯 괄시하느뇨! 내게도 군사 3천 명만 주어보라. 즉시 무릉군武陵郡을 함락하고 무릉 태수 김선金旋을 사로잡아 바치겠소!"

공명은 크게 기뻐하며 말한다.

"익덕이 가는 것은 무방하나, 한 가지 조건이 있다."

　　공명은 승리를 결정하는 데 기이한 계책이 많고
　　장수와 군사들은 서로 앞을 다투어 공로를 세운다.
　　軍師決勝多奇策
　　將士爭先立戰功

공명이 장비에게 말한 한 가지 조건이란 무엇일까.

제53회

관운장은 의리로써 황충을 놓아주고
손권은 장요와 크게 싸우다

공명이 장비에게 말한다.

"지난번에 조자룡이 계양 땅을 치러 갈 때도 책임지고 군령장을 썼으니, 익덕이 무릉 땅을 치러 가는 데에도 반드시 책임지고 군령장을 써야만 한다."

장비는 마침내 군령장을 쓰고, 흔연히 군사 3천 명을 거느리고 밤낮없이 무릉으로 행군한다.

한편, 무릉 태수 김선은 장비가 군사를 거느리고 온다는 보고를 듣자 급히 장수들을 모아 군사와 무기를 점검하고, 적군과 싸울 준비를 서두른다.

종사관으로 있는 공지鞏志가 간한다.

"유현덕은 바로 대한大漢의 황숙으로 인의를 천하에 펴는 분이며, 더구나 장비는 용맹이 절륜하니 가히 대적할 수 없습니다. 그러니 그들을 영접하고 항복하는 것이 상책입니다."

김선은 크게 노하여,

"너는 적군과 내통하고 장차 변을 일으킬 생각이구나."

꾸짖고 무사들에게 추상같이 명령을 내린다.

"공지를 끌어내어 참하여라!"

모든 사람들이 일제히 고한다.

"싸우기도 전에 집안사람을 참하면 불길합니다."

이에 김선은 공지를 꾸짖어 물러가게 하고, 스스로 군사를 거느리고 나섰다. 성을 떠나 20리쯤 가자 군사를 거느리고 오는 장비가 보인다. 장비는 장팔사모를 끼고 말을 세우더니 김선을 꾸짖는다.

김선이 장수들을 돌아보며,

"누가 나가서 싸울 테냐?"

하고 묻는데, 모두 다 기가 질려 나서는 자가 없었다.

이에 김선은 말을 달려가서 칼을 춤추듯 휘두른다. 장비가 한 번 소리를 질러 꾸짖으니, 큰 우렛소리와 같다. 김선은 어찌나 놀랐던지 얼굴이 흙빛으로 변하여 감히 싸우지도 못하고 말을 돌려 달아난다. 장비는 군사를 휘몰아 추격하며 마구 무찌른다.

김선이 겨우 빠져 나와 무릉성 아래로 돌아왔을 때였다. 성 위에서 화살이 빗발치듯 날아온다. 김선이 깜짝 놀라 쳐다보니, 성 위에서 공지가 굽어보며 꾸짖는다.

"네가 하늘에 순종하지 않고 스스로 망할 길을 취하기에, 나는 백성들과 함께 유현덕에게 항복하기로 했다."

공지의 말이 끝나기도 전이었다. 화살 한 대가 먼저 날아와 김선의 목을 꿰뚫고 말 아래로 거꾸러뜨렸다. 군사들은 우루루 달려들어 김선의 머리를 끊어서 장비에게 바치고, 공지는 무릉성에서 나와 항복하였다.

이에 장비는 공지를 시켜 인수를 가지고 계양으로 가 유현덕을 뵙도록 했다. 유현덕은 인수를 받고 매우 기뻐하며, 죽은 김선 대신 공지를 무릉 태수로 삼고, 친히 가서 백성들을 위로했다.

그리고 유현덕은 '장비와 조자룡이 각기 계양과 무릉 땅을 얻었다'는 서신을 써서 형주에 있는 관운장에게로 보냈다.

형주에 갔던 사람이 관운장의 답장을 가지고 돌아왔는데, 그 내용은 이러하였다.

아직 장사 땅을 얻지 못했다고 하니, 형님께서 이 아우의 재주를 인정하신다면, 이번 기회에 공을 세우게 해주십시오.

유현덕은 크게 기뻐하고, 드디어 장비를 보내어 형주를 지키게 하고, 관운장을 불러 올렸다. 관운장은 무릉성에 이르러 유현덕과 공명을 뵈었다.

공명이 말한다.

"조자룡이 계양 땅을 얻고, 장익덕이 무릉 땅을 얻는 데는 각기 군사 3천 명을 데리고 갔으나, 이번 장사 땅만은 처지가 좀 다르오. 물론 장사 태수 한현韓玄은 족히 말할 것도 없는 인물이지만, 그 수하에 황충黃忠이라는 용맹한 장수가 있소. 남양 사람으로 자는 한승漢升이라. 그는 원래 유표 밑에서 중랑장中郞將을 지내다가 유표의 조카 유경劉磬과 함께 장사 땅을 지켰고, 그 뒤에는 한현을 섬기게 됐소. 이제 황충은 나이가 예순에 가까우나, 아직도 만 명을 무찌를 수 있는 용기가 있어서 경솔히 대적할 수 없을 테니, 관운장은 많은 군사를 거느리고 떠나시오."

관운장이 대답한다.

"군사軍師는 왜 적장의 용기만 칭찬하고, 우리의 위엄은 과소 평가하시오. 그런 늙은이쯤은 문제 삼을 것이 못 됩니다. 나는 군사 3천 명도 필요 없고, 평소 수하에 데리고 다니는 군사 5백 명만 거느리고 가서 반드시 황충과 한현의 머리를 베어 바치리다."

유현덕이 타일렀으나, 관운장은 듣지 않고 군사 5백 명만 거느리고 떠났다.

공명이 유현덕에게 말한다.

"관운장이 황충을 얕보았다가 혹 실수할지 모르니, 주공은 그 뒤를 응원하십시오."

이에 유현덕은 공명과 함께 군사를 거느리고 장사를 향하여 곧바로 떠나갔다.

한편, 장사 태수 한현은 평소 성미가 급해서 사람을 경솔히 죽이므로, 모두가 그를 미워했다.

한현은 관운장이 군사를 거느리고 온다는 보고를 듣자, 곧 노장 황충을 불러 상의한다.

황충이 말한다.

"주공은 걱정 마십시오. 내게 이 칼과 활이 있는 한, 천 명이 오면 천 명이 다 죽을 것입니다."

원래 황충에게는 쌀 두 섬을 드는 힘이라야 당길 수 있는 강한 활이 있었으니, 그야말로 백발백중하는 솜씨였다.

황충의 말이 끝나기도 전에 댓돌 밑에서 한 사람이 썩 나선다.

"노장군이 갈 것도 없습니다. 내가 관운장을 사로잡을 테니 염려 마십시오."

한현이 보니, 바로 관군교위 양영楊齡이었다. 한현은 크게 기뻐하고, 마침내 양영에게 군사 천 명을 주어 떠나 보냈다.

양영이 장사성을 나와 한 50리쯤 달려갔을 때였다. 바라보니 저편에서 누런 먼지가 뭉게뭉게 일어나면서 어느새 관운장의 군사가 달려온다.

양영은 창을 꼬느어 잡고 진영 앞에 나서서 큰소리로 꾸짖는다. 관운장은 크게 노하여 두말 않고 나는 듯이 말을 달려 칼을 춤추며 양영에게로 덤벼든다. 양영이 창을 휘두르며 관운장을 맞이하여 싸운 지 불과 3합에, 관운장의 청룡도가 한 번 번쩍하자 양영은 두 조각이 나서 말 아래로 떨어진다.

관운장은 달아나는 적군을 무찌르며 바로 장사성 아래에 이르렀다.

한현은 보고를 받자 크게 놀라, 즉시 황충을 내보내고 성루에 올라가서 내려다본다. 황충은 말 탄 군사 5백 명을 거느리고 나는 듯이 조교弔橋를 달려나간다.

관운장은 한 늙은 장수가 달려 나오는 걸 보자 황충이로구나 짐작하고, 군사 5백 명을 일자로 벌여 세우고, 칼을 비껴 잡고 말을 세우며 묻는다.

"거기 오는 장수는 황충이 아니냐?"

"네가 나의 이름을 알면서 어찌 감히 우리 경계를 침범했느냐."

"특히 너의 머리를 얻으러 왔다."

두 장수가 서로 어우러져 싸운 지 백여 합에도 승부가 나지 않자, 성위에서 굽어보던 한현은 혹 황충을 잃을까 겁이 나서 징을 울린다.

이에 황충은 군사를 거두어 성으로 들어갔다. 관운장도 또한 10리 밖으로 물러나와, 마음속으로

'늙은 장수 황충이 과연 용맹하구나. 나와 백여 합을 싸웠건만 전혀 빈틈이 없었다. 내일은 달아나는 체하다가 갑자기 돌아서서 한칼에 쳐죽이리라.'

하고 생각했다.

이튿날, 아침 일찍 식사를 끝낸 관운장은 장사성으로 가서 싸움을 걸었다. 성루에 있던 한현은 황충을 내보냈다. 황충은 기병 수백 명을 거

느리고 조교를 달려 나와, 다시 관운장과 어우러져 싸운 지 5, 60합에도 역시 승부가 나지 않는다. 양쪽 군사는 함께 소리를 지르며 박수 갈채를 보내는데, 싸움을 독촉하는 북소리는 더욱 급하다.

싸우다 말고 관운장이 갑자기 말 머리를 돌려 달아나니, 황충이 뒤쫓아온다. 달아나던 관운장이 황충을 한칼에 내리쩍으려고 몸을 갑자기 돌리는데, 홀연 등뒤에서 큰소리가 난다.

관운장이 돌아보니, 뒤쫓아오던 말이 갑자기 앞다리를 접치고 엎어지는 바람에 황충은 어느새 땅바닥에 나가떨어져 있었다. 관운장은 급히 말을 돌려 세우고, 청룡도를 번쩍 쳐들며 크게 꾸짖는다.

"내 너의 목숨을 살려줄 테니, 속히 말을 바꿔 타고 오너라!"

황충은 쓰러진 말을 일으키고 몸을 날려 올라타더니, 장사성 안으로 돌아갔다.

놀란 한현이 성루에서 내려오며 묻는다. 황충이 대답한다.

"이 말이 오랫동안 싸움에 나가지 않아서 그런 실수를 했소이다."

한현이 묻는다.

"너의 활은 백발백중인데, 왜 관운장을 쏘지 않았느냐?"

"내일 다시 싸울 때에는 거짓 패한 체하고 조교 가까이 관운장을 유인하여 쏘리다."

한현은 평소 친히 타고 다니던 푸른 말 한 필을 내준다. 황충은 절하고 감사했다.

황충은 자기 처소로 물러가서 생각한다.

'세상에 관운장만큼 의기 있는 사람은 없을 것이다. 말에서 떨어진 나를 죽이지 않았으니, 난들 어찌 차마 그를 죽이리요. 그러나 쏘지 않으면 명령을 어기게 되니 어찌할까.'

그날 밤 황충은 고민하고 주저했다.

이튿날, 날이 밝자 수하 부하가 와서 고한다.

"관운장이 와서 싸움을 걸고 있습니다."

이에 황충은 군사를 거느리고 성을 나왔다.

관운장은 이틀 동안 싸웠으나 이기지 못해서 십분 초조하였다. 당당한 위풍을 떨치며 황충과 어우러져 싸운 지 30여 합도 못 됐을 때였다.

황충은 패한 체하고 달아나니 관운장이 뒤쫓는다. 달아나면서 황충은 어제 자기를 살려준 은혜를 잊을 수 없어 차마 쏘지는 못하고 돌아보며 화살 없는 빈 활을 쐈다. 뒤쫓던 관운장이 활시위 소리를 듣고 급히 몸을 비켰으나, 화살은 날아오지 않았다.

관운장이 또 뒤쫓아가니, 황충은 뒤를 돌아보며 또 빈 활을 쏜다. 관운장이 급히 몸을 비켰으나, 역시 화살은 날아오지 않았다. 그래서 관운장은 황충이 활을 잘 쏠 줄 모른다고 방심하고 뒤쫓아가다 조교 가까이에 이르렀을 때였다. 황충이 다시 말을 돌려 세우고 활을 쏘니, 화살이 정통으로 날아와 관운장의 투구 끈 매듭에 꽂힌다. 순간 장사의 군사들은 일제히 함성을 지른다.

관운장이 깜짝 놀라 화살을 달고 달아난다. 그제야 관운장은 황충이 백 보 밖에서 능히 버들잎을 쏘아 맞힐 수 있는 솜씨인 걸 알고,

"오늘 나의 투구 끈을 쏜 것은 어제 자신을 죽이지 않은 데 대한 보답이었구나."

하면서 군사를 거느리고 영채로 물러갔다.

한편, 황충은 성안으로 들어와서 성루로 올라가 한현을 뵈었다. 한현이 좌우 도부수들에게 불호령을 내린다.

"황충을 잡아 꿇어앉혀라!"

황충이 외친다.

"내게 무슨 죄가 있다고 이러십니까?"

장사에서 신기를 보이는 황충(오른쪽). 왼쪽은 관우

한현이 노기 등등하여 말한다.

"내 3일 동안 싸우는 걸 봤는데, 네가 감히 나를 속이려 드느냐! 네가 전날 힘껏 싸우지 않은 것부터가 딴생각이 있어서 그런 것이고, 어제 말에서 떨어졌을 때 관운장이 너를 죽이지 않은 것도 서로 짰기 때문이다. 더구나 오늘 두 번이나 빈 활을 쏘고 세 번 만에 관운장의 투구 끈만 맞혔으니, 이 어찌 안팎으로 서로 기미가 통한 것이 아니겠느냐! 너를 참하지 않으면 다음날에 큰일이 나겠다. 도부수들은 어서 끌어내어 목을 끊어라!"

모든 장수들이 말리자, 한현이 소리를 꽥 지른다.

"황충을 두둔하는 자에게는 같은 형벌을 내리리라."

이에 도부수들이 황충을 성문 밖으로 끌고 나가 목을 치려는 순간이었다. 홀연, 한 장수가 칼을 휘두르며 쳐들어와 칼 든 도부수를 한칼에 베어 죽이고, 황충을 부축해 일으키며 크게 외친다.

"황충은 우리 장사長沙의 성城과 같거늘, 지금 죽인다면 이는 우리 장사의 모든 백성을 죽이는 거나 마찬가지다. 한현은 천성이 잔인하고 어진 사람을 업신여기니, 다 함께 그를 죽여야 한다. 나를 따르려는 자는 즉시 가자!"

모두가 그 사람을 본즉, 얼굴은 대춧빛 같고, 눈은 반짝이는 별 같으니, 바로 의양義陽 사람 위연魏延이었다.

위연은 양양에서부터 유현덕을 찾아 뒤쫓아가다가 만나지 못하고 (제41회 참조) 장사의 한현에게로 와 있던 것이다. 그러나 한현은 위연이 오만스레 구는 걸 보자 높은 자리를 주지 않고 괄시했다. 그래서 위연은 잔뜩 불만을 품던 참이라, 이날 황충을 구출하는 김에 백성들에게 한현을 죽여야 한다고 팔을 휘두르며 외치니, 따라 나서는 자가 수백 명이었다. 황충이 그들을 말렸으나 소용없었다.

위연은 나는 듯이 바로 성 위로 올라가서 한칼에 한현을 베어 두 동강을 내고, 그 머리를 끊어 들고 말에 올라 백성을 거느리고 장사성을 나와, 관운장에게 가서 항복했다.

관운장은 크게 기뻐하고, 드디어 장사성 안에 들어가서 백성들을 위로하며 황충을 초청했다. 그러나 황충은 병이 들었다는 핑계를 대고 오지 않았다.

관운장은 즉시 유현덕과 공명에게 사람을 보내어 승리를 알리고 초청했다.

한편, 유현덕은 장사를 치러 간 관운장을 도우려고 공명과 함께 군사와 말을 재촉하여 장사로 가는 도중이었다.

갑자기 푸른 기가 도르르 감기더니 까치 한 마리가 북쪽에서 남쪽으로 날아가며 연달아 세 번을 운다.

유현덕이 묻는다.

"이 무슨 징조인가요?"

공명은 말 위에서 소매 속으로 점괘를 뽑아보고 대답한다.

"장사군長沙郡은 이미 얻었고, 또 큰 장수 하나를 얻었으니, 오늘 오시 후면 분명한 걸 알 수 있으리다."

오시가 좀 지났을 때였다. 한 장교가 나는 듯이 말을 달려와 보고한다.

"관장군關將軍께서 이미 장사 땅과 항복한 장수 황충과 위연을 얻고, 거기에서 주공이 오시기를 기다리고 있습니다."

유현덕은 크게 기뻐하고 길을 재촉하여 드디어 장사성에 이르렀다. 관운장은 유현덕을 영접하고 관아로 모신 뒤에, 황충과의 그간의 일을 소상히 고했다.

이에 유현덕은 친히 황충의 집으로 가서 만나기를 청했다. 그제야 황충은 나와서 항복하고, 한현의 머리와 시체를 줍소사 청하여 장사 동쪽에다 장사를 지내줬다.

후세 사람이 황충을 찬탄한 시가 있다.

황충 장군의 기상은 하늘과 통하건만
백발이 휘날리는 나이로되 오히려 지방에서 곤란을 겪었도다.
죽을 고비를 당해도 순종할 뿐 원망하지 않았으며
항복하는 자리에서는 오히려 머리를 숙이고 부끄러워하더라.
보검은 눈처럼 빛나며 신용神勇을 나타내고
무장한 말은 억센 바람을 맞으며 싸움이 한창이던 때를 추억하더라.

천고에 높은 그의 이름은 변하지 않아서
외로운 달을 따라 길이 상강湘江의 근원을 비추도다.

將軍氣槪與天參

白髮猶然因漢南

至死甘心無怨望

臨降低首尙懷踵

寶刀燦雪彰神勇

鐵騎臨風憶戰乞

千古高名應不泯

長隨孤月照湘潭

유현덕은 황충을 극진히 대우했다.

다음에 관운장은 위연을 데리고 왔다. 그런데 공명은 위연을 보더니
도부수들에게 추상같이 명령을 내린다.

"저자를 끌어내어 참하여라!"

유현덕이 깜짝 놀라 묻는다.

"위연은 이번에 공을 세웠고 죄도 없는 사람인데, 군사는 왜 그를 죽
이려 하시오?"

"그 녹을 먹으면서 그 주인을 죽였으니 저런 자는 충성이 없으며, 그
땅에 살면서 그 땅을 남에게 바쳤으니 저런 자는 의리가 없습니다. 더구
나 내가 보니 위연의 뒷머리에 반골反骨이 있어 언젠가는 반드시 배반
할 상입니다. 그러니 지금 죽여 뒷날의 재앙을 미리 막으려는 것입니다."

"만일 저 사람을 죽이면 이번에 항복한 사람들이 제각기 겁을 먹을
것이오. 바라건대 군사는 그를 용서해주시오."

공명이 손을 들어 위연을 가리킨다.

"내 특별히 너의 목숨을 살려준다. 우리 주공께 충성을 다하고 딴생각을 품지 말라. 딴생각을 품는 날이면 내가 먼저 너를 죽일 테니 그리 알아라."

위연은 연방 '예 예' 대답하고 물러갔다.

황충은 유표의 조카인 유경이 현재 유현攸縣 땅에 한가히 산다면서 추천했다. 유현덕은 즉시 사람을 유현 땅으로 보내어 유경을 불러 그에게 장사군을 다스리도록 맡겼다.

이리하여 영릉·무릉·계양·장사 네 군이 평정된지라, 유현덕은 군사를 거느리고 형주로 돌아가 유강油江 땅을 공안公安이란 이름으로 고쳤다. 이때부터 돈과 곡식은 널리 늘어나고 어진 선비들은 속속 모여들었으며, 장수들은 사방으로 가서 요긴한 곳을 수비했다.

한편, 주유는 시상柴桑 땅에서 병을 조섭하면서 감영을 보내어 파릉군巴陵郡을 지키게 하고, 능통을 보내어 한양군漢陽郡을 지키게 하고, 그 두 곳에다 전함을 벌여 일단 유사시에 대비토록 했다. 그리고 정보에게 그 나머지 장수와 군사들을 다 주어 합비현으로 보냈다.

원래 손권은 적벽강에서 크게 승리한 뒤로 오랫동안 합비 땅에 있으면서 조조의 군사와 크고 작은 60여 회의 싸움을 했으나 아직 승부를 내지 못한지라, 감히 성 아래로 나아가 진을 치지 못하고, 50리쯤 떨어진 곳에 군사를 주둔시키고 있었다.

손권은 정보가 군사를 거느리고 응원 온다는 보고를 듣자 크게 기뻐하며, 그들을 맞이하려고 친히 진영에서 나왔다. 군사 한 명이 달려와서 보고한다.

"노숙이 먼저 옵니다."

손권은 그 말을 듣자 친히 말에서 내려 공손히 기다린다. 노숙이 이르러, 그리고 서 있는 손권을 보자 황망히 말에서 내려 너부시 절을 한다. 노숙을 따라온 모든 장수들도 손권이 맨땅에 나와 서서 노숙을 맞이하는 그 파격적인 대우를 보고 크게 놀랐다.

손권은 노숙에게 말에 올라타기를 청하고, 말을 나란히 하여 가면서 가만히 말한다.

"내가 말에서 내려 영접했으니, 그대의 영광이 이만하면 족하지 않은가?"

노숙이 대답한다.

"아니올시다. 주공의 위엄과 덕망이 천하에 골고루 퍼져 구주九州(중국)를 통솔하고 능히 제업을 이루사, 이 노숙의 이름이 청사靑史(역사)에 오른 뒤라야만 비로소 영광이라 하겠습니다."

손권은 손바닥을 쓰다듬으며 크게 웃더니, 함께 장중에 이르러 잔치를 베풀어 적벽 싸움에 크게 이겼던 장수와 군사들을 위로하고, 장차 합비성을 공격할 일을 의논한다.

아랫사람이 들어와서 고한다.

"장요張遼에게서 전서戰書(싸우자는 편지)가 왔습니다."

손권이 그 전서를 뜯어보더니 버럭 화를 낸다.

"장요가 나를 업신여기니 괘씸한 놈이다. 정보가 새로운 군사를 거느리고 왔다는 소문을 듣고 일부러 싸움을 거는 모양이다마는, 내일 새로이 온 군사를 쓰지 않고도 나의 솜씨를 보여주리라."

그날 밤, 5경에 손권은 삼군을 거느리고 진영을 떠나 합비를 향하여 진군한다. 진시辰時에 좌우 부대가 합비까지 반쯤 되는 지점에 도달했을 때였다. 조조의 군사도 이미 그곳에 와서 양쪽으로 진영을 세우고 있었다.

황금 투구를 쓰고 황금 갑옷을 입은 손권이 말을 몰아 앞으로 나서니,

합비에서 크게 싸우는 손권과 장요

왼쪽의 송겸宋謙과 오른쪽의 가화賈華 두 장수는 방천극方天戟을 잡고 양쪽에서 호위한다.

북소리가 세 번 울리자, 조조 진중의 문기門旗가 양쪽으로 열리면서 장수 세 사람이 완전 무장하고 나서니, 한가운데 장수는 장요요, 왼쪽 장수는 이전李典이요, 오른쪽 장수는 악진樂進이었다.

장요가 날쌔게 말을 달려와 바로 손권에게 달려든다. 손권이 창을 잡고 친히 싸우려 하는데, 진문陣門에서 한 장수가 창을 꼬느어 잡고 어느새 말을 바람처럼 달려 나가 장요를 가로막으니, 바로 태사자였다.

두 장수는 서로 싸운 지 7, 80합에도 승부가 나지 않는다.

조조의 진 앞에서 이를 바라보던 이전이 악진에게 말한다.

"저기 황금 투구를 쓴 자가 손권이다. 손권만 사로잡으면 적벽강에서 죽은 우리 83만 대군의 원수를 갚을 수 있다."

이전의 말이 끝나기도 전에 악진이 쏜살같이 달려나가, 한 줄기 번갯불처럼 손권의 옆으로 쳐들어가서 힘껏 칼로 내리치는 찰나에 호위하고 있던 송겸과 가화가 급히 방천극을 들어 막는데, 칼이 번쩍하면서 두 방천극의 자루를 일시에 끊어버린다.

송겸과 가화는 사태가 급한지라, 자루 없는 방천극을 악진이 탄 말 머리로 냅다 던졌다. 악진이 급히 말을 돌려 피하고 돌아가는데, 그제야 숨을 돌린 송겸은 군사들이 들고 있는 창을 빼앗아 들고 악진을 뒤쫓는다. 이 광경을 바라보던 이전이 활을 당겨 악진을 뒤쫓아오는 송겸의 염통을 노리고 쐈다. 송겸은 화살을 맞고 말에서 떨어져 구른다.

태사자는 등뒤에서 사람이 말에서 떨어져 죽는 것을 보고, 싸우던 장요를 버리고 본진으로 달아난다. 이에 장요는 이긴 김에 뒤쫓아가서 마구 무찌르니, 동오의 군사는 크게 동요하여 사방으로 흩어진다.

장요는 달아나는 손권을 발견하고 말을 달려 점점 육박해가는데, 옆에서 1대의 군사가 내달아 나와 앞을 가로막으니, 앞장선 장수는 바로 정보였다. 정보는 장요의 군사를 무찌르고 겨우 손권을 구출하여 돌아갔다. 장요도 군사를 거두어 합비로 돌아갔다.

정보가 손권을 모시고 대채로 돌아오자 패잔병들도 속속 모여들었다. 손권은 자기를 호위하던 송겸이 죽은 것을 알고 방성통곡한다.

장사長史 장굉張紘이 준엄하게 고한다.

"주공이 젊은 기운만 믿고 적군을 경솔히 보니, 참으로 한심한 일입니다. 적의 장수를 참하고 적의 기를 빼앗고 싸움터에서 용맹을 드날리는 것은 장수들이 할 일이지, 주공께서 하실 일은 아닙니다. 주공은 힘으로 다투는 용기를 버리고 천하를 건질 계책을 생각하십시오. 오늘 싸움에서 송겸이 죽은 것도 실은 주공이 적을 얕잡아보았기 때문이니, 이

후에는 삼가십시오."

손권이 대답한다.

"나의 잘못이었다. 다시는 그러지 않으리라."

조금 지나서였다. 태사자가 들어와서 고한다.

"저의 수하에 과정戈定이란 사람이 있는데, 그는 장요의 수하에서 마구간의 말을 보살피는 사람과 형제간입니다. 그 마구간에서 일보는 사람이 애매한 꾸중을 듣고 원한을 품고서 몰래 사람을 보내왔는데, '불을 질러 신호를 올리고 장요를 찔러 죽여 죽은 송겸의 원수를 갚아주겠다' 는 반가운 기별입니다. 그러니 제가 군사를 거느리고 가서 호응해줘야 겠습니다."

손권이 묻는다.

"그대 수하 사람이라는 과정은 어디 있는가?"

"이미 적군으로 가장시켜 합비성으로 들여보냈습니다. 그러니 나에게 군사 5천 명만 주십시오."

제갈근諸葛瑾이 말한다.

"꾀 많은 장요가 매사에 허술할 리 없습니다. 그러니 갑자기 장요를 죽일 수는 없을 것입니다."

그래도 태사자는 굳이 가겠다며 고집한다. 손권은 송겸의 죽음을 슬퍼하던 참이라, 어서 그 원수를 갚고 싶어서 마침내 태사자에게 군사 5천 명을 주고 가서 호응하라 했다.

한편, 과정은 본시 태사자와 같은 고향 사람이었다. 그날 과정은 적군 속에 섞여 합비성으로 들어가 형제뻘인 마구간 일을 보는 사람을 찾아 함께 상의한다.

과정이 묻는다.

"난 이미 태사자 장군에게로 사람을 보내고 여길 왔으니, 오늘 밤에 반드시 태사자 장군이 성밖에 와서 우리를 도와주실 걸세. 그런데 자네는 어떻게 일을 꾸며볼 작정인가?"

마구간 지키는 사람이 대답한다.

"이 마구간에서 군사들이 있는 곳까지는 너무 멀기 때문에, 밤중에 쳐들어가다가는 도중에서 실패하고 마오. 그래서 먼저 마초를 쌓아둔 풀 더미에 불을 지르겠으니, 형님은 돌아다니면서 반란이 일어났다고 외치십시오. 그러면 성안은 발칵 뒤집힐 것이니, 그 혼란한 틈을 타서 장요를 찔러 죽이면 나머지 군사들은 저절로 다 달아날 것이오."

"그 계책이 참으로 묘하다."

과정은 연방 머리를 끄덕였다.

그날 밤에 싸움에 이긴 장요는 합비성으로 돌아와서 군사들의 수고를 위로한 뒤,

"갑옷을 벗지 말고, 잠도 자지 말라."

하고 영을 내렸다. 좌우 사람들이 의아해서 묻는다.

"오늘 우리는 이겼고 동오의 군사들은 멀리 달아났는데, 장군은 어째서 갑옷도 벗지 말고 잠도 자지 말라는 명령을 내리시오?"

장요가 대답한다.

"그런 게 아니라 장수는 이겨도 기뻐하지 말고 져도 슬퍼하지 않아야한다. 만일 우리가 안심하고 방비하지 않는 틈을 타서 동오의 군사가 쳐들어온다면 뭘로 막을 테냐. 오늘 방비는 평소보다 더 강화해야 한다."

장요의 말이 끝나기도 전이었다. 영채 뒤에서 불길이 치솟으면서,

"반란이 일어났다."

외치는 소리가 여기저기서 일어나고, 급한 사태를 보고하러 들어오는 자가 잇달았다.

장요는 장막에서 나와 말을 타고 평소 수하에 따르는 장교 10여 명을

불러 거느렸다.

좌우에서 고한다.

"함성이 매우 급하니 가보십시다."

장요가 대답한다.

"이 성안의 모든 사람이 어찌 다 반란했으리요. 반역한 자가 일부러 군사들을 충동하는 수작이니, 날뛰는 자부터 먼저 참하라."

얼마 지나지 않아서 이전이 과정과 마구간지기를 잡아왔다. 장요는 두 사람을 심문하고, 그 자리에서 참했다. 성밖에서는 북소리와 징소리와 함성이 크게 일어난다.

장요가 명령을 내린다.

"저건 동오의 군사가 밖에 와서 후원하는 것이니, 그들의 계책을 이용해서 사로잡으리라."

이에 성문을 열어준 뒤에 새로이 불을 질러 불길을 올리고, 모든 군사는 반란한 것처럼 외치며 조교를 내려줬다.

성밖의 태사자는 성문이 활짝 열리는 걸 보자, 성안에서 호응하는 줄 알고 창을 높이 들고 말을 달려 앞서 들어간다.

이때 성 위에서 한 방 포 소리가 터지더니, 화살이 빗발치듯 날아 내린다. 깜짝 놀란 태사자는 황급히 말을 돌려 나오다가 화살을 여러 대 맞았다.

등뒤에서 이전과 악진 두 장수가 쫓아 나와 달아나는 동오의 군사를 마구 무찔러 태반이나 죽이고, 이긴 김에 쳐들어갔으나 육손陸遜과 동습董襲이 나와서 함께 싸워 태사자를 구출하여 돌아갔다. 이에 조조의 군사들도 돌아갔다.

손권은 태사자가 중상을 입고 돌아온 것을 보고 매우 마음 아파했다. 장소張昭의 권고에 따라 손권은 마침내 군사를 배에 태우고 남서南徐의

윤주潤州 땅으로 돌아가서 주둔했다.

손권은 태사자가 위독하다는 기별을 듣자 장소를 보내어 문병했다. 태사자가 크게 외친다.

"대장부가 어지러운 세상에 태어나서 3천 근의 칼을 잡고 역사에 없던 큰 공로를 세워야 하는데, 이제 뜻을 이루지 못하고 어찌 죽는단 말이냐!"

말을 마치자마자 세상을 떠나니, 이때 태사자의 나이 41세였다.

후세 사람이 태사자를 찬탄한 시가 있다.

> 충과 효를 겸전하려고 뜻을 세운
> 동래東萊의 태사자여!
> 그의 이름은 먼 변방을 밝혔고
> 활을 잡고 말을 달리면 용맹한 적군이 떨었도다.
> 북해에서 은혜를 갚던 날이여!
> 신정에서 싸움이 한창이던 때로다.
> 임종 때에 그 장한 뜻을 말했으니
> 천고를 내려오며 모든 사람이 탄식하도다.
> 矢志全忠孝
> 東萊太史慈
> 姓名昭遠塞
> 弓馬震雄師
> 北海酬恩日
> 神亭乞戰時
> 臨終言壯志
> 千古共嗟咨

손권은 태사자가 죽었다는 기별을 듣자 매우 슬퍼하고, 남서의 북고산北固山 아래에서 성대히 장사지내도록 분부하고, 그 아들 태사형太史亨을 데려다가 부중에서 길렀다.

한편, 유현덕은 형주에 있으면서 군사를 정비하던 중에, 손권이 합비에서 싸우다가 결국 패하여 이미 남서 땅으로 돌아갔다는 보고를 듣자 공명과 함께 상의한다.

공명이 말한다.

"밤에 천문을 우러르니, 서북쪽 별 하나가 땅에 떨어지는 걸 보았습니다. 반드시 황족 한 분이 세상을 떠났을 것입니다."

이렇게 말하는데, 공자 유기가 병으로 죽었다는 부고가 왔다. 유현덕은 조카뻘 되는 유기가 죽었다는 소식을 듣자 통곡하여 마지않는다.

공명이 위로한다.

"살고 죽는 것은 정해진 일이니, 주공은 너무 슬퍼 마십시오. 귀하신 몸이 상할까 두렵소이다. 우선 큰일을 다스려야 하니, 급히 사람을 보내어 그곳 성을 지키게 하고 아울러 장사 치를 일을 생각하십시오."

유현덕이 묻는다.

"누굴 보내면 좋겠소?"

"관운장이 가야 합니다."

유현덕은 즉시 관운장을 불러 양양을 지키도록 보낸 뒤에,

"이제 유기가 죽었으니 동오가 형주를 돌려달라고 우리에게 대들 것이오. 뭐라고 대답하면 좋겠소?"

하고 묻는다.

공명은 조용히 대답한다.

"동오에서 사람이 오면 내가 알아서 대답하겠으니 염려 마십시오."

그런 지 반달도 되지 않아 동오에서 노숙이 유기의 죽음을 조상하러

형주에 왔으니,

먼저 모든 계책을 정하고
동오에서 사람이 오기만 기다린다.
先將計策安排定
只等東吳使命來

공명은 노숙을 어떻게 대할 것인가.

제54회

오국태부인은 절에서 신랑감을 보고
유황숙은 화촉동방에서 아름다운 연분을 맺다

공명은 노숙이 왔다는 전갈을 듣자 유현덕과 함께 형주성荊州城 밖에
나가서 영접하고, 공관公館으로 안내하여 각기 인사한다.

노숙이 말한다.

"우리 주공께서 귀공의 조카뻘인 공자公子가 세상을 떠났다는 말을
들으시고 특별히 예물을 마련하여 나를 보내시며 가서 문상하라 하셨
습니다. 그리고 주유 도독도 거듭 유황숙 귀공과 제갈양 선생께 안부를
전하라 합디다."

유현덕과 공명은 일어나 감사하고 예물을 받은 뒤에 술상을 내오라
고 하여 대접한다.

노숙이 말한다.

"전번에 황숙께선 공자 유기가 없으면 형주를 돌려주마 하셨습니다.
이제 공자가 세상을 떠났으니 반드시 우리에게 돌려주시겠지만, 언제
내주시렵니까?"

유현덕이 대답한다.

"귀공은 잔을 드시오. 술이나 마시면서 의논합시다."

노숙은 내키지 않는 술을 몇 잔 마시고 나서 언제 내줄 테냐고 다시 묻는다.

유현덕이 대답도 하기 전에 공명은 표정을 바꾸고 말한다.

"그대는 이치를 살필 생각은 아니하고, 상대의 대답만 강요하는구려. 먼 옛날에 우리 고황제高皇帝께서 흰 뱀을 참하시고 의병을 일으키사 한 나라를 세우신 뒤로, 종묘 사직이 오늘날까지 전해왔소. 이제 불행히도 간특한 영웅들이 일시에 일어나 각기 불법으로 한 쪽씩 땅을 차지하고 날뛰지만, 하늘의 이치란 결국 정통으로 돌아가는 법이오. 더구나 우리 주공(유현덕)으로 말하면 중산정왕中山靖王의 후손이시요 효경황제孝景皇帝의 현손玄孫이시며, 오늘날 황제의 숙부뻘이시니 나라 땅을 어찌 맘대로 베어 남에게 줄 수 있으리요. 더구나 유표는 우리 주공의 형님뻘이시니 아우가 형님이 다스리던 땅을 계승하는 것이 도리에 어긋난 바 없음이라. 그대의 주인은 전당錢塘 땅 보잘것없는 관리의 아들이며, 원래 조정에 아무런 공덕도 없으면서 이제 힘만 믿고 6군 81주를 불법으로 차지하고 그것도 부족해서 이곳까지 욕심을 내느냐. 천하는 유씨의 것이라. 우리 주공도 유씨로되 가진 땅이 없었거늘, 그대의 주인은 손孫가이면서 도리어 이 일대마저 강제로 뺏으려 하느냐. 지난번 적벽 대전赤壁大戰만 하더라도 우리 주공께서 많이 애쓰셨고, 우리의 많은 장수들이 목숨을 걸고 싸웠거늘 어찌 그대들 동오의 힘만으로 이긴 줄 아느냐. 내가 동남풍을 빌지 않았던들 주유가 어찌 반푼 어치라도 공로를 세웠으리요. 그때 그대들 강남이 조조에게 격파됐더라면 지금쯤 이교二喬(손책의 아내와 주유의 아내)는 조조의 동작대銅雀臺에 가 있을 것이며, 그대들의 온 집안 식구는 목숨을 잃었을 것이오. 지금까지 우리 주공께서 즉시 대답을 않으신 것은, 그대가 뜻이 높고 지견이 밝은 선비라 이만한 일은 어련히 잘 알까 싶어서 여러 말씀 안 하신 것인데, 그대는 어째서 그다지도 사리를 분별할 줄 모르오."

공명의 일장 설교에 노숙은 꿀 먹은 벙어리처럼 아무 소리도 못하다가 한참 만에야 말한다.

"공명의 말이 과연 옳은지 잘 모르겠으나, 무엇보다도 내 입장이 매우 곤란하니 어찌하리요."

공명이 묻는다.

"뭣이 곤란하단 말이오?"

"지난날 유황숙이 당양當陽 땅에서 위기에 몰렸을 때도 내가 공명을 데리고 강을 건너가서 우리 주공께 소개하였으며, 그 뒤 주유가 군사를 일으켜 이곳 형주를 치려고 하는 것을 말린 것도 나였고, '공자 유기가 세상만 떠나면 형주 일대를 우리에게로 돌려줄 것이다'라고 보증을 선 것도 나였소. 그런데 이제 와서 지난날의 약속을 지키지 않으니 내가 무슨 면목으로 돌아갈 수 있으며, 돌아가도 우리 주공과 주유는 반드시 나를 처벌할 것이오. 나는 죽어도 여한이 없소만, 장차 우리 동오와 싸움이 벌어질 것이니, 그렇게 되면 유황숙도 이렇게 편안히 형주에 앉아 있지는 못할 것이고 공연히 천하 사람들의 웃음거리가 될까 그것이 걱정이오."

공명이 말한다.

"조조가 천자의 명령이라 내세우고 백만 대군을 거느리고 왔을 때도 나는 하찮게 여겼거늘, 주유 따위의 어린아이를 내 어찌 두려워하리요. 그러나 선생의 입장이 정 난처하다면, 주공께 권해서 형주를 잠시 빌리겠다는 문서를 쓰도록 하리다. 우리 주공께서 다른 곳을 얻게 되면 그때 형주를 동오에 돌려주기로 하면 어떻겠소?"

노숙이 묻는다.

"그럼 공명은 어느 곳을 얻은 뒤에 형주를 우리에게 내주겠다는 거요!"

"중원中原은 갑자기 도모할 수 없고, 서천西川(촉蜀)의 유장劉璋이 어리석고 나약하기 때문에 우리는 그곳을 목표로 삼고 있소. 우리가 서천 땅을 얻게 되면 그때 형주를 내드리지요."

노숙은 어쩔 도리가 없었다. 이에 유현덕은 친필로 문서를 쓰고 서명했다. 제갈공명은 보증인으로 서명하고 말한다.

"나는 유황숙 어른 밑에 있는 사람이오. 그러므로 나만 보증인이 된다면 별 효과가 없으니, 수고롭지만 노숙 선생도 여기에 서명을 하고 돌아가셔서 오후吳侯(손권)께 보이면 입장이 난처하지는 않을 것이오."

"나는 유황숙이 인의 있는 분인 걸 알기 때문에 이번 약속만은 저버리지 않을 줄로 믿소."

노숙은 서명을 하고, 술자리가 파하자 그 문서를 품에 넣고 작별을 고했다. 이에 유현덕과 공명은 배 타는 강변까지 전송한다.

공명은 노숙에게 단호히 말한다.

"그대는 돌아가 오후를 뵙고 잘 말씀 드려서 이 문서대로 일이 되게끔 하고, 쓸데없는 딴생각은 마시오. 이 문서대로 하지 않으면 내가 동오 땅 81주를 무찔러 빼앗을 것이오. 그러나 지금은 우리와 동오가 서로 화친해서 조조의 비웃음을 사지 않도록 해야 하오."

노숙은 작별하고 배를 타고 돌아가, 먼저 시상군柴桑郡에 이르러 주유부터 만났다. 주유가 묻는다.

"형주에 갔던 성과는 어찌 됐소?"

"여기 문서를 받아왔소."

노숙이 문서를 바친다.

주유가 읽고 발을 구르며 책망한다.

"그대가 제갈양의 꾀에 빠졌도다. 명색은 땅을 빌린다고 했으나 이는

엉터리 수작이오. 서천 땅을 얻으면 돌려준다고 했으나 어느 때에 서천을 얻는단 말이오. 10년이 지나도 서천을 얻지 못하면 10년 동안 돌려주지 않을 것이니, 이까짓 문서 조각이 무슨 소용이 있소. 더구나 그대가 여기 연대 보증까지 섰으니 그들이 형주를 돌려주지 않을 경우엔 책임을 면하지 못할 것인즉, 그때에 주공께서 벌을 내리시면 그대는 어찌할 요량이오?"

그 말을 듣고 노숙은 멍청하게 한동안 앉았다가 대답한다.

"유현덕은 나를 저버리지 않을 것이오."

"그대는 너무나 성실하오. 유현덕은 보통 사람이 아니며 제갈양은 간특하고 교활한 자니, 아마 선생 생각과는 같지 않을까 걱정이오."

"그렇다면 이 일을 어쩌면 좋겠소?"

"노숙은 나의 은인이라. 옛날에 내가 곤경에 처해 어려웠을 때, 늘 나를 도와준 그대의 정을 생각해서라도 어찌 도와드리지 않을 수 있으리요. 안심하고 며칠만 여기서 머무르시오. 강 북쪽으로 보낸 첩자가 돌아올 것이니, 그 보고를 들으면 좋은 수가 있을 것이오."

노숙은 불안해서 허리도 펴지 못하고 들어박혀 있는데, 며칠이 지나자 첩자가 돌아왔다. 첩자가 주유에게 보고한다.

"형주성 안에선 삼베 기旗와 번幡을 올리고 명복을 빌며, 성밖에 새로운 무덤을 만들었는데, 군사들이 다 상복을 입고 있었습니다."

주유가 놀라 묻는다.

"누가 죽었다더냐?"

"유현덕의 부인 감씨가 세상을 떠나, 빈소를 차리고 장사를 지냈다고 하더이다."

주유가 노숙에게 말한다.

"이제야 내 계책이 이루어지게 됐소. 유현덕이 꼼짝없이 우리에게 결

형주 탈취의 계략을 짜는 주유(오른쪽)와 노숙(왼쪽)

박을 당하고 형주 땅을 내놓고야 말 테니 두고 보시오."

"그 계책을 들려주시오."

"유비가 상처를 했으니, 반드시 재취를 해야 할지라. 그런데 우리 주공에게 매妹씨가 한 분 있으니, 그 결단력과 용기가 대단하오. 그분을 모시는 시비 수백 명도 늘 허리에 칼을 차고 있으며, 방안엔 여러 가지 무기가 늘어놓여 있으니, 비록 남자도 그 용기를 따르지는 못할 것이오. 내 이제 주공께 서신을 쓰되 사람을 형주로 보내고 중신을 서게 하여 유비를 매부로 삼도록 권하겠소. 일단 유비를 남서 땅으로 유인한 뒤에는 불문곡직하고 잡아서 옥에 가둔 다음, 다시 사람을 형주로 보내어 유비와 형주 땅을 맞바꾸자고 교섭을 시키겠소. 그들이 형주성을 내놓으면 그땐 내가 알아서 별반 조처를 취할 테니, 그러면 그대도 일신상에 아무 걱정이 없게 될 것이오."

노숙이 일어나서 주유에게 절하고 감사했다. 주유는 즉시 서신을 써서 노숙에게 주고, 빠른 배에 태워 떠나 보냈다.

시상군을 떠난 노숙은 바로 남서 땅에 가서 손권을 뵙고 형주에 갔던 일을 보고한 뒤, 유현덕과 맺은 문서를 바쳤다.

손권이 그 문서를 보고 꾸짖는다.

"그대는 하는 일이 어찌 이 모양인가. 이까짓 종이 조각을 뭣에 쓴단 말이오!"

노숙이 대답한다.

"주도독의 서신도 여기 있습니다. 그 계책대로만 하면, 형주 땅을 얻을 수 있으리다."

손권이 주유의 서신을 받아보더니 머리를 끄덕이면서 기뻐한다. 손권은 누구를 보낼까 생각하다가, 크게 깨달은 바 있어 혼자말로 중얼거린다.

"여범呂範이야말로 가장 적임자이다."

손권은 즉시 여범을 불러 분부한다.

"요즘 들어온 보고에 의하면 유현덕이 상처를 했다 하오. 내게 여동생이 하나 있으니 유현덕을 불러다가 매부로 삼아 길이 화친하고 함께 한 뜻이 되어 조조를 쳐서 없앤 뒤에 한나라 황실을 돕고 싶소. 그대가 아니면 중신설 만한 사람이 없으니, 즉시 형주로 가서 일을 추진하시오."

여범은 분부를 받들어 그날로 배를 타고 시종하는 사람 몇 명만 거느린 채 곧장 형주 땅을 향하여 떠났다.

한편, 유현덕은 감부인이 세상을 떠난 뒤로 밤낮 부심하다가, 하루는 공명과 함께 한가히 소회所懷를 말하던 중이었다.

수하 사람이 들어와서 고한다.

"동오에서 여범이 왔습니다."

공명이 웃으며 말한다.

"이건 주유의 계책이니 반드시 형주 땅 때문에 왔을 것입니다. 나는 병풍 뒤에 숨어서 듣겠으니, 주공께서는 그자가 무슨 말을 하든지 간에 그러냐고 대답만 하시고, 관역으로 내보내어 편히 쉬라 하십시오. 그런 뒤에 다시 상의하고 대책을 세워야겠습니다."

유현덕은 여범을 데리고 들어오도록 분부하고, 서로 자리를 정하고 앉아 차를 대접하며 말한다.

"그대는 필시 할말이 있어 오셨겠지요?"

여범이 대답한다.

"이번에 소문을 들으니 황숙께서 부인을 잃으셨다기에, 특별히 소인이 중신을 서기 위해서 왔습니다. 황숙의 뜻은 어떠신지요?"

"중년 상처는 큰 불행이나, 나를 돕는 사람이 많아서 외롭지 않으니 어찌 혼사를 의논하겠소."

"사람이 아내가 없으면 집에 대들보가 없는 것과 같습니다. 중도에서 인륜을 무시할 수는 없습니다. 우리 주공 오후吳侯의 누이동생은 아름답고 현명하므로 황숙을 받들어 모시기에 충분합니다. 만일 양가兩家가 진진지호秦晉之好(통혼)를 맺으면, 역적 조조가 감히 우리 동남쪽을 넘보지 못할 것이니, 그렇게 되면 집안으로 보나 나라로 보나 다 이로운즉, 황숙께서는 의심 말고 결정하십시오. 더구나 우리 국태國太(국모國母 정도의 뜻) 오부인吳夫人께서는 딸을 매우 사랑하사 먼 곳으로 시집보내기를 싫어하시니, 반드시 황숙이 오셔서 혼인해주기를 바라시리다."

유현덕이 묻는다.

"이 일을 오후가 아시는지요?"

"주공께 먼저 아뢰지 않고서 우리가 이런 중대한 일을 어찌 함부로 말하겠습니까."

"나는 이미 모발과 수염이 반백斑白이고, 오후의 누이는 한창 젊은 나이니, 서로 어울리지 않을 것 같소."

"우리 주공의 누이는 비록 여자지만, 뜻은 남자보다도 월등하오. 늘 말하기를 천하 영웅이 아니면 섬기지 않겠다고 하는 그런 분입니다. 이제 황숙께서는 천하에 이름을 떨치고 계시니, 이른바 숙녀와 군자의 배합이라 할 수 있습니다. 나이가 많고 적은 것이 무슨 상관 있겠습니까."

"그대는 우선 편히 쉬시오. 내일 회답하겠소."

유현덕이 대답했다.

이날 유현덕은 잔치를 차려 여범을 대접하고 관사로 보내어 편히 쉬게 했다. 그날 밤에 유현덕은 공명과 이 일을 상의한다.

공명이 말한다.

"여범이 온 뜻을 알고서 낮에 주역周易의 괘卦를 뽑아봤더니, 크게 길하고 이로운 징조로 나타났습니다. 주공은 두말 말고 혼인을 승낙하십시오. 이번에 여범이 돌아갈 때 손건孫乾을 딸려 보내어 오후 손권을 만나보게 하고, 통혼이 성립되거든 좋은 날을 택하여 강동으로 가서서 혼례를 치르십시오."

유현덕이 묻는다.

"이번 일은 주유가 나를 없애버리려고 꾸민 계책인데, 어찌 경솔히 위험한 곳으로 들어갈 수 있으리요."

공명이 활짝 웃으며 대답한다.

"주유가 비록 계책을 잘 쓰지만, 어찌 제갈양의 짐작에서 벗어나겠습니까. 내 조그만 계책을 써서 주유를 꼼짝못하게 하고, 오후 손권의 누이로 하여금 주공을 섬기게 하여 형주 땅을 잃지 않게 하리다."

그래도 유현덕은 의심이 나서 결정을 짓지 못한다.

공명은 손건을 불러 강남에 가서 혼사를 추진하도록 분부했다. 손건은 분부를 받고 여범과 함께 강남으로 가서 손권을 뵈었다.

손권이 말한다.

"나는 유현덕을 내 여동생과 짝지어주자는 것뿐이며, 다른 뜻은 없노라."

이에 손건은 하직 인사를 하고 형주로 돌아와서 유현덕에게 고했다.

"오후 손권은 주공께서 장가들러 오시기만 바라고 있습니다."

그래도 유현덕은 의심이 나서 떠나려 하지 않는다.

공명은

"내가 이미 세 가지 계책을 세웠으니, 이는 조자룡이 아니면 실행하지 못할 것입니다."

하고 조자룡을 불러 비밀리에 지시한다.

"그대는 주공을 모시고 동오로 가되, 이 비단주머니 세 개를 가지고 가라. 세 주머니 속에 세 가지 지시가 각각 들어 있으니 순서대로 실천하라."

공명은 세 개의 비단주머니를 조자룡에게 주어 속살이 닿는 곳에 깊이 간직하게 하고, 먼저 사람을 동오로 보내어 폐백幣帛을 드리고 모든 절차와 준비를 끝냈다.

이때는 건안 14년(209) 겨울 10월이었다.

유현덕은 형주의 일은 다 공명에게 맡기고 조자룡, 손건과 함께 수행원 5백 명을 거느리고 쾌속선 열 척에 나누어 탄 후, 드디어 형주를 떠나 남서로 향했다.

유현덕은 불안하고 우울했다. 배가 남서 땅에 이르러 언덕에 닿았을 때였다. 조자룡은 생각한다.

'군사께서 묘한 계책이 세 가지 있으니 차례로 실행하라 하셨다. 이

제 이곳에 이르렀은즉, 첫 번째 비단주머니를 열어보리라.'

조자룡은 첫 번째 비단주머니를 끄르고 쪽지를 꺼내어 지시된 계책을 보고서, 데리고 온 5백 명 군사에게 이러이러히 하라고 일일이 분부하자, 그들은 어디론지 떠나간다.

조자룡이 유현덕에게 고한다.

"먼저 교국로喬國老를 찾아보라 하셨습니다."

교국로는 강동의 두 미인 이교(제44회 참조)의 아버지인데, 남서 땅에 살고 있었다. 교노인喬老人은 손권의 형 손책의 장인이며, 주유의 장인이기도 하다. 손권이 의부義父로 대했기 때문에 국로國老라고 존칭한 것이다.

유현덕은 시종들에게 염소를 이끌게 하고 술통을 짊어지고(두 가지는 다 예물이다) 먼저 교국로를 찾아가서 절하여 뵌 다음 여범이 중매를 서서 다시 부인을 얻게 된 자초지종을 이야기했다.

한편, 따라왔던 5백 명의 군사는 붉은 채단彩緞 옷을 입고, 남서성 안을 돌아다니며 가지가지 물건을 사면서 유현덕이 동오에 장가들러 왔다고 소문을 퍼뜨렸다. 소문은 삽시에 성안에 퍼져서 이 사실을 모르는 사람이 없게 됐다.

손권은 유현덕이 왔다는 보고를 받자 여범을 내보내어 그들을 관사로 안내하고 편히 쉬게 하도록 분부했다.

한편, 교국로는 유현덕을 만나 그 말을 듣고 난지라, 그 이튿날 오국태부인吳國太夫人을 방문하여 축하를 드린다. 오국태부인은 손권의 어머니의 친정 여동생으로 그 언니와 함께 손견에게 시집왔다. 그러므로 손권은 오국태부인을 어머니로 모셨다. 제38회 참조.

오국태부인이 묻는다.

"무슨 기쁜 일이 있기에 나에게 축하를 하시오?"

교국로가 되묻는다.

"딸을 혼인시키기로 하여 유현덕이 장가들러 왔는데, 어째서 나만 속이려 하시오?"

오국태부인이 깜짝 놀란다.

"이 늙은 몸은 전혀 모르는 일이오."

오국태부인은 즉시 오후 손권에게 사람을 보내어 사실인가 아닌가를 알아오게 하고, 동시에 사람을 일반 시정으로 내보내어 백성들도 이일을 아는지 모르는지 탐지해오라 했다.

갔던 사람들이 돌아와서 같은 보고를 한다.

"과연 사실이랍니다. 신랑은 이미 관역에 와서 편히 쉬는 중이고, 수행원으로 온 5백 명의 군사는 혼례 준비에 바쁩니다. 혼사를 중신서기는 신부 쪽에서 여범이 애썼고, 신랑 쪽에선 손건이 나섰다고 합니다. 그들은 지금 관역에서 서로 대접하며, 대접을 받는 중이라고 합니다."

오국태부인은 너무 놀라 말도 못한다.

조금 지나자 손권이 모친을 뵈러 후당으로 들어왔다. 오국태부인이 가슴을 치며 통곡하자, 손권이 당황하여 묻는다.

"모친께서는 어째서 슬퍼하십니까?"

"이럴 줄은 몰랐다. 네가 나를 이렇듯 업신여기느냐. 나의 언니(손권의 생모)가 세상을 떠나실 때, 너에게 분부하신 말씀을 잊었단 말이냐?"

손권이 놀라 청한다.

"모친은 하실 말씀이 있으시면 속히 하실 일이지, 어찌 이렇듯 괴로워하십니까?"

오국태부인은 그제야 한숨을 몰아쉬며 따진다.

"남자는 자라면 장가들고, 여자는 자라면 시집가는 것이 자고로 내려오는 인간의 떳떳한 이치지만, 집안 혼사는 마땅히 나에게 고해야 할 것인즉, 네 맘대로 유현덕을 매부로 삼겠다니, 이렇듯 나를 속이는 법이 어디 있느냐. 더구나 그 애는 내가 낳은 친딸이니라."

손권이 놀라 묻는다.

"어디서 그런 말을 들으셨습니까?"

"내가 알아서는 안 될 일을 네가 어째서 했느냐? 온 성안 백성들이 다 아는 일을 왜 나만 모르게 속이려 드느냐?"

곁에서 교국로가 말한다.

"나도 안 지 오래로다. 그래서 오늘 특히 축하하러 온 참이다."

손권이 당황하여 변명한다.

"그런 게 아닙니다. 이건 주유가 꾸민 계책으로서 형주 땅을 차지하고자 일부러 내세운 명목일 뿐입니다. 일단 유현덕을 끌어들여 이곳에 잡아 가둔 다음 형주 땅과 교환하자고 교섭해서, 그들이 만일 듣지 않으면 먼저 유현덕을 참하려는 계책이지, 참으로 혼인할 뜻은 아닙니다."

오국태부인이 분노하여 저주한다.

"주유는 6군 81주의 대도독이란 주제에 그래 형주 땅 하나를 차지할 계책이 없어서 내 딸을 미끼로 삼아 미인계를 쓰자는 거냐? 유비를 죽이면 내 딸은 시집도 가기 전에 과부 신세가 될 텐데, 장차 어떻게 다시 시집을 보낼 테냐! 그래 내 딸 신세를 망치고 너희들만 좋으면 그만이란 말이냐!"

교국로도 말참견을 한다.

"그 계책을 쓰면 비록 형주 땅을 얻는다 할지라도 또한 천하 사람들의 웃음거리가 될 것이니, 이 일을 어찌한단 말인가."

손권은 아무 소리도 못하고, 오국태부인은 주유를 저주하여 마지않는다. 교국로가 권한다.

"일이 이미 이 지경이 됐고, 유황숙은 바로 한나라 황실의 종친이니,

기왕이면 진짜 매부로 맞이하여 이 이상 망신을 당하지 않는 것이 좋으
리라."

손권이 대답한다.

"그러나 서로 나이 차가 심하니, 혼인을 시킬 수는 없습니다."

교국로가 말한다.

"유황숙은 당대 호걸이라. 그런 호걸을 매부로 삼는다면 여동생에게
도 욕될 것은 없으리라."

오국태부인이 말한다.

"나는 유황숙을 본 일이 없으니, 내일 감로사甘露寺에서 만나보리라.
내 마음에 맞지 않거든 너희들 맘대로 할 것이요, 만일 내 뜻에 맞으면
무슨 일이 있어도 여식女息을 그에게 시집보낼 테니 그리 알아라."

손권은 원래 효성이 지극하였다. 그는 모친 말씀을 듣고 나와서 여범
을 불러들여 분부한다.

"내일 감로사 방장실方丈室에 잔치를 차려라. 국태부인께서 유비를 만
나보겠다고 하신다."

여범이 고한다.

"가화賈華를 시켜 도부수 3백 명을 거느리고 절 양쪽 복도에 매복하
라 하십시오. 국태부인께서 맘에 들지 않아 하시거든, 즉시 명령을 내리
고 도부수들이 일제히 나와서 유비를 결박하면 일은 간단히 끝납니다."

손권은 머리를 끄덕이고 가화를 불러들여,

"미리 준비하고 내일 국태부인의 거동을 살펴라."

하고 분부했다.

한편, 교국로는 오국태부인에게 하직하고 집으로 돌아와서 아랫사람
을 시켜 유현덕에게 전갈을 보냈다.

"오국태부인께서 내일 친히 귀공을 만나보겠다고 하시니, 아마 일이

잘될 것 같소."

유현덕은 그 전갈을 듣고, 손건 · 조자룡과 함께 상의한다.

조자룡이 말한다.

"내일 그 모임에서 무슨 일이 일어날지 모르니, 내가 군사 5백 명을 거느리고 경호하리다."

이튿날, 오국태부인은 교국로와 함께 먼저 감로사에 가서 방장실에 자리를 정하고 앉았다. 손권이 일반 모사들을 거느리고 뒤따라와서, 유현덕을 초청해오도록 여범을 관역으로 보냈다.

초청을 받은 유현덕은 안에 튼튼한 갑옷을 입고, 그 위에 비단 도포를 껴입은 다음 시종자에게 칼을 등에 메고 바짝 따르라 하고, 드디어 말에 올라 감로사로 향한다. 조자룡이 완전 무장하고 군사 5백 명을 거느리고 따라간다.

유현덕은 감로사 앞에 이르자 말에서 내려 먼저 손권과 만났다. 손권은 유현덕의 비범한 풍채를 보자 마음속에 두려운 생각이 들었다.

두 사람은 서로 인사를 마치고, 드디어 방장실로 들어가 오국태부인을 뵈었다. 오국태부인은 유현덕을 보자 첫눈에 크게 기뻐하며 교국로에게 말한다.

"참으로 나의 사윗감이오."

교국로가 대답한다.

"현덕은 용과 봉의 풍채며 하늘의 해 같은 기상으로, 더구나 어진 덕을 천하에 펴는 사람이오. 국태께서 이런 좋은 사위를 얻었으니 참으로 축하하오."

유현덕은 오국태부인에게 절하고 감사한 다음, 함께 잔치에 참석했다. 조금 지나자 조자룡이 칼을 차고 들어와 유현덕 곁에 붙어 선다.

오국태부인이 묻는다.

"이 사람은 누군가?"

유현덕이 대답한다.

"상산常山 조자룡이올시다."

"당양 땅 장판長板 싸움에서 아두阿斗 아기를 찾아 안고 나왔다는 장수가 아닌가?"

"그러하외다."

국태부인은

"참으로 뛰어난 장수로다."

감탄하고 조자룡에게 술을 하사한다.

조자룡이 유현덕에게 속삭인다.

"조금 전에 복도를 돌아봤더니, 방안에 도부수들이 매복하고 있었습니다. 주공께 호의를 갖지 않은 것이 분명하니, 이 일을 국태부인께 고하소서."

이에 유현덕은 국태부인 앞에 가서 무릎을 꿇고 울며 고한다.

"이 유비를 죽이려거든 이 자리에서 죽여주소서."

국태부인이 놀라 묻는다.

"그게 무슨 말인가!"

"복도에 도부수들이 숨어 있으니, 유비를 죽이려는 것이 아니고 무엇이겠습니까."

국태부인이 격노하여 손권을 꾸짖는다.

"오늘 유현덕은 내 사위가 됐으니, 나의 아들이나 진배없음이라. 어째서 복도에 도부수들을 매복시켰느냐!"

손권은 모르는 체 시치미를 떼며 여범을 불러 곡절을 묻는다. 여범은 자기도 모르는 일이라면서 가화에게 책임을 미룬다.

국태부인은 즉시 가화를 불러 올려 크게 책망한다. 가화가 대답을 못

하자, 국태부인은

"가화를 끌어내어 참하여라!"

하고 추상 같은 명령을 내린다.

유현덕이 고한다.

"이제 대장을 참하면, 친한 인연을 맺는 자리에 이롭지 못할 뿐더러, 이 유비는 국태부인의 슬하에 오래 머물 수가 없습니다."

교국로도 또한 힘써 권하니 국태부인은 가화를 꾸짖고 물러가라 호통한다. 이에 복도에 매복하고 있던 도부수들은 머리를 감싸고 달아나듯 감로사에서 사라졌다.

잔치가 파하자 유현덕은 옷을 갈아입고 대청 앞에 나서서 뜰을 굽어본다. 큰 돌이 하나 있다. 유현덕은 자기 곁을 따르는 호위자가 차고 있는 칼을 뽑아 들고 하늘을 우러러 마음속으로 축원한다.

'만일 유비가 무사히 형주로 돌아가 천하의 왕업을 성취할 수 있다면, 한칼에 이 돌을 두 조각이 나게 하시고, 만일 여기서 죽을 신세라면 칼이 돌을 베지 못하게 하소서.'

축원이 끝나는 순간, 칼은 허공을 긋고 떨어진다. 불이 번쩍 나더니, 어느새 돌은 두 조각이 나 있었다.

손권이 마침 뒤에서 이 광경을 보고 묻는다.

"유현덕 귀공은 어째서 그 돌을 그리 미워하시오?"

유현덕이 대답한다.

"나는 나이가 쉰에 가까우나 국가를 위해 역적을 무찌르지 못하는 것이 늘 한이었는데, 이번에 국태부인의 부름을 받고 사위가 됐으니, 이는 내 일생에 있어서 좋은 기회인가 하오. 그래서 잠시 하늘에 '만일 조조를 격파하고 한나라를 다시 일으킬 수 있겠거든, 이 돌을 베어 끊게 하소서' 축원했더니 과연 이렇게 됐소."

손권은 마음속으로

'유현덕이 슬쩍 말을 돌려대고 나를 속이는구나.'

생각하고, 또한 칼을 뽑아 들고서 유현덕에게 말한다.

"나도 하늘에 축원하고 징조를 보겠소. 내가 역적 조조를 격파할 것이라면 또한 이 돌을 끊게 하소서!"

그러나 마음속으로는 가만히 축원하기를,

'앞으로 형주 땅을 얻고 우리 동오가 크게 일어나겠거든, 이 돌을 두 조각이 나게 하소서.'

하고 칼을 들어 내리쳤다.

보라, 그 큰 돌이 또한 보기 좋게 두 조각이 났다.

오늘날에도 당시 그 두 사람이 칼로 벤 십자十字 자국이 난 돌이 있으니, 후세 사람이 이 일을 찬탄한 시가 있다.

　　보배로운 칼이 떨어졌을 때, 돌은 끊어지고

　　쇳소리 일어나며 불빛이 번쩍 일어났도다.

　　양조(유현덕과 손권)의 왕성한 기상은 다 하늘의 운수였으니

　　이때부터 천하가 솥발처럼 셋으로 나뉘었도다.

　　寶劍落時山石斷

　　金環響處火光生

　　兩朝旺氣皆天數

　　從此乾坤鼎足成

두 사람이 칼을 버리고 서로 손을 잡고 방으로 들어가서 다시 술을 몇 순배 마셨을 때였다. 손건이 슬쩍 유현덕에게 눈짓을 한다.

이에 유현덕이 손권에게 사양한다.

166

"더 이상 술을 견딜 수 없으니, 관역으로 물러가겠소."

손권은 절 앞까지 전송한다. 두 사람은 절 앞에 나란히 서서 강산의 경치를 바라본다.

"참으로 천하에 제일가는 강산 경치요."

유현덕이 두루 살피며 감탄하였다.

오늘날도 감로사에 가면 '천하 제일 강산天下第一江山'이라 새긴 비석이 서 있으며, 후세 사람이 이 일을 찬탄한 시가 있다.

> 강산에 비가 개더니 푸른 산이 감싸고
> 경계는 근심이 없으니, 가장 즐겁도다.
> 옛날에 영웅이 쏘아보던 곳
> 층암 절벽에서 지금도 바람과 파도가 설레이는도다.
> 江山雨霽擁靑螺
> 境界無憂樂最多
> 昔日英雄凝目處
> 巖崖依舊抵風波

두 사람이 바라보는 동안에도 강바람은 호탕하여 큰 파도가 눈보라를 날리듯 흰 물결이 하늘을 뒤흔드는데, 홀연 한 척의 조그만 배가 거센 강을 마치 평지를 가듯 지나간다. 유현덕이 감탄한다.

"남쪽 사람은 배를 잘 타고 북쪽 사람은 말을 잘 탄다더니, 과연 그러하구려."

손권은 이 말을 듣자 속으로,

'유비는 내가 말을 잘 못 타는 줄 알고 놀리는구나.'

생각하고, 좌우 사람에게 말을 끌고 오라고 하여 몸을 날려 올라타자

마자 쏜살같이 산 아래로 달려 내려가더니, 채찍질하여 다시 달려 올라 와서 웃는다.

"그래 남쪽 사람은 말을 못 타는 줄 아시오?"

이에 유현덕은 옷을 걷어붙이고 한 번 뛰어 말 위에 올라타고 나는 듯이 산 아래로 달려 내려가더니, 다시 달려 올라온다. 두 사람은 언덕 위에 나란히 말을 세운 뒤에 함께 채찍을 들고 크게 웃는다.

오늘날도 그 언덕을 주마파駐馬坡라고 한다. 후세 사람이 그 주마파를 두고 지은 시도 있다.

> 용마龍馬를 타고 달리니 그 기상 씩씩도 하다.
> 두 사람은 말고삐를 나란히 하고 강산을 바라봤도다.
> 동오와 서촉이 각기 패권을 잡고 왕업을 이루었으니
> 천고千古로 사람들이 주마파라 일컫도다.
> **馳驟龍駒氣概多**
> **二人疊陂望山河**
> **東吳西蜀成王覇**
> **千古猶存駐馬坡**

이날 두 사람은 말고삐를 나란히 하여 남서성 안으로 돌아간다. 모든 백성이 환호성을 올리며 칭송한다.

유현덕이 관역으로 돌아가서 상의하니, 손건이 독촉한다.

"주공은 교국로에게 사정하사 속히 혼례를 끝내고 위기를 모면하도 록 하십시오."

이튿날, 유현덕은 다시 교국로 댁 앞에 가서 말을 내렸다. 교국로는 유현덕을 영접하고 방으로 들어가서 차를 대접한다.

유현덕이 고한다.

"이곳 강남은 나를 죽이려는 자가 많으니, 불안해서 오래 머물 수가 없습니다."

"현덕은 안심하라. 내 국태부인께 가서 고하고 특별히 호위하게 하리라."

유현덕이 감사하며 절하고 물러나와 관역으로 돌아갔다.

교국로는 곧 국태부인의 처소로 갔다.

"현덕이 생명의 위험을 느낀다며 곧 돌아가겠다고 합니다."

국태부인은 대로하여,

"나의 사위를 누가 감히 해치리요! 곧 유현덕을 서원書院으로 옮기게 하고, 좋은 날을 택하여 혼례를 치르게 하라."

하고 분부했다.

거처를 서원으로 옮긴 유현덕은 국태부인께 가서 고한다.

"조자룡이 들어오지 못하고 관역에 있기 때문에 여간 불편하지 않습니다. 이곳 군사들이 무슨 짓을 할지 걱정입니다."

국태부인은 조자룡과 그 일행을 다 부중으로 불러들여 머물게 하고, 관역은 불상사가 일어나지 않도록 비워두라 일렀다. 이에 유현덕은 속으로 은근히 기뻐했다.

며칠이 지난 뒤에 크게 혼례 잔치를 차리고 손부인孫夫人은 유현덕과 식을 마쳤다. 밤이 되자 손님들도 다 돌아갔다.

유현덕이 좌우로 늘어서 있는 청사초롱 사이로 안내를 받아 신방으로 들어가는데, 휘황한 등불 아래 창과 칼과 활 등의 무기가 가득하고, 시비들도 다 허리에 칼을 차고 양쪽으로 죽 늘어서 있지 않은가. 유현덕은 자기가 죽을 곳으로 들어온 것은 아닌가 하여 정신이 아찔하였다.

洞房偓子嬌嬌綽綽楚陽臺

黃屋貴人濟濟䠔䠔金鳳闕
劉玄德聚孫夫人

손부인을 아내로 맞이하는 유비

허리에 칼을 찬 시녀들을 보자 깜짝 놀라며
손권이 군사를 매복시킨 거나 아닌가 하고 의심한다.

驚看侍女橫刀立
疑是東吳設伏兵

이 어찌 된 까닭인지.

제55회

유현덕은 지혜를 써서 손부인에게 충격을 주고
공명은 주유를 두 번째 기절시키다

유현덕은 손부인의 방 안에 양쪽으로 숲처럼 늘어세워진 창과 칼, 그리고 허리에 칼을 차고 있는 시비들을 보고서 대경 실색한다.

한 할멈이 고한다.

"귀하신 몸으로서 놀라지 마십시오. 부인이 어려서부터 무예를 좋아하셔서 평소에도 시비들에게 격검擊劍을 시키고 즐기십니다. 그래서 이렇듯 창과 칼을 둔답니다."

유현덕이 말한다.

"저런 건 부녀자가 즐길 바가 아니니, 잠시 다른 데로 옮기라. 내 가슴이 몹시 떨리노라."

그 할멈이 손부인에게 가서 고한다.

"새서방님께서 불안하시다며 방안에 늘어놓은 무기를 치우라 하십니다."

손부인이 웃으며,

"반평생을 싸움으로만 돌아다니신 분이 어찌 무기를 두렵다 하신다더냐."

하고 무기를 걷어치우라 하고, 시비들에게 허리에 찬 칼을 풀어놓도록 분부했다. 그날 밤 유현덕은 손부인과 정을 통하고, 서로 흡족한 첫날밤을 치렀다.

유현덕은 시비들에게 황금과 비단을 나눠주어 마음을 사고, 손건을 형주로 돌려보내어 장가든 경과를 알렸다. 이때부터 날마다 술이나 마시며 즐기니, 국태부인이 십분 사랑하고 존경하였다.

한편, 손권은 시상군柴桑郡 주유에게로 사람을 보내어, '모친이 적극 주장하셔서 누이동생을 이미 유현덕과 결혼시켰으니, 거짓이 참말이 되고 말았다. 이 일을 어쩌면 좋으냐'고 물었다.

주유는 이 소식을 듣고 크게 놀라 안절부절못하다가, 이윽고 계책 하나를 생각해내어 밀서를 써서, 왔던 사람에게 주어 돌려보냈다.

손권이 그 밀서를 받아 뜯어보니,

주유의 계책이 이렇듯 뒤집어져 거짓이 참말로 변할 줄은 몰랐습니다. 그러니 마땅히 다음 계책을 쓰십시오. 유비는 결코 만만치 않은 인물이며, 겸하여 관운장·장비·조자룡 등의 장수를 두었으며, 더구나 제갈양이 돕고 있으니, 반드시 남의 밑에서 오래도록 몸을 굽히고 있을 자가 아닙니다. 제 생각으로는 유비를 우리 동오 땅에 연금해두는 것이 상책이니, 그러기 위해서는 성대한 궁실을 마련해주어 그의 첫 뜻을 잃게 하십시오. 그에게 많은 미녀와 좋아하는 애완품을 듬뿍 주어 그 눈앞의 것을 즐기게 해야 합니다. 한편 관운장·장비와의 정리情理를 저버리게 하고 제갈양과의 사이를 이간하여, 서로가 만나지 못하도록 멀리 떼어놓아야 합니다. 그런 후에 우리가 군사를 거느리고 그들을 치면, 천하의 큰일을 결정할 수 있을 것입니다. 그러나 지금 유비를 놓아주면, 이는 용에게 비와 구름을 주는 것과 같아서, 다시 우리 손아귀에 넣지 못할 것이니, 바라건대 주공은 거듭 깊이 생각하소서.

손권은 그 밀서를 장소張昭에게 보였다.

장소가 말한다.

"주유의 꾀가 바로 저의 생각과 들어맞았습니다. 유비는 원래 곤궁한 처지에서 일어나 천하를 바쁘게 돌아다니느라 한 번도 부귀 영화를 맛본 적이 없으니, 이런 때에 화려한 건물과 아름다운 여자와 황금과 비단을 듬뿍 주어 인생의 향락을 즐기게 하면, 자연히 공명·관운장·장비와도 사이가 벌어질 것이며 서로 원망하게 될 것입니다. 그런 후에 형주 땅을 쳐야 하니 주공은 주유의 계책대로 속히 실천하십시오."

손권은 크게 기뻐하고, 그날로 동부東府를 수리하고, 널리 기이한 꽃나무와 이상한 풀을 심고, 화려한 기구를 아낌없이 설치하여, 유현덕과 누이동생을 거처시켰다. 또 여자 악공樂工 수십 명을 더 주고, 아울러 황금과 값진 구슬과 비단 옷감 등 좋은 물건들을 넉넉히 대주었다.

이를 보자 국태부인은 손권의 호의를 기특히 생각하고 기뻐했으며, 유현덕은 과연 음악과 여색에 빠져 형주로 돌아갈 생각조차 하지 않았다.

조자룡도 데리고 온 군사 5백 명을 거느리고 동부 앞에 살면서 날마다 할 일이 없어 성 바깥에 나가 활이나 쏘고 말을 달리고는 했다. 그러는 동안에 어느덧 설달이 되고 그 해도 저물었다. 그제야 조자룡은 제갈 공명의 말이 생각나서, 크게 반성한다.

"공명께서 나에게 비단주머니 세 개를 줄 때 말하기를, 남서 땅에 당도하거든 첫 번째 주머니를 열어보고, 섣달이 되어 금년 일 년이 끝날 때 두 번째 주머니를 열어보고, 빠져 나갈 길이 없어 사태가 매우 위급할 때 세 번째 주머니를 열어보라고 하셨다. 그리고 이 주머니 속엔 신출귀몰한 계책이 있으니, 그대로 하면 가히 주공을 무사히 모시고 돌아올 것이라 했다. 이제 올해도 끝나가는데 주공은 여자에 빠져 돌아갈 생각조차 않으니, 이때에 두 번째 비단주머니를 열어보지 않고 어찌하리요. 곧 군사의 지시대로 하리라."

드디어 두 번째 비단주머니를 열어보니 참으로 용한 계책이 들어 있었다. 그날로 조자룡은 동부東府 정당正堂으로 가서, 유현덕을 뵈러 왔다고 청했다.

시비가 안으로 들어가서 고한다.

"조자룡이 긴급한 일을 고하러 왔다면서 밖에서 기다리고 있습니다."

유현덕은 조자룡을 불러들였다.

조자룡은 일부러 황망한 태도를 지으며 고한다.

"주공은 화려한 거처에 깊이 들어앉으사 형주를 잊으셨습니까?"

"무슨 일이기에 이처럼 허둥대느냐?"

"제갈공명에게서 급한 기별이 비밀리에 왔습니다. 조조가 전번 적벽 싸움에 전멸당한 보복을 하려고 씩씩한 군사 50만 명을 거느리고 형주로 쳐들어오는 중인데, 형세가 매우 위급하니 주공께서 속히 돌아오셔야 한다는 기별입니다."

유현덕이 대답한다.

"우선 부인과 상의해야겠다."

"부인과 상의하면 주공을 돌려보내지 않을 것입니다. 떠난다는 인사도 할 것 없이 오늘 밤중에 출발하도록 하십시오. 늦으면 큰일을 망칩니다."

"넌 잠시 물러가 있거라. 내가 알아서 하마."

조자룡은 일부러 여러 번씩 독촉하고 나왔다.

유현덕은 안으로 들어가서 눈물만 줄줄 흘린다. 손부인이 묻는다.

"무엇 때문에 괴로워하십니까?"

유현덕이 추연히 대답한다.

"내 과거를 돌아보건대 타향 객지로만 떠돌아다녔기 때문에 능히 부모를 모시지 못했소. 또 조상에 대해서 제사도 받들지 못했으니 이야말로 대역 불효라. 이제 올해도 다 지나게 되었으니 어찌 슬프고 우울하지 않겠소."

"나를 속이지 마시오. 내 숨어서 엿들었기 때문에 다 알고 있소. 조금 전에 조자룡이 와서 형주가 위급하다고 한 말 때문에 돌아가고 싶어서 딴전을 부리는 것 아니오?"

유현덕이 무릎을 꿇고 말한다.

"부인이 이미 알았으니 어찌 이 이상 속이리요. 내가 돌아가지 않으면 형주를 잃게 되며, 천하의 비웃음거리가 되고 마오. 하지만 돌아가려면 부인을 두고 떠나야 하니, 그래서 이렇듯 괴로워하는 거요."

"첩은 당신을 섬겼으니, 당신이 가시는 곳이면 첩도 마땅히 따라가야 합니다."

"부인의 마음은 그렇지만, 국태부인과 오후吳侯가 부인을 보낼 리 있으리요. 부인은 이 유비가 불쌍하거든 잠시 이별하는 슬픔을 참으시오."

유현덕은 말을 마치자 눈물이 비 오듯 흐른다.

손부인이 권한다.

"괴로워 마시오. 첩이 모친께 조르면 함께 가라 하시리다."

"비록 국태부인은 허락하실지라도, 오후가 막을 것이오."

손부인이 한동안 생각하다가 말한다.

"첩이 당신과 함께 정월 초하룻날 세배 드릴 때, 강변에 가서 조상께 제사를 지내겠다고 핑계를 대고 말없이 그길로 떠나면 어떨까요?"

유현덕은 다시 무릎을 꿇고 감사한다.

"그렇게 해준다면야 나는 생사간에 이 은혜를 잊지 못할 것이오. 그러니 이 일을 결코 누설하지 마시오."

이리하여 두 사람은 굳게 약속했다.

유현덕은 조자룡을 비밀히 불러들이고 분부한다.

"너는 정월 초하룻날 먼저 군사 5백 명을 거느리고 성을 나가 관도官道(오늘날의 국도) 가에서 기다려라. 나는 조상께 제사를 지낸다는 핑계를 대고 부인과 함께 달아날 작정이다."

조자룡은 두말 않고 승낙했다.

건안 15년 봄 정월 초하룻날이었다. 오후 손권은 문무 관원들을 당상에 모았다. 이윽고 유현덕이 손부인과 나란히 들어와서 국태부인께 세배를 드렸다.

손부인이 모친에게 고한다.

"주인은 부모와 조상의 무덤이 다 탁군涿郡에 있기 때문에 밤낮으로 슬퍼하다가, 오늘은 강변에 나가서 북쪽 고향을 향하여 제사를 지내고자 합니다. 그래서 특히 어머님께 고합니다."

국태부인이 응낙한다.

"효도를 하겠다 하니, 어찌 따르지 않으리요. 네 시부모가 안 계시니 남편과 함께 나가서 제상 앞에 절하고 시부모를 뵙듯이 예의를 다하여라."

손부인은 유현덕과 함께 어머님께 절한 뒤에 감사하고 나가니, 손권을 감쪽같이 속인 셈이다.

손부인은 가벼운 귀중품만 챙겨서 수레에 탔다. 유현덕은 말을 타자

말 탄 사람 몇 명만 거느리고 함께 성을 나가서 조자룡과 만나 앞뒤로 5 백 명 군사의 호위를 받으며, 마침내 남서 땅을 급히 떠나간다.

이날 손권은 크게 취하여 좌우 시종들의 부축을 받아 후당으로 들어가고, 문무 고관들도 다 돌아갔다.

관원들이 유현덕과 부인이 달아난 것을 알았을 때는, 이미 해가 저문 뒤였다. 즉시 보고하려 했으나 손권은 크게 취하여 깨지 않았고, 겨우 잠이 깼을 때는 5경(오전 4시)인 새벽이었다.

이튿날 손권은 유현덕이 달아났다는 보고를 듣자 급히 문무 백관을 불러들여 상의한다.

장소가 말한다.

"달아난 유현덕을 놓치면 앞으로 조만간에 큰일이 일어날 것이니, 급히 뒤쫓아가서 잡아와야 합니다."

손권은 진무陳武와 반장潘璋 두 장수에게 날쌘 군사 5백 명을 주고 명령한다.

"밤낮을 가리지 말고 뒤쫓아가서 그들을 잡아오너라."

두 장수는 명령을 받고 즉시 출발했다.

손권은 몹시 화가 나서 안상에 놓인 옥벼루를 던져 산산조각을 냈다.

정보가 고한다.

"주공은 공연히 화만 내지 마십시오. 진무와 반장이 갔으나, 필시 유현덕을 잡아오지는 못할 것입니다."

손권이 소리를 지른다.

"그들이 어찌 감히 나의 명령을 어기리요!"

정보가 계속 고한다.

"군주郡主(손부인)는 어릴 때부터 무예를 좋아해서 성격이 강하고 곧기 때문에, 장수들도 두려워하는 처지입니다. 더구나 유비를 따라갈 작정으로 함께 떠났으니, 뒤쫓아간 장수들이 군주가 보는 앞에서 어떻게 유비를 사로잡아올 수 있겠습니까."

손권은 분을 못 이겨 허리에 차고 있던 칼을 끌러 장흠과 주태 두 장수에게 썩 내주며 명령한다.

"너희 두 사람은 이 칼을 가지고 가 그 자리에서 내 여동생과 유비의 목을 베어가지고 오너라. 내 명령을 어기면 너희들부터 참하리라."

장흠과 주태는 명령을 받자 군사 천 명을 거느리고 뒤쫓아간다.

한편, 유현덕은 달리는 말에 채찍질하며 길을 재촉해 가다가, 그날 밤은 길에서 잠시 쉬고, 2경 무렵에 다시 황망히 출발한다. 가다가 앞을 바라보니 시상군 접경이었다. 그때 뒤쪽에서 먼지가 크게 일어나고 군사들이 뒤쫓아온다는 보고가 들어왔다.

유현덕은 황망히 조자룡에게 묻는다.

"적군이 뒤쫓아온다니, 이 일을 어찌할까?"

조자룡이 대답한다.

"주공은 먼저 가십시오. 제가 뒤를 맡으리다."

유현덕이 급히 산밑을 돌아 나가는데, 앞에서 한 떼의 군사가 길을 가로막고 있다. 그들 중에서 두 대장이 썩 나서며 큰소리로 외친다.

"유비는 빨리 말에서 내려 결박을 받아라. 우리는 주유 도독의 명령을 받고 이곳에서 기다린 지 오래로다."

원래 주유는 유현덕이 달아나지나 않을까 미리 염려하여 서성과 정봉 두 장수에게 군사 3천 명을 주어 요긴목을 지키게 하고, 항상 군사를 높은 산에 올려 보내어 유현덕이 육로로 도망칠 경우에 반드시 통과해야 할 길목을 망보게 했던 것이다. 이날, 서성과 정봉은 멀리서 유현덕 일행이 오는 것을 보고 군사들을 거느리고 길을 가로막고 기다렸던 것이다.

유현덕이 깜짝 놀라 황급히 말을 돌려 도로 조자룡에게로 달려와서 묻는다.

"앞에는 적군이 길을 막고, 뒤에도 적군이 쫓아오니 빠져 나갈 길이 없노라. 이 일을 어찌할까!"

조자룡이 고한다.

"주공은 고정하십시오. 군사께서 세 가지 묘한 계책이 있다며 비단주머니를 주었으니, 그 중 두 개는 끌러보아 영험을 보았고 이제 세 번째 비단주머니가 단 하나 남았는데, 이건 위급할 때 끌러보라고 하셨으니 지금이 열어볼 때입니다."

조자룡은 그 마지막 비단주머니를 끌러 지시 내용을 보더니, 유현덕에게 바친다. 유현덕은 그 지시된 계책을 읽자, 부인이 타고 있는 수레 앞으로 급히 가서 울며 고한다.

"내 가슴 깊이 간직한 말이 있으니, 이제 사실대로 다 말하리다."

손부인이 대답한다.

"하실 말씀이 있거든, 사실대로 다 말하십시오."

"지난날에 오후가 주유와 함께 짜고 나를 장가들러 오라 부른 것은 부인을 출가시키기 위해서가 아니며, 실은 이 유비를 잡아 가두고 형주 땅을 빼앗자는 계책이었소. 말하자면 형주 땅을 빼앗고는 이 유비를 죽일 작정이었으니, 바로 부인을 미끼로 삼아 나를 낚으려는 속셈이었소. 그런 줄을 번연히 알면서도 내가 죽음을 두려워하지 않고 온 것은, 부인이 남자의 도량이 있어 반드시 이 유비를 동정해주리라 믿었기 때문이오. 그런데 요즘 오후가 나를 없애버리려 하기에, 내가 부인에게 형주가 위급하다는 말을 꾸며대고 돌아갈 계책을 세운 것인데, 다행히도 부인께서 버리지 않고 여기까지 따라와주셨소. 그러나 오후가 보낸 군사가 이제 우리를 뒤쫓아오고, 주유가 보낸 군사는 지금 우리의 앞길을 가로

비단주머니의 계획대로 손부인에게 사실을 고하는 유비. 중앙 우측은 조운

막고 있으니, 부인이 나를 도와주지 않으면 이 위급한 사태를 면할 길이 없소이다. 부인이 나의 청을 들어주지 않는다면 이 유비는 수레 앞에서 스스로 목숨을 끊고, 그 동안 부인에게서 받은 은혜에 보답하겠소.”

손부인은 발끈 성을 내며,

“나의 오라버님이 나를 형제간으로 대하지 않는 바에야, 나도 형제간으로써 다시 대할 필요가 없소. 오늘날의 위기는 내가 풀어드리겠으니 당신은 안심하시오.”

하고 시종자들에게 분부한다.

“속히 수레를 앞으로 몰아라.”

손부인은 수레의 주렴을 걷어 올리더니, 앞을 막고 있는 서성과 정봉에게 불호령을 내린다.

"너희 둘이 반역할 생각이로구나!"

서성과 정봉은 황망히 말에서 내려 무기를 버리고 수레 앞에 나아와 황송히 고한다.

"저희들이 어찌 감히 반역할 리 있겠습니까. 주유 도독의 명령을 받고 이곳에 군사를 주둔시키고 오로지 유비가 오기를 기다린 것뿐입니다."

손부인이 대로한다.

"역적 주유야! 우리 동오가 너에 대한 대우를 극진히 하였거늘, 어찌 이럴 수 있는가. 유현덕은 바로 대한大漢의 황숙이시며, 나의 남편이시다. 내 이미 어머님과 오라버님께 다 말씀을 드리고 형주로 가는 길인데, 이제 너희 둘이 산기슭 으슥한 곳에서 군사를 거느리고 길을 가로막으니, 그래 우리 부부의 재물을 노략질할 작정이냐!"

서성과 정봉은 연방,

"그럴 리가 있습니까."

하고 굽실거리면서 변명한다.

"부인은 고정하소서. 이 일은 저희들이 아는 바가 아니며, 다만 주유 도독의 명령이십니다."

"너희들은 주유만 무섭고 나는 무섭지 않단 말이로구나. 주유가 너희들을 죽인다면, 난들 어찌 주유를 죽이지 못하겠는가!"

손부인은 서성과 정봉을 꾸짖은 후에 주유를 한바탕 저주하더니 분부한다.

"얘들아, 속히 수레를 몰아라! 어서 가자."

서성과 정봉은 워낙 수하의 신분인지라 어찌 손부인의 앞을 막고 실랑이질할 수 있으리요. 더구나 조자룡이 십분 노기를 띠고 있는 걸 보니 슬며시 겁도 났다. 이에 서성과 정봉은 하는 수 없이 군사들을 물러나게 하고, 손부인 일행을 큰길로 통과시켰다.

손부인 일행이 그곳을 통과하여 5, 6리쯤 갔을 때였다. 그제야 진무와 반장 두 장수가 뒤쫓아와 그곳에 들이닥쳤다.

서성과 정봉이 손부인에게 당한 일을 자세히 말한다.

진무와 반장이 탓한다.

"그냥 통과시켜줬다니, 큰 실수를 했소. 우리 두 사람은 주공의 분부를 받고 그들을 잡아가려고 특별히 온 것이오."

이에 서성, 정봉, 진무, 반장 네 장수는 군사를 한데 합쳐 거느리고 유현덕 일행을 잡으러 뒤쫓아간다.

한편, 유현덕은 길을 재촉해 가는 참인데, 문득 뒤에서 함성이 크게 일어난다. 유현덕이 손부인에게 말한다.

"군사들이 또 뒤쫓아오니, 이 일을 어찌하면 좋겠소."

손부인이 대답한다.

"당신은 먼저 가십시오. 내가 조자룡과 함께 뒷일을 담당하겠소이다."

이에 유현덕은 군사 3백 명만 거느리고 먼저 강 언덕을 향하여 떠난다.

조자룡은 수레 곁에 말을 세우고 나머지 군사 2백 명을 일자로 벌여 세운 뒤에 쫓아오는 적의 장수들을 기다린다. 네 장수가 달려와서 손부인을 보자 다 말에서 내려 두 손을 공손히 앞에 모으고 선다.

손부인이 말한다.

"진무와 반장은 무슨 일로 여기까지 왔느냐?"

두 장수가 대답한다.

"주공의 분부를 받고 부인과 유현덕을 모셔가려 왔소이다."

손부인이 정색을 하고 꾸짖는다.

"보잘것없는 너희들이 그래 우리 남매 사이에 이간을 붙이고, 형제의 우애를 상하게 할 작정이더냐! 나는 이미 출가한 몸이다. 오늘날 떠나가는 것은 외간남자와 함께 도망치는 것이 아니다. 나는 어머님의 인자하신 분부를 받고 남편을 따라 형주로 가는 길이니, 오라버님도 또한 예의껏 우리를 전송해야만 마땅할 것이다. 그런데 너희들이 무기를 가지고 군사를 거느리고 뒤쫓아왔으니, 우리를 죽일 작정이로구나!"

손부인이 내리 꾸짖자, 네 장수는 서로 얼굴만 쳐다볼 뿐 대답도 제대로 못한다. 그들은 각기 생각한다.

'남매간은 비록 만년이 지난다 해도 역시 남매간이며, 더구나 이번 일은 국태부인께서 주관하셨다. 또 주공은 원래 효성이 지극한 분이니 앞으로도 어머님 말씀을 어찌 거역할 수 있으리요. 내일이라도 주공의 생각이 바뀌면 우리만 옳지 못한 사람이 될지도 모르니, 이런 경우에는 차라리 인정이나 쓰리라. 더구나 유현덕은 어디로 가버렸는지 보이지도 않고, 조자룡이 저렇듯 눈을 부릅뜨고 눈썹을 곧추세우고서 당장이라도 달려들 기세니, 그만두는 것이 좋겠다.'

이에 네 장수는 네, 네 하며 돌아가고, 손부인은 시종자들에게 수레를 밀도록 분부하고 떠나갔다.

네 장수가 빈손으로 돌아가는 도중이었다. 서성이 말한다.

"우리 네 사람이 함께 주유 도독에게 가서, 이 일을 아뢰는 것이 좋을 성싶소."

네 사람이 결정을 내리지 못하고 주저하는데, 갑자기 한 떼의 군사가 회오리바람처럼 달려온다. 보니 앞을 달려오는 이는 장흠과 주태였다.

두 장수가 네 장수에게 묻는다.

"그대들은 유비를 보았소?"

네 장수가 대답한다.

"이른 새벽에 지나갔소. 벌써 반나절이 넘었소."

장흠이 다그쳐 묻는다.

"왜 유비를 잡지 않았소?"

네 장수는 손부인이 하던 말을 전한다. 장흠은 발을 구른다.

"주공께서 염려하신 것이 바로 그것이었소. 그래서 주공께서 이 칼을 주시며 '먼저 여동생부터 참하고, 다음에 유비를 참하라. 만일 명령을 어기면 참형을 당하리라' 하셨소."

네 장수가 대답한다.

"그러나 멀리 가버렸으니 어찌하오."

장흠이 분부한다.

"그들이 약간의 군사를 거느렸으니 멀리 가지는 못했을 것이오. 서성과 정봉 두 장수는 곧 주유 도독께 가서 이 일을 고하고, 빠른 배를 내어 수로로 그들을 뒤쫓으시오. 우리 네 사람은 강 언덕을 따라 육로로 뒤쫓아가서 잡는 즉시로 죽여버리겠소. 우리는 그들의 말을 들을 필요가 없소."

이리하여 서성과 정봉은 달려가서 주유에게 보고하는 한편, 장흠·주태·진무·반장 네 장수는 군사를 거느리고 강 언덕을 따라 유현덕 일행을 뒤쫓아간다.

한편, 유현덕 일행은 시상군을 멀리 벗어나 유랑포劉郞浦에 이르러서야 겨우 마음을 놓고, 강을 건너려고 강가를 찾아본다. 바라보이느니 강물만 아득하고 배 한 척 없었다. 유현덕은 머리를 숙이고 근심에 싸였다.

조자룡이 고한다.

"주공께서는 호랑이 입에서 빠져 나와 이제 형주 경계에 접근했으니 우리 군사께서 필시 만반의 준비를 하고 있을 텐데, 뭘 걱정하십니까."

유현덕은 그 말을 듣자, 동오에서 그간 호화 찬란한 신혼 생활을 보내던 일이 문득 생각나서, 자기도 모르는 중에 처량한 눈물이 주르르 흐른다.

후세 사람이 그 당시의 유현덕을 두고 탄식한 시가 있다.

오와 촉이 혼인하여 강물은 맑고 맑은데
밝은 구슬 찬란한 장식 황금 집에서 즐기었더라
누가 알았으랴 한 여자가 천하보다도 중하였던가
유현덕이 삼분 천하에서 싸우려던 마음이 흔들릴 줄이야!
吳蜀成婚此水澄
明珠步障屋黃金
誰知一女輕天下
欲易劉郎鼎峙心

유현덕이 조자룡을 시켜 배를 찾는데, 수하 군사가 달려와서 고한다.
"저편 뒤에서 먼지가 하늘을 찌를 듯이 일어납니다."
유현덕이 높은 곳에 올라가서 바라보니 동오의 기병과 병거(군사를 실은 수레)가 땅을 휩쓸듯이 달려온다. 유현덕이 탄식한다.
"날마다 달려왔기 때문에 사람과 말이 다 지칠 대로 지쳤는데, 또 적병이 뒤쫓아오니 이젠 죽었지 별수없구나!"
바라보는 동안에 달려오는 동오 군사의 함성은 점점 가까워진다. 유현덕이 어쩔 줄을 모르고 당황해하는데, 문득 빠른 배 20여 척이 나타나 강 언덕에 와서 일자로 늘어서지 않는가. 조자룡은 생각한다.
'하늘이 도우사 배들이 나타났으니, 우선 속히 타고 저편 언덕으로 건너가서 다시 대책을 세우리라.'
유현덕은 손부인과 함께 배 위로 오르고, 조자룡도 군사 5백 명을 거느리고 배에 다 탔을 때였다. 배 밑 선창에서 윤건綸巾을 쓰고 도복道服을 입은 사람이 크게 웃으며 올라온다.

"주공은 기뻐하소서. 제갈양이 기다린 지 오래로소이다. 배 안에 나그네로 가장한 사람들은 다 우리 형주 수군들입니다."

유현덕은 크게 기뻐했다.

이윽고 동오의 네 장수가 강가에 들이닥친다.

공명은 손을 들어 강가에 있는 네 장수를 가리키며 웃는다.

"내 이미 이럴 줄 알고 준비했으니, 너희들은 곱게 돌아가서 주유한테 '다시는 미인계를 쓰지 말라'고 나의 말을 전하여라."

네 장수는 군사들을 시켜 어지러이 활을 쏘았으나 배들은 이미 멀리 떠나간다. 어찌하리요! 장흠 등 네 장수는 저 멀리 떠가는 배들을 멍청히 바라볼 따름이었다.

유현덕이 공명과 함께 가는데, 문득 강에서 큰 함성이 들려온다. 급히 돌아보니 수많은 전선이 帥 자 기旗를 달았는데, 이는 주유가 친히 수전에 능숙한 수군들을 거느린 것으로서, 왼쪽은 황개黃蓋가, 오른쪽은 한당韓當이 거느리고 나는 말, 흐르는 별처럼 점점 가까이 뒤쫓아온다.

공명은 뱃머리를 일제히 북쪽으로 돌려 급히 젓게 하여, 언덕에 당도하자 모두 배를 버리고 육지로 올라가 말과 수레를 타고 출발한다.

주유는 뒤쫓아 강가에 이르자, 언덕으로 올라가 유현덕 일행을 뒤쫓는데, 모두가 전선을 타고 온 수군이라 걸어야만 했고, 앞장선 장수들만 겨우 말을 탔을 정도였다.

주유가 맨 앞에 서서 황개, 한당, 서성, 정봉에게 바짝 따르게 하고 묻는다.

"여기가 어디냐?"

군사들이 대답한다.

"저편 앞이 황주黃州 경계올시다."

바라보니 유현덕 일행의 수레와 말이 멀리 가고 있었다. 주유가 그들

주유를 두 번째로 기절시키는 제갈양

을 뒤쫓아 한참 달려가는데, 홀연 난데없는 북소리가 일제히 울려 퍼지며 산골에서 한 떼의 군사가 쏟아져 나오는데, 앞장서서 나오는 대장은 바로 관운장이었다.

주유가 어찌할 바를 몰라 급히 말 머리를 돌려 달아나니 관운장이 뒤쫓아온다. 주유는 달리는 말에 채찍질하여 정신없이 도망치는데, 왼쪽에서 황충黃忠이, 오른쪽에서 위연魏延, 두 장수가 나타나 마구 무찌르니 동오의 군사는 크게 패하여 강가로 달아난다.

주유가 급히 전선에 올라타고 막 떠나려 하는데, 언덕 위에서 형주 군사들이 일제히 큰소리를 지르며 마구 놀려댄다.

"주유의 묘한 계책이 천하를 안정하는 줄로만 알았더니, 이제 손부인을 잃고 군사까지 잃었구나!"

주유는 분통을 터뜨리며 외친다.

"다시 언덕으로 올라가서 죽음을 무릅쓰고 싸워 단번에 승부를 결정하리라!"

좌우에서 황개와 한당이 힘써 말리는 바람에 주유는,

"나의 계책이 실패했으니, 무슨 면목으로 주공을 뵈오리요!"

하고 분노를 참지 못하다가 순간적으로 지난날의 등창이 터져 외마디 소리를 지르더니 배 위에서 쓰러진다.

모든 장수들이 급히 주유를 일으켰을 때는 이미 기절해 있었으니,

　두 번씩이나 묘한 꾀를 짜내었건만 번번이 실패하여
　이제는 울화가 치밀고 창피해서 견딜 수 없다.
　兩番弄巧飜成拙
　此日含嗔却帶羞

주유의 목숨은 어찌 될 것인가.

제56회

조조는 동작대에서 크게 잔치를 벌이고
공명은 세 번째로 주유를 기절시키다

주유는 제갈양에게 걸려들어 관운장, 황충, 위연 세 장수가 거느린 세 부대의 습격을 받고 크게 패한다. 황개와 한당이 주유를 도와 급히 배에 올라탔으나, 이미 수많은 수군을 잃은 뒤였다. 더구나 아득히 바라보니 유현덕과 손부인이 수레와 말과 시종하는 자들을 거느리고 산 위에서 쉬면서 이쪽을 구경하고 있다.

그러니 주유가 어찌 기가 차지 않으리요. 지난번에 화살에 맞은 상처가 아직 낫지 않은데다 울화가 치밀어서 등창이 터지는 바람에 쓰러져 기절하니, 장수들이 급히 구하여 배를 몰아 달아난다.

공명은 달아나는 그들을 뒤쫓지 않고 유현덕과 함께 형주로 돌아갔다. 그리고 이번 경사를 자축하며 여러 장수들에게 상을 주었다.

주유는 시상군으로 돌아가고, 장흠 등 일행은 남서 땅으로 돌아가서 손권에게 실패한 경과를 보고했다. 손권은 화가 나서 정보를 도독으로 삼고 군사를 일으켜 형주를 치려는데, 주유의 서신이 왔다. 그 내용도 또한 군사를 일으켜 이번 원한을 씻겠다는 것이었다.

장소가 간한다.

"그러면 안 됩니다. 조조가 적벽에서 패한 원한을 밤낮으로 갚고자 하나, 우리 동오와 유현덕이 철통같이 단결한 줄로 알기 때문에 감히 군사를 일으키지 못하고 있는 실정입니다. 그런데 주공께서 일시의 분노를 참지 못해 유현덕과 싸운다면, 조조가 반드시 그 틈을 엿보아 쳐들어올 것이니, 그렇게 되면 우리 나라는 위태로워집니다."

고옹顧雍이 의견을 말한다.

"우리 땅에도 허도에서 온 첩자들이 있을 것입니다. 그 첩자들이 우리와 유현덕의 사이가 좋지 못한 것을 알기만 하면 즉시 조조에게 보고할 것이며, 그러면 조조는 사람을 보내어 유현덕과 손을 잡으려고 서두를 것이고, 유현덕도 우리 동오를 두려워하기 때문에 반드시 조조와 연합할 것입니다. 일이 그렇게 되면 우리 동오는 하루도 편안할 날이 없을 것입니다. 오늘날 우리가 해야 할 일은 차라리 사람을 허도로 보내어 천자에게 상표하여, 유현덕을 형주 목사로 추천하는 길밖에 없습니다. 그러면 조조는 우리 동오와 유현덕 사이가 철통 같은 줄로 알고 감히 군사를 일으켜 이곳 동남東南을 치지 못할 것이며, 유현덕도 또한 주공에 대한 감정을 풀 것입니다. 그렇게 한 후에 주공께서는 심복 한 사람을 시켜 반간계反間計를 써서 조조와 유현덕 사이에 싸움을 붙이고, 우리가 그 틈을 보아서 쳐들어간다면 형주 일대를 차지할 수 있습니다."

손권이 대답한다.

"고옹의 말이 좋긴 하나, 그럼 누구를 허도로 보내야 할까?"

고옹이 고한다.

"조조가 존경하는 사람이 우리에게 있으니, 그를 보내는 것이 좋겠습니다."

"그가 누군가?"

"화흠華歆이 이곳에 있습니다. 그를 사신으로 보내십시오."

손권이 흡족히 미소 지으며 즉시 유현덕을 형주 목사로 천거한다는 상표문을 짓게 하고, 화흠에게 주어 허도로 보냈다. 이리하여 화흠은 허도에 이르러 조조를 뵈려 했다. 그러나 조조는 업군橙郡 땅에서 신하들을 모아놓고 동작대銅雀臺 낙성落成 축하 준비를 하느라고 허도에 없었다. 이에 화흠은 허도를 떠나 업군으로 갔다.

조조는 적벽 싸움에서 크게 패한 뒤로 늘 원수를 갚을 생각이 있었으나, 손권과 유비가 연합하고 있는 줄로 알고 감히 군사를 일으키지 못하고 있었다.

건안 15년 봄에 동작대가 완성되자, 조조는 문무 관원을 업군 땅으로 다 모으고 크게 축하연을 베풀었다.

동작대는 바로 장하仰河 가에 건립되었으니, 그 한가운데 것이 동작대이고, 왼편 대는 이름이 옥룡대玉龍臺, 오른쪽 대는 금봉대金鳳臺였다. 높이가 각기 10장이요, 위에 두 개의 구름다리를 놓아 서로 통하게 되었으니, 천 개의 문과 만 개의 창窓에 황금빛과 푸른빛이 서로 어우러져 번쩍였다.

이날 조조는 머리에 보석을 박은 금관을 쓰고 몸에 녹색 금라포錦羅袍를 입고, 옥으로 만든 각대를 허리에 두르고, 구슬로 만든 신[珠履]을 신고 높이 앉으니, 문무 백관이 뜰 아래에 늘어섰다.

조조는 무관들의 활 쏘기 시합을 보려고 가까이 있는 시종을 시켜 서천西川의 홍금전포紅錦戰袍를 수양버들 나뭇가지에 걸게 하고, 그 밑에 과녁을 놓게 하여, 백 보 떨어진 곳에 장수들을 두 대隊로 나누어 세웠다. 이에 조씨 집안 출신 장수는 다 붉은 옷을 입고, 그 외의 장수들은 푸른 옷을 입은 뒤에 각기 조각한 활과 긴 화살을 들고 말에 올라 명령을 기다린다.

조조가 명령을 내린다.

"과녁 한가운데의 붉은 동그라미를 쏘아 맞힌 자에게는 서천의 홍금포를 하사하고, 맞히지 못하는 자에게는 벌주 벌술 한잔씩을 먹이리라."

명령이 내리자 홍포대紅袍隊 중에서 한 소년 장군이 말을 달려 나온다. 모든 사람이 보니 조휴曹休였다.

조휴가 나는 듯이 말을 달려 세 번을 갔다 오더니, 문득 화살을 끼워 활을 팽팽히 잡아당기고 쏜다.

화살이 날아가서 정통으로 붉은 과녁을 맞히자, 징소리와 북소리가 일제히 일어나고 모두가 박수 갈채를 보낸다.

대 위에서 바라보던 조조는 크게 만족한 기색이다.

"조휴는 우리 집안의 천리마로다."

조조는 바야흐로 사람을 시켜 홍금포를 내려다가 조휴에게 주려 하는데, 이번에는 녹포대綠袍隊 중에서 한 사람이 말을 달려 나오며 외친다.

"승상의 그 비단 도포는 타성他姓 사람이 가져야 마땅하지, 집안사람에게 주는 것은 불가합니다."

조조가 보니 그는 문빙文聘이었다.

모든 관원들이 말한다.

"그럼 문빙의 활 쏘는 솜씨를 보기로 합시다."

이에 문빙이 활을 잡고 말을 달려 화살 한 대로 붉은 과녁을 맞히니 모두가 박수 갈채하고, 징소리와 북소리가 요란하다. 문빙이 큰소리로 외친다.

"속히 저 홍금포를 내게로 가지고 오너라."

그러자 홍포대 중에서 또 한 장수가 말을 달려 나오며 버럭 소리를 지른다.

"조휴가 먼저 쏘아 맞혔거늘, 네가 어찌 홍금포를 뺏으려 드느냐. 너희들은 나의 솜씨를 보아라."

그는 활을 잔뜩 당겨 쏘아 화살 한 대로 붉은 과녁을 맞힌다.

모든 사람이 일제히 박수 갈채하며 보니, 그는 바로 조홍曹洪이었다. 조홍이 막 홍금포를 가지려 하는데, 녹포대 중에서 또 한 장수가 달려 나와 활을 높이 쳐들며 외친다.

"너희들 세 사람의 활 쏘는 솜씨가 뭐 그리 기특할 것 있느냐. 내가 쏘는 솜씨를 한번 보아라."

모두 바라보니 그는 바로 장합張慶이었다.

장합은 말을 무섭게 달리다가 몸을 뒤틀면서 자기 등 너머로 번개같이 활을 쏘아 또한 붉을 과녁을 맞히니, 네 개의 화살이 붉은 과녁에 오붓하게 꽂힌지라, 모든 사람들은 제각기 감탄하고 칭송한다.

장합이 자랑스레 외친다.

"붉은 비단 전포는 내 것이로다."

그 말이 끝나기도 전에 역시 홍포대 중에서 한 장수가 말을 달려 나오며 우렁차게 외친다.

"네가 몸을 뒤틀어 등 너머로 쏜 것이 뭐 그리 기특할 것 있으리요. 내가 붉은 과녁을 다루는 솜씨를 보아라."

모두가 보니 그는 하후연夏侯淵이었다.

하후연은 말을 달려 한계선에 이르러 몸을 한 바퀴 돌리면서 쏘니 화살은 네 개의 화살이 꽂힌 그 한복판에 정통으로 꽂힌다.

징소리와 북소리가 요란스레 울린다. 하후연이 말고삐를 당기고 들었던 활을 내리며 크게 외친다.

"이만하면 홍금포는 내 것이 아니냐!"

녹포대 중에서 또 한 장수가 말을 달려 나오며 큰 목소리로 외친다.

"그 홍금포에 손을 대지 마라! 그것은 이 서황徐晃의 것이로다."

하후연이 묻는다.

"네가 무슨 솜씨로 나의 홍금포를 빼앗겠다는 거냐?"

"네가 과녁의 한복판을 맞힌 것은 놀라울 것이 없다. 홍금포를 내 것으로 만들 테니 구경이나 하여라."

서황은 수양버들 가지만 바라보고 번개같이 활을 쏘니, 그 버들가지가 끊어지면서 걸려 있던 홍금포가 떨어진다.

서황은 나는 듯이 말을 달려, 떨어지는 홍금포를 받아 몸에 걸치고 대 앞으로 달려가서 말한다.

"승상께서 주시는 이 서천 홍금전포에 감사하나이다."

조조와 모든 관리들은 다 같이 서황을 부러워한다.

서황이 말을 돌려 돌아가려 하는데, 대 옆에서 한 장수가 뛰어나오며 큰소리로 외친다.

"네가 그 홍금포를 가지고 어디로 가려 하느냐. 속히 나에게 내놓아라!"

모든 사람이 보니 그는 바로 허저許堵였다.

"이 홍금포는 이제 내 것이 됐는데, 네가 어찌 강제로 뺏으려 하느냐?"

허저가 대답도 않고 말을 달려가 서로 맞닥뜨리자, 서황은 활로 허저를 내리친다. 허저는 한 손으로 그 활을 잡고 서황을 말에서 끌어내리려 안간힘을 쓴다. 이에 서황은 급히 활을 버리고 말에서 뛰어내리니, 허저도 또한 말에서 뛰어내려 서로 맞잡고 난투극이 벌어졌다.

조조가 급히 사람을 보내어 두 장수를 말리고 떼어놓으니, 그 홍금전포는 이미 조각조각 찢겨져 있었다. 조조가 두 장수를 다 대 위로 불러 올린다. 서황은 노한 눈을 부릅뜨고, 허저는 이를 갈며 서로 달라붙어 또 싸우려 든다.

동작대에서 무장들의 활솜씨를 보는 조조(오른쪽 세 사람 중 가운데)

조조는 웃으며,

"나는 그대들의 용맹을 보려는 것이지, 어찌 홍금전포 한 벌을 아까워할 리 있으리요."

하고 모든 장수들을 다 대 위로 불러 올리고, 촉 땅의 특산인 좋은 비단 한 필씩을 주었다.

모든 장수들이 감사하자, 조조는 그들에게 계급 순서에 따라 각기 앉게 했다. 이윽고 음악 소리는 다투어 일어나고 산해진미가 속속 들어온다. 문관과 무장들은 차례로 잔을 잡고 술을 따라 조조에게 바친다.

조조는 얼큰해지자 모든 문관들을 돌아보고 말한다.

"모든 장수들은 말을 달리고 활을 쏘아 나를 즐겁게 하고 그 씩씩한 위풍을 발휘했거니와, 그대들은 다 학문이 높은 선비니, 이 고대高臺에 오른 이상 아름다운 글을 지어 바침으로써 한때의 뛰어난 일을 기념하지 않겠느냐."

모든 문관들이 허리를 굽혀 절하고 대답한다.

"분부대로 하리다."

이리하여 왕낭王朗, 종요鍾繇, 왕찬王粲, 진임陳琳 등 글 잘한다는 일반 문관들이 지어 바친 시에는 대부분 조조의 공덕이 높고 높으니 하늘의 뜻을 받아 천자가 되는 것이 마땅하다는 의미가 내포되어 있었다.

조조는 한 번씩 다 읽고 나자, 웃으며 말한다.

"그대들의 아름다운 작품이 나를 과도히 칭찬했도다. 나는 본시 보잘것없는 처지로서 처음에는 효렴으로 천거받았고, 뒤에 천하가 크게 어지러운 때를 만나 초군初郡 동쪽 50리 되는 곳에 숨어 살면서 봄과 여름에는 책을 읽고 가을과 겨울에는 사냥이나 하면서 천하가 안정되기를 기다렸다가 벼슬길에 나설 생각이었다. 그런데 뜻밖에도 조정에서 나를 불러 전군교위典軍校尉로 기용하기에, 마침내 그때까지의 뜻을 바꾸고 오로지 국가를 위하여 도둑들을 토벌하며 공을 세우고 싸우다가, 죽은 뒤에 '한나라 고 정서장군 조후의 무덤漢故征西將軍曹侯之墓'이라는 비석이라도 하나 선다면 평생의 소원을 이룬 것이려니 생각했다. 그런데 동탁을 치고 황건적의 뿌리를 뽑은 이래로 원술을 없애고, 여포를 격파하고, 원소를 멸망시키고, 유표를 평정하고, 드디어 천하를 바로잡고 이 몸이 재상이 됐으니, 이는 신하 된 사람으로서 그 귀貴가 극하였거늘 다시 무엇을 바라리요. 만일 국가에 내가 없었던들 그 몇 사람이 황제라 자칭하고, 왕이라 자칭했을지 모른다. 그러나 혹 어떤 사람들은 내가 중한 권세를 잡고 있는 것을 보고 망령되이 생각하기를, 조조가 딴생각을 품고 있으려니 의심하지만, 그건 크게 잘못된 생각이다. 나는 옛적에 공자孔子가 문왕文王의 지극한 덕을 칭송한 것을 늘 생각하기 때문에 그 말을 항상 가슴 깊이 명심하고 있으나, 그렇다고 해서 내가 군사와 병권을 내놓고 무평후武平侯의 영지로 물러설 수는 없는 것이다. 왜냐하면 내가 일단 권세를 내놓으면 나의 생명을 노리는 자가 있을 것이요, 또 내가 패하면 나라가 망할 테니, 헛된 이름을 사모하여 실제의 불행을 초래할 수는 없는 것이다. 지금 형편이 이러하건만 그대들은 나의 뜻을 모르는 구나."

모든 관원들이 일어나,

"비록 옛 이윤伊尹, 주공周公이라도 승상만은 못하였으리다."

일제히 절하고 말했다.

후세 사람이 이 일을 읊은 시가 있다.

옛 주공이 유언비어에 당황하던 날
왕망은 공손히 겸손하고 선비 아래 섰도다.
만일 그 당시에 몸을 부지 못하고 죽었던들
그들의 일생이 진실이었는지 거짓이었는지를 그 누가 알리요.
周公恐懼流言日
王莽謙恭下士時
假使當年身便死
一生眞僞有誰知

조조는 연거푸 몇 잔을 마시고 부지중에 얼근히 취하여 좌우 사람을 불러 붓과 벼루를 가져오라 하고, 「동작대시銅雀臺詩」를 지어 막 쓰려 하는데, 수하 사람이 와서 고한다.

"동오에서 화흠이 유비를 형주 목사로 제수시켜줍소사 하는 상표문을 가지고 왔습니다. 그 동안에 손권은 누이동생을 유비에게 시집보내고 한상漢上 9군의 태반이 지금 유비의 소속으로 돌아갔다고 합니다."

조조는 손발이 떨려서 들었던 붓을 던졌다.

정욱程昱이 묻는다.

"승상은 수만 군사들 속에서도, 화살과 돌이 날아다니는 싸움에서도 일찍이 당황한 적이 없으셨는데, 이제 유비가 형주 일대를 차지했다는 말을 듣고 왜 이리 놀라십니까?"

"유비는 사람 중에서도 용이다. 그는 평생 물을 만나지 못했는데, 이제 형주를 차지했다니 이는 궁벽한 용이 바다에 들어간 격이다. 내 마음이 어찌 흔들리지 않을 수 있으리요."

정욱이 거듭 묻는다.

"승상은 화흠이 온 뜻을 아십니까?"

"알 수 없노라."

"손권은 원래 유비를 미워하기 때문에 군사를 일으켜 치고 싶으나, 다만 그 틈을 타서 승상이 쳐들어올까 겁을 먹고 있습니다. 그래서 도리어 화흠을 보내어 유비를 형주 목사로 천거하고 일단 유비를 안심시키는 동시에, 또한 승상이 동남쪽을 엿보지 못하도록 하려는 수작입니다."

조조가 연방 머리를 끄덕인다.

"그대 말이 맞소!"

정욱이 계속 고한다.

"내게 한 가지 계책이 있으니, 손권과 유비를 서로 싸우게 하고, 승상께서 그 틈을 보아 쳐들어가서 단번에 두 적을 격파하게 하리다."

조조는 만면에 희색을 띠며, 그 계책을 묻는다.

정욱이 대답한다.

"동오가 태산처럼 믿는 사람은 주유입니다. 그러니 승상은 천자께 아뢰어 주유를 남군南郡 태수로, 정보를 강하江夏 태수로 삼고, 지금 온 화흠을 돌려보내지 말고 조정에 두어 중한 벼슬을 살게 하십시오. 그러면 주유는 반드시 유비와 원수간이 되어 싸울 테니, 우리가 그 기회를 보아서 무찌르면 또한 좋지 않겠습니까.”

“정욱의 계책이 바로 나의 뜻이로다.”

하고 조조는 화흠을 대 위로 안내하라 하여 많은 상을 주고, 그날로 잔치를 파하고 모든 문무 관원을 거느리고 허창許昌(허도)으로 돌아갔다.

허도에 돌아온 조조는 곧 천자께 아뢰어 주유를 남군 태수로, 정보를 강하 태수로 봉하고, 화흠을 대리시경大理寺卿(오늘날 대법원장에 해당하는 직분)으로 삼아 허도에 머물게 했다.

천자의 칙사가 동오에 이르러 칙명을 정하니, 주유와 정보는 각기 태수직을 받고 임지로 도임했다.

주유는 남군을 다스리게 되자, 더욱 원수 갚을 생각이 간절하여 오후 손권에게 서신을 보냈다. 그 내용은 노숙을 보내어 형주를 돌려받는 것을 서둘러야 한다는 것이었다.

이에 손권이 노숙에게 명령한다.

“네가 보증하고 형주 땅을 빌려줬는데, 오늘날에 이르도록 유비가 돌려주지 않으니, 언제까지 기다리란 말이냐?”

노숙이 대답한다.

“문서에 명백히 기록되어 있듯이 유비가 서천 땅을 얻게 되면 즉시 돌려줄 것입니다.”

손권이 꾸짖는다.

“그들이 서천을 차지하겠다고 말만 하고 여태껏 군사도 일으키지 않으니, 유비가 늙어 죽을 때까지 기다릴 수는 없지 않느냐!”

“그럼 제가 가서 재촉해보리다.”

이에 노숙은 배를 타고 수로로 형주를 향하여 떠났다.

한편, 유현덕은 공명과 함께 형주에 있으면서 널리 군량과 마초를 모으고 군사를 조련하니, 각 지방에서 많은 선비가 모여들었다.

수하 사람이 들어와서 고한다.

"동오에서 노숙이 왔습니다."

유현덕이 공명에게 묻는다.

"노숙이 온 뜻은 무엇일까요?"

공명이 대답한다.

"전번에 손권이 천자께 주공을 형주 목사로 천거했다 하니, 이번에 노숙이 온 것은 조조의 계책에 의해서 움직이는 것이나 아닌지 염려스럽습니다. 더구나 조조가 주유를 남군 태수로 봉했다 하니, 이는 우리와 동오 간에 싸움을 붙이고 그 중간에서 이익을 보자는 수작입니다. 그러므로 주유가 남군 태수가 되어 형주를 돌려달라고 노숙을 보낸 것입니다."

유현덕이 묻는다.

"그럼 뭐라고 대답해야 좋겠소?"

"만일 노숙이 형주에 관한 일을 말하거든 주공은 곧 방성통곡하십시오. 한참 슬피 우실 때에 이 제갈양이 나와서 화해를 붙이겠소이다."

의논을 정하자 노숙을 부중으로 안내하라 하여, 서로 인사를 마치고 자리를 정한다. 노숙이 말한다.

"오늘날 유황숙께서는 우리 동오의 사위시라. 노숙에게는 바로 주인이나 진배없습니다. 어찌 감히 자리에 앉을 수 있습니까."

유현덕이 웃으며 권한다.

"노숙은 나와 예부터 사귀어온 터인데, 너무 겸손해하지 마시오."

그제야 노숙은 자리에 앉더니, 함께 차를 마신 뒤에 말한다.

"이번에는 주공 오후의 분부를 받고 오로지 형주에 관한 일로 왔습니다. 황숙께서는 이곳을 빌려 계신 지도 오래됐건만 아직도 돌려주지 않으니, 이번에 우리 동오와 혼인한 인척간의 정리를 봐서라도 속히 반환해주십시오."

유현덕은 이 말을 듣자 소매로 얼굴을 가리고 소리 내어 통곡한다.

노숙이 놀라 묻는다.

"황숙은 어째서 우시오?"

유황숙은 더욱 소리를 내어 우는데, 공명이 병풍 뒤에서 나오며 말한다.

"이 제갈양이 다 들었소이다. 노숙은 우리 주공께서 우시는 뜻을 아시오?"

"정말로 모르겠소."

"그만한 일을 알기는 어렵지 않을 것이오. 당초에 우리 주공께서 형주를 빌릴 때 서천 땅을 차지하면 즉시 돌려드리겠다고 했으나, 그 뒤에 가만히 생각해본즉, 익주益州(서천의 요지)의 유장劉璋은 바로 우리 주공의 동생뻘이며 다 같은 한나라 황실의 종친이라. 만일 우리 주공께서 군사를 일으켜 동생뻘 되는 이를 치는 날에는 천하 사람들이 형제간에 그럴 수가 있느냐고 욕할 것이고, 그렇다고 유장의 영토를 차지하지 못하고 이곳 형주를 동오에 돌려주는 날에는 장차 아무데도 몸둘 곳이 없구려. 그렇다고 형주를 반환하지 않으면 처가인 동오와 의마저 상하게 되니, 이러지도 저러지도 못할 처지라. 그래서 이렇듯 슬피 우시는 것이오."

공명이 일장 설명을 하자, 유현덕은 참으로 자기 신세가 슬퍼서 가슴을 치고 발버둥치며 방성통곡한다.

노숙이 위로한다.

"황숙은 너무 슬퍼 말고 고정하시오. 내 공명과 함께 천천히 상의하리다."

공명이 부탁한다.

"노숙은 돌아가서 오후를 뵙고 우리 주공의 딱한 처지와 슬픈 사정을
잘 말씀 드려 좀더 말미를 주시오."

노숙이 묻는다.

"우리 주공께서 내 말을 듣지 않으실 경우엔 어찌하오?"

"오후는 친누이를 황숙에게 출가까지 시켰으니 어찌 듣지 않을 리 있
으리요. 바라건대 노숙은 돌아가서 잘 말해주시오."

노숙은 원래 너그럽고 인자한 천성이라, 유현덕이 그처럼 애통해하
는 것을 보고서 하는 수 없이 응낙했다. 유현덕과 공명은 노숙에게 절하
며 감사하고, 잔치를 벌여 대접한 다음 배 타는 데까지 따라 나가 전송
했다. 노숙은 돌아가는 길에 시상군에 들러 우선 주유에게 사실대로 알
렸다.

주유가 발을 구르며 원통해한다.

"노숙이 또 제갈양의 꾀에 넘어갔도다. 당초에 유비는 유표한테 의지
하고 있었을 때도 그 형님뻘인 유표를 없애버릴 생각을 늘 품고 있었던
위인인데, 그까짓 동생뻘인 서천의 유장을 뭘 그다지도 끔찍이 생각할
리 있으리요. 그들이 이처럼 핑계만 대고 뒤로 미루기만 하니, 장차 노
숙 그대가 이 일로 큰 불행을 당할 것이오. 계책이 하나 있으니, 이번만
은 제갈양도 내 계책에서 벗어나지 못할 것이오. 노숙은 수고스럽지만
한 번만 더 형주에 갔다 오시오."

노숙이 묻는다.

"우선 그 묘한 계책이란 것부터 들어봅시다."

주유가 계책을 말한다.

"노숙은 주공을 뵐 것 없이 바로 다시 형주에 가서 유비에게 이렇게

말하시오. 손씨와 유씨는 혼인했으니 이제는 한집안이라. 만일 아우뻘 되는 유장이 거느리는 서천 땅을 빼앗으러 가기가 뭣하다면, 우리 동오가 대신 군사를 일으켜 서천 땅을 무찌르고 시집간 손부인에게 친정에서 주는 선물로 내줄 테니, 서천 땅을 받고 형주 땅을 우리에게 돌려달라고 교섭하시오."

노숙이 묻는다.

"우리 동오에서 서천까지는 너무나 거리가 멀어서 쳐들어가기 쉽지 않소. 도독의 계책은 실천하기 불가능할 것이오."

주유가 웃는다.

"노숙은 참으로 고지식하도다. 그렇다고 내가 참말로 서천을 무찔러 유현덕에게 내줄 것 같은가. 그렇게 하겠노라고 명색만 내세우고, 실은 쳐들어가서 형주를 빼앗자는 것이오. 노숙이 가서 내 말대로만 하면 그들은 아무 전쟁 준비도 않을 것이며, 우리 군사가 서천을 빼앗으러 가자면 반드시 형주를 통과해야 하니, 그때 그들에게 재물과 군량으로 원조해달라고 청하면 유비는 반드시 형주성에서 나와서 우리 군사를 위로할 것이오. 그 기회에 쳐들어가서 형주를 무찌르고 차지하면 나의 원한도 갚으려니와 그대도 불행을 면하게 되오."

노숙은 반색을 하며, 다시 형주로 갔다.

유현덕이 의논하자 공명이 대답한다.

"노숙은 필시 오후 손권은 만나지 않고 바로 시상군으로 가서 주유를 만나 무슨 지시를 받고, 다시 우리를 꾀러 다시 왔을 것입니다. 노숙이 말할 때 내가 머리를 끄덕이거든, 주공께서는 그것이 무엇이든 즉시 허락하십시오."

이렇게 서로가 의논을 정했다.

이윽고 노숙이 들어와서 인사를 마치고 말한다.

"우리 오후께서는 황숙의 높은 덕을 매우 칭찬하시고, 모든 장수들과 의논한 끝에, 그렇다면 우리가 유황숙을 대신해서 군사를 일으켜 서천을 취한 뒤에 형주와 서로 바꾸기로 하되, 특히 시집간 누이동생에게 주는 선물로 하라 하셨습니다. 그러니 우리 군사가 지나갈 때 다소의 금은과 군량미만 원조해주시오."

공명은 그 말을 듣자 즉시 머리를 끄덕인다.

유현덕이 공손히 손을 모으고 감사한다.

"오후께서 그처럼 우리를 생각해주시니 참으로 감사하오."

공명이 말한다.

"이것이 다 노숙이 말을 잘해준 덕분인 줄로 아오. 동오의 대군이 오는 날에는, 우리가 멀리 나가서 영접하고 위로하리다."

노숙은 속으로 기뻐하고, 잔치가 파하자 형주를 떠나 돌아갔다.

유현덕이 공명에게 묻는다.

"그들의 뜻이 과연 무엇일까요?"

공명이 한바탕 웃는다.

"주유가 죽을 날이 가까웠나 봅니다. 그런 계책은 어린아이도 속일 수 없을 것입니다."

"좀 자세히 설명해주시오."

"이는 길을 빌려 괵虢나라를 멸망시키자는 계책입니다. 즉 서천을 친다는 명목을 내세우고 실은 이곳 형주를 치려는 속셈이니, 그들은 주공이 성에서 나와 군사를 위로할 때, 그 기회를 틈타 주공을 사로잡고 준비 없는 성을 쳐서 차지하려는 속셈입니다." 길을 빌려 괵나라를 멸망시키는 계책이란 춘추 시대 때 진晋나라가 우虞나라 길을 빌려 괵나라에 가서 공격, 멸망시키고 돌아오는 길에 길을 빌려준 우나라까지 쳐서 없앴다는 고사를 가리킨다.

"그럼 이 일을 어찌하면 좋겠소?"

"주공은 안심하시고, 활을 감추어 사나운 범을 잡고 좋은 미끼를 주어 큰 고기를 낚으십시오. 주유가 이리로 오는 날에는 설사 죽지는 않는다 할지라도 거의 넋을 잃고야 말 것입니다."

공명은 조자룡을 불러,

"이러이러히 하라. 그 외의 일은 내가 알아서 조처하리라."

하고 계책을 일러준다. 유현덕은 크게 기뻐했다.

후세 사람이 이 일을 찬탄한 시가 있다.

주유는 계책을 결정하고 형주를 취하려 하는데
제갈양이 먼저 알고서 뛰어난 계책을 세웠도다.
장강에 좋은 미끼가 탄로나지 않기만을 바랐는데
누가 알았으리요, 그 고기를 낚으려는 낚싯바늘이 또 숨어 있
을 줄이야.
周瑜決策取荊州
諸葛先知第一籌
指望長江香餌穩
不知暗裏釣魚鉤

한편, 노숙은 돌아가 주유에게 유현덕과 공명이 기뻐하던 일과 동오의 군사가 당도하는 날에는 형주성에서 그들이 나와 위로하겠다고 말하던 것까지 자세히 보고했다.

주유가 큰소리로 껄껄 웃는다.

"이제야 내 계책이 들어맞았구나!"

주유는 곧 노숙을 보내어 오후 손권에게 이 일을 고하고, 동시에 정보

에게 군사를 주어 뒤를 도와달라 청했다.

이때 주유는 화살에 맞았던 상처가 날로 나아서 몸에 아무런 지장이 없을 정도였다. 주유는 마침내 감영甘寧을 선봉으로 삼고, 친히 서성 · 정봉과 함께 제2대가 되고, 능통 · 여몽을 후대後隊로 삼았다. 이에 수륙 대군 5만 명을 일으켜 곧장 형주를 향하여 진군한다.

주유는 배를 타고 가면서 가끔씩 웃고 말하며, 자기 계책이 공명에게 적중한 것을 기뻐했다.

전군前軍이 하구夏口 땅에 이르렀을 때였다.

주유가 묻는다.

"형주에서 마중 나온 사람이 있느냐?"

"유황숙이 보낸 미축이 도독을 뵈러 와 있다 합니다."

주유는 미축을 데려오라고 하여 묻는다.

"우리 군사를 위로할 준비는 되었느냐?"

미축이 대답한다.

"우리 주공께서는 모든 준비를 끝내시고 기다리는 중이십니다."

"유황숙은 어디에 계시느냐?"

"형주 성문 밖에서 기다리시며, 도독께 친히 술을 권할 작정이십니다."

"이번 일은 다 너희들을 위해서 이처럼 군사를 일으켜 멀리 싸우러 가는 것이니, 우리 군사에 대한 예의를 소홀히 말라."

미축은 주유의 분부를 받고 먼저 돌아갔다.

이러는 동안 강 위에 빽빽히 밀렸던 전함들이 다시 차례로 나아가 어느덧 공안公安 땅에 당도했다. 그런데 배는 한 척도 보이지 않고, 마중 나온 사람도 보이지 않았다. 주유는 속히 가자고 전함들을 재촉하여 형주까지 10여 리를 남겨둔 곳에 이르렀다. 바라보니 강은 한 폭의 비단을 펴놓은 듯 고요하기만 하였다. 앞서갔던 초탐군哨探軍이 돌아와서 보고한다.

"형주성 위에는 흰 기가 두 개 꽂혀 있을 뿐, 사람 그림자 하나 없더이다."

주유는 의심이 나서 배를 모래사장에 대게 한 다음, 친히 언덕으로 올라가 말을 타고 감영, 서성, 정봉 등 일반 군관을 대동하고 씩씩한 군사 3천 명을 거느리고 바로 형주를 바라보며 간다.

그들은 형주성 아래까지 갔으나, 아무런 동정이 없었다. 주유는 말을 세우고 군사를 시켜 성문을 열라고 외친다.

그제야 성 위에서 묻는다.

"너희들은 누구냐?"

오나라 군사들이 대답한다.

"동오의 주도독께서 친히 왕림하셨노라."

그 말이 끝나기도 전에 홀연 포 터지는 소리가 나더니, 성 위의 군사들이 창과 칼을 들고 일제히 나타난다.

동시에 성루에서 조자룡이 썩 나서며 묻는다.

"도독은 무슨 일로 오셨소?"

주유가 성루를 쳐다보며 언성을 높인다.

"내가 너의 주인을 대신해서 서천을 치러 가거늘, 그래 너는 아직도 몰랐단 말이냐!"

조자룡이 주유를 굽어보고 말한다.

"우리 공명 군사軍師께서는 도독이 길을 빌려 괵나라를 멸망시키려는 계책을 쓴다는 것을 다 아시고 이 조자룡을 여기 남겨두셨다. 우리 주공께서 말씀하시기를 '나와 서천의 유장은 다 한漢 황실의 종친인데 내 어찌 차마 친척간의 의리를 저버리고 서천 땅을 빼앗을 수 있으리요. 만일 주유가 촉(서천은 촉 땅의 일부이다) 땅을 공격한다면, 나는 머리를 풀고 깊은 산속으로 들어가서 천하 사람들에게 신의를 잃지 않겠다'

주유를 세 번째로 기절시키는 공명

고 하시더라."

주유는 이 말을 듣자 급히 말 머리를 돌려 떠나려 하는데, 영令 자 기旗를 잡은 병사가 허둥지둥 달려와서 고한다.

"큰일났습니다. 사방에서 적군이 쳐들어옵니다. 관운장은 강릉江陵에서 쳐들어오고, 장비는 자귀秭歸에서, 황충은 공안公安 쪽에서, 위연은 이릉 쪽 소로에서 쳐들어오는데 사방에서 달려오는 군사의 수효가 얼마나 되는지 알 수도 없고, 함성이 백여 리 전역에 걸쳐 진동하며, 들리는 함성마다 '주유를 잡아라' 하는 소리뿐입니다."

주유는 기가 차서 말 위에서 크게 외마디소리를 지르니, 아물던 화살 상처가 다시 터져 말 아래로 굴러 떨어진다.

보다 높은 솜씨와 겨루려니, 대적할 수가 없어

몇 번이나 짰던 계책이 다 수포로 돌아간다.

一着棋高難對敵

幾番算定總成空

주유의 목숨은 어찌 될 것인가.

제57회

와룡선생은 시상군에서 주유를 조상弔喪하고
봉추는 뇌양현에서 고을을 다스리다

주유는 치밀어 오르는 분노를 누르지 못하여 말에서 떨어졌다. 좌우 사람들은 주유를 급히 구출하여 배로 돌아갔다.

군사들은 유현덕과 공명이 산 위에서 술을 마시며 음악을 듣고 있다고 말했다. 주유는 분기 탱천하여 이를 갈며 저주한다.

"그들은 내가 서천을 치지 못할 것이라고 하지만 두고 보아라. 내 맹세코 서천을 쳐서 얻으리라."

한참을 저주하는데, 수하 사람이 와서 고한다.

"주공(손권)의 친아우님 손유孫瑜가 오셨습니다."

주유는 손유를 영접해 들이고, 그간의 경과를 자세히 말했다.

손유는

"나는 형님 분부를 받고 도독을 도우러 왔소."

하고 드디어 군사들을 재촉하여 진군한다.

군사들이 파구巴丘 땅에 이르렀을 때 보고가 들어온다.

"지금 상류上流에서 유봉劉封과 관평關平이 군사를 거느리고 물길을 끊고 있습니다."

주유는 더욱 분노하는데, 수하 사람이 와서 고한다.

"공명이 사람을 시켜 서신을 보내왔습니다."

주유가 공명의 서신을 뜯어보니,

한나라 군사중랑장軍師中郎將(유비가 준 벼슬) 제갈양은 서신을 동오東吳 대도독 공근公瑾(주유의 자) 선생 휘하에 드리나이다. 나는 지난날 시상군에서 이별한 뒤로 오늘날에 이르도록 자나깨나 귀공을 그리워하고 있소이다. 듣건대 이번에 귀공이 서천 땅을 치러 간다고 하니, 내 생각으론 불가능한 일인 줄로 압니다. 서천 땅이 있는 익주 일대의 백성들은 매우 강하고 지리도 험준하여, 그곳을 다스리는 유장이 비록 나약하고 어리석으나 스스로 영토를 지키기에는 충분하거늘, 이제 귀공이 군사를 괴롭히면서까지 멀리 쳐들어가 만릿길에 작전을 세우고 완전한 성공을 바란다면, 이는 오기吳起(전국 시대의 유명한 병가이다)라도 엄두가 나지 않을 일이며, 손무孫武(역시 전국 시대의 유명한 병가이다)라도 능히 그 뒤를 대지 못할 것입니다. 더구나 오늘날 천하대세를 보건대, 조조가 적벽 싸움에서 실패했으니, 어찌 잠시라도 우리에게 원수를 갚을 생각이 없겠습니까. 이제 귀공이 군사를 거느리고 멀리 싸우러 간 틈에 만일 조조가 쳐들어온다면 귀공의 나라 강남 일대는 쑥대밭이 될 것입니다. 나는 차마 앉아서 그 비참한 결과를 볼 수 없기에 특별히 충고하는 바니, 깊이 살피고 생각하시라.

주유는 제갈양의 서신을 읽고 길게 탄식한다. 참으로 이럴 수도 저럴 수도 없었다. 주유는 종이와 붓을 가지고 오게 하여, 오후 손권에게 보낼 서신을 쓴 다음, 모든 장수들을 불러모으고 말한다.

"나는 진충 보국盡忠報國할 생각이었으나, 어찌하리요! 하늘에서 받은 나의 목숨이 끝났도다. 너희들은 오후를 잘 섬기고, 함께 천하 대업을 성취하라."

말을 마치자 주유는 넋을 잃고 기절했다.

이윽고 주유가 천천히 깨어나더니, 하늘을 우러러 길이 탄식한다.

"하늘이여, 하늘이여! 주유를 이 세상에 내놓고서 어찌하여 제갈공명을 또한 이 세상에 내보냈느뇨."

주유는 계속 같은 말을 부르짖더니, 이내 세상을 떠났다. 이때 주유의 나이 36세였다.

후세 사람이 주유의 죽음을 탄식한 시가 있다.

적벽강에서 영웅의 충렬을 세웠으며
젊어서부터 명성이 높았도다.
음악과 노래에 안목이 있었고
쾌히 술잔을 들어 좋은 벗과 대하였도다.
일찍이 3천 곡의 녹을 받았으며
항상 10만 군사를 지휘했도다.
파구 땅에서 그 일생이 끝났으니
조상하기에 앞서 슬픔이 복받치는도다.
赤壁遺雄烈
青年有俊聲
絃歌知雅意
盃酒謝良朋
曾謁三千斛

常驅十萬兵

巴丘終命處

憑弔欲傷情

주유의 영구靈柩를 파구 땅에 두고, 장수들은 주유가 남긴 서신을 급히 보내어 손권에게 보고했다.

손권은 주유가 죽었다는 소식을 듣자 방성통곡하며 그 서신을 뜯어보니, 자기 대신으로 노숙을 천거한다는 내용이었다.

주유는 평범한 재주로 과도한 대우를 받아 극진한 신뢰를 입고 모든 군사를 통솔하였으니, 충성을 다하여 보답할 생각이 어찌 없었겠습니까마는, 살고 죽는 일은 미리 짐작할 수 없고 길고 짧은 데에 명이 있어, 어리석은 뜻을 펴지 못한 채 보잘것없는 몸이 죽으니, 이 원한인들 어찌 끝나리까. 이제 조조는 북쪽에 웅거하고 있어 싸움이 끝난 것이 아니요, 유비는 끝까지 늘어붙어 마치 우리가 사나운 범을 기르는 듯한 형편이어서 천하 대사가 장차 어떻게 돌아갈지 알 수 없으니, 지금이야말로 모든 신하는 침식을 잊고 충성할 때요, 주공께서는 항상 앞날을 염려하셔야 할 때입니다. 원래 노숙은 충성과 의기가 있고 어려운 일을 당해도 구차스러운 데가 없어서, 가히 이 주유가 맡았던 바를 대신 맡아서 하리이다. 사람이 죽을 때에는 그 하는 말이 착하다고 하니, 깊이 통촉하사 주유는 죽지만 썩지 않게 하소서.

손권은 서신을 읽고 나자 또 통곡하며,

"주유는 큰 인재인데, 이제 명이 짧아 문득 죽었으니, 내 장차 누구를 의지할까! 특히 유서를 보내어 노숙을 천거했으니, 내 어찌 감히 그의 뜻을 따르지 않으리요."

하고 그날로 노숙을 도독으로 삼아 모든 군사를 통솔하게 하고, 이렇게 분부했다.

"주유의 관을 운반해와서 장사지내라."

한편, 공명은 형주에서 밤에 천문을 보다가, 장성將星이 떨어지는 것을 보자 입가에 미소를 띤다.

"주유가 죽었구나."

새벽이 되자 공명은 유현덕에게 고했다. 유현덕이 사람을 시켜 알아본즉 과연 주유가 죽은지라, 공명에게 묻는다.

"이미 주유가 죽었으니, 앞으로 어떻게 해야겠소?"

공명이 대답한다.

"주유를 대신해서 동오의 군사를 거느릴 자는 노숙입니다. 밤에 천문을 보니 동쪽에 장성들이 모여 있었습니다. 내가 주유를 조상할 겸 강동으로 가서 훌륭한 인재를 찾아내어 주공을 돕게 하리다."

"동오의 장수들이 선생에게 복수할까 두렵소."

"나는 주유가 살아 있을 때도 두려워하지 않았습니다. 이제 주유가 죽었는데, 무엇을 염려하십니까."

이에 공명은 조자룡에게 군사 5백 명을 주어 따르게 하고, 제사에 쓸 예물을 배에 싣고 주유를 조상하러 파구로 떠나간다. 가면서 수소문해본즉, 손권이 이미 노숙을 도독으로 삼았고, 주유의 영구도 이미 시상군으로 운반됐다고 하는지라, 공명은 바로 시상 땅으로 갔다.

노숙이 나와서 예의로써 공명을 영접한다. 동오의 장수들은 다 공명을 잡아죽이고 싶었으나, 조자룡이 칼을 차고 공명 곁에 따라다니기 때문에 감히 손을 쓰지 못한다.

俯追往事祭文一幅寫哀腸

仰訴交情酹酒三盃斟血涙

諸葛亮大哭周瑜

주유의 영전에서 조문을 읽는 제갈양

공명이 거느리고 온 군사들을 시켜 주유의 영전靈前에 제물을 차려놓고, 친히 술잔을 바치며 땅에 꿇어앉아 제문을 읽으니,

오호! 공근이여. 불행히도 일찍 세상을 떠났도다. 수명이 길고 짧은 것은 하늘의 뜻이지만, 그 누가 슬퍼하지 않으리요. 내 마음이 참으로 아파 한잔 술을 따라 바치노니, 그대 영혼이 있다면 이를 받으라. 그대의 어렸을 때를 조상하노니, 일찍부터 백부伯符(손책)와 사귀어 오로지 의를 위할 뿐 재물에는 뜻이 없었으니 자기 집을 남에게 내주어 살게 했도다. 그대의 약관弱冠(20대) 때를 조상하노니, 봉새처럼 만리에 날개를 떨쳐 패업의 기초를 세우고, 강남 땅에 자리를 잡았도다. 그대의 씩씩한 힘을 조상하노니 멀리 파구

땅을 쳤을 때 경승景升(유표劉表)은 수심에 잠기고 손견으로 하여금 근심이 없게 했도다. 그대의 높은 풍채를 조상하노니, 아름다운 소교小喬를 아내로 맞이하여 한나라 신하의 사위로서 조정에 부끄러울 것이 없었도다. 그대의 기상을 조상하노니, 볼모를 보내지 말도록 막고 처음에는 두각을 나타내지 않더니, 마침내 큰 날개를 떨쳤도다. 그대가 파양鄱陽에 있던 날을 조상하노니, 장간이 와서 설득하는데도 술잔을 들고 유유자적했으니, 우아한 도량과 높은 뜻이었도다. 그대의 큰 능력을 조상하노니, 문무를 겸전한 계략이 있어 불로 공격하여 적군을 격파하고, 강한 자를 약한 자로 만들었도다. 그대의 생전 모습을 생각함에 웅장한 인품이요 영특한 기상이라. 일찍 세상을 떠난 그대를 통곡하노니, 땅에 쓰러져 흘린 그 피는 충의의 마음이요 영령의 기품이라. 목숨은 30여 세에 끝났으나, 그 이름을 백세百世에 남겼도다. 그대를 애통하는 정이 칼에 베인 듯 아프니, 애간장이 자지러지는도다. 다만 나의 가슴은 슬픔으로 찢어지는데 하늘이 어두워서 삼군은 처량하도다. 주인(손권)은 그대 때문에 애달피 울고, 친구들은 그대 때문에 눈물을 흘리는도다. 제갈양은 원래 재주가 없는 몸으로, 그대에게 계책을 빌리고 대책을 청하여 함께 동오를 도와 조조에게 항거하고, 한나라를 부축하고 유씨를 안정시켰도다. 우리가 좌우로 나뉘어 서로 돕고 앞뒤로 나뉘어 서로 짝을 지었다면, 죽고 살고 간에 무엇을 두려워하며 무엇을 근심하였으리요. 오호라, 공근이여! 이제 생과 사로써 영원히 이별했도다. 충정을 검박하게 지키던 그대는 저승으로 아득히 사라졌도다. 혼령이 있다면 내 마음을 살피라. 이제부터 천하에 다시 나를 알아줄 사람이 없으니, 아아 슬프고 애달픈지고! 다만 엎드려 바라노니, 이 제사를 받으시라.

嗚呼公瑾 不幸夭亡 修短故天 人豈不傷 我心實痛 酹酒一觴 君其有靈 亨

我蒸嘗 弔君幼學 以交伯符 仗義疎財 讓舍以居 弔君弱冠 萬里鵬搏 定建覇

業 割據江南 弔君壯力 遠征巴丘 景升懷慮 討逆無憂 弔君椿度 佳配小喬 漢

臣之壻 不愧當朝 弔君氣槪 諫阻納質 始不垂翅 終能奮翼 弔君禾陽 蔣幹來

說 渾酒自如 雅量高志 弔君弘才 文武籌略 火攻破敵 挽强爲弱 想君當年 雄

姿英發 哭君早逝 俯地流血 忠義之心 英靈之氣 命終三紀 名垂百世 哀君情

切 愁腸千結 惟我肝膽 悲無斷絶 昊天昏暗 三軍愴然 主爲哀泣 友爲淚漣 亮

也不才 烱計求謀 助吳拒曹 輔漢安劉 掎角之援 首尾相爾 若存若亡 何慮何

憂 嗚呼公瑾 生死永別 朴守其貞 冥冥滅滅 魂如有靈 以鑑我心 從此天下 更

無知音 嗚呼哀哉 伏惟尙饗

공명은 제사를 마치자 땅에 엎드려 방성대곡하니, 눈물이 비 오듯하
며 애통해 마지않는다.

모든 장수들이 서로 말한다.

"세상에서 말하기를 공근과 공명이 서로 사이가 좋지 못하다더니, 이
제 그 제사지내는 정상을 본즉 사람들의 말이 거짓이었도다."

노숙도 공명이 그처럼 슬피 우는 것을 보고 또한 감동하여 이렇게 생
각한다.

'공명은 저렇듯 다정한데, 공근이 원래 도량이 좁아서 스스로 죽음에
말려갔도다.'

후세 사람이 탄식한 시가 있다.

와룡선생이 남양 땅에서 잠을 깨기 전에

서성舒城 땅에도 빛을 다툴 인물이 나왔도다.

하늘은 주유를 세상에 내보내고

어지러운 세상에 무엇 하러 공명을 또 내보냈던가!

臥龍南陽睡未醒

又添列曜下舒城

蒼天旣已生公瑾

塵世何須出孔明

노숙은 잔치를 베풀어 공명을 대접했다. 잔치가 끝나자, 공명이 작별하고 나와서 배에 타려던 참이었다. 이때 강변에 한 사람이 서 있었다. 그는 도포를 입고 죽관을 쓰고 허리에 검은 띠를 두르고 흰 신발을 신었는데, 한 손으로 공명의 소매를 잡으며 껄껄 웃는다.

"주유를 울화통이 터져 죽게 만들고 그러고도 조상하러 왔으니, 공명은 동오에 인물이 전혀 없는 줄 아느냐!"

공명이 급히 돌아보니, 그 사람은 바로 봉추선생 방통龐統이 아닌가. 공명은 또한 크게 웃더니 방통과 손을 잡고 함께 배에 올라타고, 서로 적조했던 심사를 털어놓는다.

공명이 서신 한 통을 써서 방통에게 주며 부탁한다.

"내 생각으로는 손권이 그대에게 높은 지위를 주지 않을 것이니, 조금이라도 뜻대로 안 되거든 바로 형주로 와서, 나와 함께 유현덕을 섬기도록 하시오. 유현덕은 관대하고 인자하며 후덕한 분이니, 반드시 귀공이 평생 배운 공부를 알아줄 것이오."

방통이 그러기로 승낙하고 작별하자, 공명은 형주로 돌아갔다.

한편, 노숙은 주유의 영구를 운반하여 무호蕪湖 땅에 당도했다. 손권은 주유의 영구를 맞이하여 목놓아 울며 제사를 지내고, 그 고향 땅에다 성대히 장사지내도록 분부했다.

주유에게는 원래 아들 둘과 딸 하나가 있었다. 큰아들의 이름은 주순周循, 둘째 아들의 이름은 주윤周胤이었다. 손권은 그들 유가족에게 특별 대우를 하도록 분부했다.

＊이후에 손권은 시상군으로 돌아갔다.

손권은 장수들과 함께 의논하다가 주유에 관한 말이 나오기만 하면,

"주유가 세상을 떠난 뒤로 나는 손발을 잃은 거나 다름없다. 앞으로 어떻게 나라를 꾸려가야 할지 모르겠구나!"

하고 울었다. ＊표 이하는 홍치본弘治本에 의하여 보충한 부분이다.

한번은 노숙이 고한다.

"이 노숙의 재주는 보잘것없는데, 주유가 잘못 천거하고 세상을 떠났기 때문에 항상 불안합니다. 바라건대 한 인물을 천거하여 주공을 돕게 하리다. 그 사람은 위로는 천문에 통달하고, 아래로는 지리에 밝으며, 그 지혜로운 계책은 옛 관중管仲과 악의樂毅에 못지않으며, 군사를 쓰는 데는 옛 손자孫子나 오기吳起와도 겨룰 수 있습니다. 그래서 주유도 지난날에 그 사람의 말을 많이 듣고 일을 처리했고, 공명도 또한 그 지혜에 깊이 탄복하였습니다. 지금 그 사람이 우리 강남에 있는데 주공께서는 왜 등용하지 않으십니까?"

손권은 크게 반색하며, 그 사람의 성명을 묻는다.

노숙이 대답한다.

"그 사람은 바로 양양 땅 출신으로서 성명은 방통이요, 자는 사원이며 도호를 봉추선생이라 합니다."

"나도 그 이름을 들은 지 오래요. 이제 우리 땅에 와 있다니 즉시 초청하시오. 내가 만나보겠소."

이에 노숙은 방통을 초청하고 함께 들어가서 손권을 뵙고 절했다. 손권이 방통을 보니 눈썹은 탁하고 코는 들창코에다 얼굴은 검고 수염은

짧아서 생긴 꼴이 불쾌했다.

"그래 귀공이 평생 배운 것은 주로 무엇이오?"

방통이 대답한다.

"무엇에도 구애하지 않고, 형편 따라 그 변화에 응하오."

"귀공의 재주와 공부가 주유와 비교해서 어떠하오?"

방통이 웃는다.

"내가 배운 것은 주유와는 크게 다르지요."

손권은 언제나 주유를 가장 좋아했기 때문에 방통의 대답이 경솔하다고 생각하고, 더욱 마땅찮아서 말한다.

"귀공은 물러가서 쉬시오. 필요할 때가 있으면 다시 초청하겠소."

방통은 길이 탄식하면서 나갔다.

노숙이 손권에게 묻는다.

"주공께서는 어째서 방통을 등용하지 않으십니까?"

"미친 사람이다. 그런 사람을 써서 무슨 이익이 있으리요."

"적벽 싸움에서 우리가 조조의 군사를 몰살한 것은, 바로 방통이 조조에게 연환계를 쓰라고 일러줬기 때문이었습니다. 생각하면 우리로서는 방통의 공로가 제일 컸는데, 주공은 그때 일을 잊었습니까?"

손권은 잘라 말한다.

"그때는 조조가 자진해서 전함들을 한데 비끄러맨 것이니, 반드시 방통의 공로라고 할 것은 없소. 나는 맹세코 그런 자를 등용하지 않을 테니, 그리 아시오."

이날 노숙은 방통에게 가서 위로한다.

"내가 귀공을 천거했으나 주공이 쓰지 않으니, 어쩔 도리가 없구려. 귀공은 낙심 말고 참으시오."

방통은 머리를 숙이고 깊이 탄식할 뿐 대답하지 않는다.

노숙이 묻는다.

"귀공이 우리 동오에 뜻이 없는 것은 아니오?"

"……"

노숙이 거듭 묻는다.

"천하를 바로잡을 만한 재주를 가진 그대가 어디인들 못 갈 리 있겠소? 이 노숙에게 솔직히 말해주시오. 장차 어디로 갈 작정이오?"

방통이 대답한다.

"장차 조조에게로 갈까 하오."

노숙이 말한다.

"조조에게 간다면, 이는 밝은 구슬을 암흑 속으로 던지는 것이나 다름없소. 형주에 가서 유현덕을 만나보시오. 반드시 귀공에게 높은 지위를 줄 것이오."

"이 방통도 실은 그럴 생각이오. 아까 한 말은 농담이오."

노숙이 당부한다.

"내가 귀공을 천거하는 서신을 써서 드리리다. 귀공이 유현덕을 섬기게 되거든, 아무쪼록 우리 손씨와 유씨가 서로 싸우지 말고 함께 힘을 합쳐 조조를 격파하도록 적극 힘써주시오."

방통이 대답한다.

"귀공의 말씀이 바로 나의 평생 소원이오."

이에 방통은 노숙이 써주는 서신을 받아 품에 넣고 유현덕을 만나러 바로 형주로 떠났다.

이때 공명은 4군郡을 순찰하러 가서 아직 돌아오기 전이었다. 문지기가 들어가서 유현덕에게 고한다.

"강남의 명사 방통이 특히 주공을 섬기려고 왔다 합니다."

유현덕은 방통의 명성을 오래 전부터 들었기 때문에, 즉시 모시고 들

어오도록 분부했다. 방통은 들어와서 유현덕에게 허리를 굽혀 길이 읍
揖할 뿐 절하지 않는다.

유현덕은 방통의 용모가 추한 것을 보고 역시 불쾌해서 묻는다.

"귀공은 먼 길을 오느라 고생이 많았겠소."

방통은 노숙의 추천장도, 지난날 공명이 주고 간 서신도 내놓지 않는다.

"황숙께서 어진 선비를 좋아한다기에 그래서 왔소이다."

"우리 형주 일대도 점점 안정이 되어서 별로 적당한 자리가 없소. 여
기서 동북쪽으로 130리를 가면 고을이 하나 있으니, 이름을 뇌양현이라
하오. 그곳 현감 자리가 하나 비었으니, 당분간 그곳이나 다스려주시오.
뒤에 적당한 자리가 나면 중한 지위에 등용하리다."

방통은 생각한다.

'유현덕이 어찌 이렇듯 나를 박대하는가. 나의 재주와 학문을 한번
보여주고 싶으나, 마침 공명도 없고 하니 그만두자.'

방통은 굳이 참고 하직한 뒤에 뇌양현으로 갔다. 방통은 뇌양현에 당
도한 뒤로 고을 일을 다스리지 않고 밤낮 술만 마시고 즐기며, 돈과 양
식과 일반 송사는 전혀 거들떠보지도 않았다. 이 일은 곧 유현덕에게 보
고됐다.

"방통은 뇌양현에 온 이래로 고을 일은 일절 버려두고 있습니다."

유현덕이 노하여,

"되지못한 선비가 감히 나의 법도를 어지럽힌단 말이냐."

하고 마침내 장비를 불러 분부한다.

"너는 형남荊南(형주 남쪽 일대)의 모든 고을을 순시하고 오너라. 만
일 법도를 지키지 않는 자가 있거든 사정없이 문책하여라. 혹 너로서는
잘 모를 일도 있을 것이니, 손건과 함께 가거라."

장비는 분부를 받고 손건과 함께 떠나 뇌양현에 이르렀다. 그곳 군사

와 백성들과 관리들은 다 성밖에까지 나와서 장비를 영접하는데, 홀로 현감만이 보이지 않는다.

장비가 묻는다.

"현감은 어디에 있기에 보이지도 않느냐?"

수하 군사가 장비에게 고한다.

"방현감龐縣監은 이곳에 도임해온 지 근 백여 일이 지났으나, 고을 일은 묻지도 다스리지도 않고 날마다 술만 마시며 아침부터 밤늦게까지 취해 있습니다. 오늘도 전날 마신 술이 깨지 않아서, 아직도 누워 있습니다."

장비는 격분하여 즉시 사로잡아 족칠 생각인데, 손건이 속삭인다.

"방통은 원래 유명한 명사라, 경솔히 다루어서는 안 되오. 우선 성안에 들어가서 따져보고, 그러고도 이치에 맞지 않거든 그때 죄를 다스려도 늦지 않소."

이에 장비는 동헌東軒으로 들어가서 정청正廳 윗자리에 좌정하고, 현감을 불러들이라 명령했다. 방통이 나오는데, 의관도 제대로 갖추지 못하고 부축을 받고도 취해서 비틀거린다.

장비가 노하여 꾸짖는다.

"우리 형님께서 너 같은 자를 인물이라 하여 현감을 시켰거늘, 네 어찌 감히 고을 일을 전폐하고 이꼴이냐?"

방통이 빙그레 웃는다.

"장군은 나더러 무슨 일을 돌보지 않았다 하시오?"

"네가 여기 도임해온 지 백여 일이 지났건만, 날마다 종일 취해 있으니 어찌 고을 일을 전폐하지 않았다고 하느냐."

"이까짓 백 리 남짓한 조그만 고을의 사소한 일을 결정하는 데 무슨 어려울 것이 있겠소. 장군은 잠시 앉아서 내가 결재하는 거나 구경하

뇌양현에서 방통의 송사를 지켜보며 감탄하는 장비

시오."

방통은 아전을 불러 분부한다.

"백여 일 동안 밀린 공무를 다 아뢰어라."

아전들은 분분히 문서와 안건을 가득히 안고 청 위에 올라와서 송사를 고하고, 피고인들을 뜰 아래에 겹겹으로 꿇어앉혔다.

방통은 붓을 들어 문서 하나하나에 비판하는 글을 쓰며, 입으로는 판결을 내리는 한편, 귀로는 송사를 들으면서 시비곡직을 밝히는 데 추호도 착오가 없으니, 백성들은 머리를 조아리고 복종할 뿐 불만이 없었다.

겨우 반나절도 못 되어 백여 일 동안 밀린 일을 다 판결하고 결재까지 마치자, 방통은 붓을 던지며 장비에게 되묻는다.

"내가 고을 일을 돌보지 않은 것이 무엇이오? 나는 조조, 손권도 대단

치 않게 생각하거늘, 이까짓 조그만 고을 일에 무슨 신경을 쓰겠소?"

크게 놀란 장비는 높은 자리에서 내려와 사과한다.

"선생의 큰 재주를 몰라보고 제가 무례했습니다. 돌아가서 형님께 말씀 드리고 극력 천거하리다."

방통은 그제야 노숙의 추천서를 내놓는다. 장비가 묻는다.

"선생은 우리 형님을 처음 뵈었을 때 왜 이것을 내놓지 않았습니까?"

"그때 내놓았다면 오로지 추천장만 믿고서 온 사람으로 알 것 아니오."

장비가 손건을 돌아보며 말했다.

"그대와 함께 오지 않았더라면 큰 선생을 잃을 뻔했소."

장비와 손건은 방통에게 하직하고 형주로 돌아갔다. 그들은 유현덕에게 방통의 놀라운 재주를 자세히 고했다.

유현덕은 크게 놀란다.

"큰 선생을 괄시했으니, 이는 나의 잘못이다."

장비가 노숙의 추천장을 바친다. 유현덕이 뜯어보니,

　　방통은 백 리 땅을 다스릴 그런 조그만 인재가 아니니, 치중治中이나 별가別駕 지위에 앉혀야만 비로소 큰 재주를 발휘할 수 있습니다. 만일 그의 용모나 풍채를 보고 괄시하면 그 놀라운 재주를 저버리게 되어, 마침내 다른 사람에게로 갈 것인즉, 그렇게 되면 실로 애석한 일입니다.

유현덕은 노숙의 글을 보고 무릎을 치며 감탄하는데, 마침 공명이 돌아왔다는 기별이 온다. 유현덕이 영접하고 서로 예를 마치자, 공명이 먼저 묻는다.

"방군사龐軍師는 요즘 별일 없습니까?"

유현덕이 대답한다.

"요즘 방통에게 뇌양현을 다스리게 했더니, 술을 너무 좋아해서 고을 일을 전혀 돌보지 않는다고 합디다."

공명이 웃는다.

"방통은 백 리 땅이나 다스릴 그런 조그만 인재가 아닙니다. 그의 공부는 이 제갈양보다도 열 배나 출중하다는 것을 아셔야 합니다. 지난날 내가 방통에게 추천장을 써줬는데, 주공께 드리지 않습디까?"

"오늘날에야 겨우 노숙의 서신을 보았고, 아직 선생의 추천장은 받지 못했소."

"큰 인재가 조그만 지위에 있으면 술로 울분을 풀고 공사를 돌보지 않는 수가 더러 있습니다."

"내 동생이 말해주지 않았더라면 큰 인재를 잃을 뻔하였소."

유현덕은 장비에게 곧 뇌양현으로 가서 방통 선생을 형주로 모셔오라 분부했다.

이리하여 방통이 형주에 당도한 날, 유현덕은 댓돌에서 내려와 영접하고 사죄했다. 방통은 그제야 공명의 추천장을 내놓았다. 유현덕이 그 내용을 보니 '봉추鳳雛(방통의 도호)가 오거든 마땅히 높은 지위를 주시라'는 부탁이었다.

유현덕은 매우 기뻐하며

"옛날에 사마덕조司馬德操가 나에게 말하기를 '복룡伏龍(제갈양)과 봉추 두 사람 중에서 한 사람만 얻어도 천하를 안정할 수 있다'고 했는데, 이제 두 분을 다 얻었으니 한 황실을 다시 일으키겠소이다."

하고, 드디어 방통을 부군사중랑장副軍師中郎將으로 삼고 공명과 함께 계책을 세우며, 군사를 교련하여 다음날 싸움에 이바지하게끔 했다. 이때가 건안 16년 여름이었다.

한편 첩자는 허도에 이르러 조조에게 보고한다.

"유비가 제갈양과 방통을 모사로 삼고, 군사를 모집하고 말을 사들이고 마초를 쌓고 군량을 준비하며, 동오의 손권과 동맹했으니 머지않아 군사를 일으켜 북쪽으로 쳐들어오려 할 것입니다."

조조는 드디어 모사들을 모으고, 남쪽에서 싸움을 일으키기 전에, 먼저 칠 일을 상의한다.

순유荀攸가 나아와 고한다.

"주유가 죽은 지 얼마 안 되니 먼저 손권부터 무찌르고, 그 다음에 유비를 쳐야 합니다."

조조가 걱정한다.

"우리가 멀리 남쪽을 치러 간 사이에 마등馬騰이 허도로 쳐들어올까 염려로다. 전번 적벽에서 싸우던 때도 서량 군사가 허도로 쳐들어온다는 유언비어가 떠돌았으니, 이번에는 대책을 세우지 않을 수 없다."

순유가 말한다.

"나의 어리석은 소견을 말씀 드리겠습니다. '마등을 정남장군征南將軍으로 봉하노니 속히 손권을 치라'는 조서를 보내어 일단 마등을 도성으로 꼬여 들인 뒤에 죽여버리면, 우리가 남쪽을 치러 가도 아무 뒷걱정이 없을 것입니다."

조조는 기뻐하며, 그날로 심복에게 조서를 주어 서량 땅에 가서 마등을 불러오도록 했다.

잠시 마등의 내력을 살펴보기로 한다. 마등의 자는 수성壽成이니, 그는 한대 복파장군伏波將軍 마원馬援의 후손이었다. 그의 아버지는 성명이 마숙馬肅이요 자는 자석子碩으로, 원래는 천수군天水郡 난간현蘭干縣에서 현위로 있었는데, 뒤에 벼슬을 잃고 농서隴西 지방에 떠도는 신세가 되었다가, 오랑캐(강인羌人)들 속에 섞여 살면서 오랑캐 여자에게 장가들어 아들 마등을 두었던 것이다.

마등은 장성하면서 키가 8척에 몸이 웅대하고 용모는 기이한데, 성품이 착했기 때문에 사람들로부터 많은 공경을 받았다.

영제靈帝 말년 때 일이었다. 오랑캐들이 많이 반역하자, 마등은 민병을 모집하여 오랑캐들을 격파한 일이 있었는데, 초평初平 연간에야 모반한 오랑캐들을 무찔렀다는 공로로 인해 나라로부터 정서장군征西將軍이라는 칭호를 받았고, 이리하여 진서장군鎭西將軍 한수韓遂와 형제의 의를 맺었던 것이다.

그날 마등은 조서를 받고, 큰아들 마초馬超와 함께 상의한다.

"나는 당초에 동승董承 대감과 함께 천자께서 의대衣帶에 넣어서 내리신 조서를 받은 뒤로, 유현덕과 함께 역적을 치기로 굳게 약속했으나, 그 후 불행히도 동승은 죽고 유현덕은 싸울 때마다 계속 패하고, 나는 서량 땅 궁벽한 곳에 있기 때문에 유현덕을 돕지 못했었다. 요즘 소문을 들으니, 유현덕이 형주를 차지했다기에 나도 이제부터 오랫동안 품은 뜻을 펴볼까 했는데, 뜻밖에도 조조가 나를 부르는구나. 사세가 이러하니 어찌하면 좋겠느냐?"

마초가 대답한다.

"조조가 천자의 명령이라 내세우고서 부르니, 부친께서 이번에 가시지 않으면 조조는 천자에게 거역한다는 죄목을 들어 우리를 책망할 것입니다. 그러니 차라리 도성으로 가서서 그 안에서 일을 도모하면 옛날부터 품었던 뜻을 펼 수 있으리다."

마등의 조카(형님의 아들) 마대馬岱가 간한다.

"조조의 속마음은 측량할 수 없습니다. 숙부께서 가면 해를 당할지도 모릅니다."

마초가 적극 주장한다.

"제가 서량 군사를 모조리 일으켜 거느리고 부친을 따라 허도로 쳐들어가, 천하를 위해 역적을 없애버리는 데야 안 될 일이 어디 있겠습니까."

마등이 대답한다.

"너는 오랑캐 군사들을 거느리고 서량 땅을 잘 지키고 있거라. 네 동생 마휴馬休, 마철馬鐵과 조카 마대만 데리고 가겠다. 네가 서량에 있고 한수가 너를 돕는 한, 조조가 감히 나를 해치지는 못할 것이다."

마초가 고한다.

"부친은 가실지라도 경솔히 도성에 들어가지 마시고 형편을 보아 적절히 행동하시면서 상대의 동정을 살피십시오."

"내가 알아서 할 터이니, 너무 걱정 마라."

이에 마등은 서량 군사 5천 명만 거느리고 마휴와 마철을 앞장세우고 마대를 뒤따르게 하여, 아득한 허도를 향하여 떠나갔다. 그들은 허도 20리 밖에 이르러서야 군사와 말을 멈추고 주둔했다.

조조는 마등이 왔다는 보고를 듣고, 문하시랑門下侍郞 황규黃奎에게 분부한다.

"이번에 마등이 남방을 치러 가게 됐으니, 내 너를 행군참모行軍參謀로 명한다. 너는 먼저 마등의 영채에 가서 그의 군사들을 위로하고, 내 말을 전하여라. '서량이 멀어서 곡식을 운반해오기가 매우 어려울 테니, 능히 많은 군사를 거느리고 가지는 못할 것이다. 그러므로 내가 대신 대군을 내줄 테니 함께 협력하여 가도록 하라. 내일은 도성에 들어와서 천자를 배알하라. 그러면 내가 싸움에 필요한 마초와 곡식도 내주리라' 그렇게 전하여라."

황규는 분부를 받고 가서 마등을 만났다. 마등은 술을 내어 황규를 대접한다. 술이 얼근히 취하자, 황규가 탄식한다.

"나의 부친 황완黃琬은 이각李㲒·곽사郭汜의 난에 세상을 떠나셨기 때문에, 내가 항상 원통하고 분하더니, 오늘날에 임금을 속이는 역적과 만날 줄은 몰랐소."

마등이 묻는다.

"임금을 속이는 역적이라니 그게 누구요?"

"임금을 속이는 자는 바로 역적 조조요. 귀공은 어찌 그걸 몰라서 나에게 묻소?"

마등은 조조가 사람을 보내서 자기 속마음을 떠보는 거나 아닌가 하고 급히 제지한다.

"이목이 번다하니 함부로 허튼소리 마시오."

황규가 꾸짖는다.

"그대는 지난날 천자께서 옷과 띠 속에 조서를 넣어 내리신 일을 잊으셨소?"

마등은 그제야 황규의 말이 진정에서 하는 것인 줄을 알고, 자기 심정도 그러하노라고 고백했다.

황규가 충고한다.

"조조가 귀공을 성안으로 불러들여 천자께 배알하라는 것은 결코 호의에서 하는 말이 아니오. 귀공은 결코 경솔히 들어가지 말고 내일 성 아래에 군사를 거느리고 머무르시오. 그러다가 조조가 성안에서 나와서 군사를 사열할 때 일제히 달려들어 죽여버리면 드디어 큰일은 성취되오."

두 사람은 서로 상의하고 결정했다.

황규는 집으로 돌아갔으나, 흥분이 가시지 않았다. 그의 아내가 오늘 무슨 일이 있었느냐고 두 번 세 번 물으나, 황규는 입을 다물고 대답하지 않았다.

그런데 누가 알았으리요. 황규의 첩인 이춘향李春香은 전부터 황규의 처남인 묘택苗澤과 몰래 정을 통하는 사이였다. 묘택은 춘향을 차지하고 싶었으나 자형을 어찌할 도리가 없었다.

그러던 차에 첩 춘향은 황규가 매우 흥분하여 있는 것을 보고 마침내 묘택에게 말한다.

"오늘 황시랑黃侍郎(황규)이 군사 일을 상의하러 간다며 나갔다 오더니, 매우 흥분해 있은즉, 뭣 때문에 그러는지 알 수가 없네요."

묘택이 춘향에게 일러준다.

"그대는 황시랑에게 슬쩍 이렇게 물어보게나. '세상 사람들은 모두다 말하기를 유황숙은 어질고 덕 있는 분이며, 조조는 간사한 영웅이라고 하니, 왜 그럴까요?' 그러면 황시랑의 입에서 무슨 대답이 나올 것 아닌가."

그날 밤, 황규는 과연 첩 춘향의 방으로 자러 왔다. 첩 춘향은 묘택이 시키던 대로 슬쩍 황규에게 수작을 걸었다.

술에 취한 황규가 대답한다.

"너 같은 여자도 오히려 옳고 그른 것을 아니, 나야 더 말할 것 있겠느냐. 나의 원한은 조조를 죽여야 풀릴 것이다."

"죽이려면 어떻게 손을 써야 할까요?"

"내 이미 마등 장군과 약속하고 결정했으니, 내일 성밖에서 조조가 군사를 사열할 때 그때 죽이리라."

춘향은 그날 밤으로 이 일을 묘택에게 일러줬다. 묘택은 즉시 조조에게 가서 고해바쳤다.

이에 조조는 비밀리에 조홍과 허저를 불러 이러이러히 하라 분부하고, 또 하후연과 서황을 불러 이러이러히 하라고 분부했다. 그들은 분부를 받고서 나가고, 조조는 황규의 집 식구들을 남녀노소 할 것 없이 몽땅 잡아들였다.

이튿날, 마등이 서량 군사를 거느리고 성 가까이 가면서 보니, 저편에서 한 떼의 붉은 기가 오는데, 승상의 기가 높이 펄럭인다.

마등은 조조가 친히 군사를 사열하러 오는 줄로만 믿고 말을 달려 접근하려는데, 갑자기 탕! 하고 포 소리가 나자, 붉은 기가 양쪽으로 쫙 갈라서면서 무수한 화살이 일제히 날아오고, 한 장수가 느닷없이 앞으로 달려 나오니 바로 조홍이었다.

마등이 황급히 말을 돌리려 하는데, 좌우에서 함성이 일어나면서 왼편에서는 허저가 쳐들어오고, 오른쪽에서는 하후연이 쳐들어오고, 뒤에서는 어느새 서황이 군사를 거느리고 쳐들어와 서량 군사와의 사이를 끊고 힘을 합쳐 마등 부자 세 사람을 에워싼다.

마등은 일이 사전에 탄로난 것을 알고 힘을 분발하여 싸우는데, 셋째 아들 마철은 이미 어지러이 날아온 화살에 맞아 죽었다.

둘째 아들 마휴는 마등을 따라 좌충우돌하나 벗어나지 못하고 전신에 중상을 입었는데, 타고 있던 말이 화살에 맞아 쓰러지는 바람에 부자 두 사람은 함께 사로잡히고 말았다.

조조는 황규와 마등 부자를 한꺼번에 끌어들이도록 했다.

황규가 들어오면서,

"내게 무슨 죄가 있다고 이러시오!"

하고 크게 외치니, 조조는 묘택을 불러서 대질시킨다.

마등이 황규를 크게 꾸짖는다.

"저런 어리석은 선비 때문에 나의 큰일을 망쳤구나. 내가 나라를 위해 역적을 죽이지 못했으니, 이는 하늘이 돕지 않음이로다."

조조가 끌어내라고 하니, 마등은 끌려 나가면서도 계속 조조를 욕하고 저주한다. 이리하여 마등은 둘째 아들 마휴, 황규와 함께 죽임을 당했다.

후세 사람이 마등을 찬탄한 시가 있다.

아버지와 아들이 나라를 위해 죽었으니
그 충성이 온 집안을 드날렸도다.
목숨을 걸고 국난을 건지려 했으며
죽기를 각오하고 임금의 은혜에 보답하려 했도다.
피를 내어 맹세한 말이 있거니
간사한 역적을 죽이려 한 의기의 글은 남았도다.
서량 땅은 대대로 내려오는 문벌을 추대했으니
옛 명장 복파의 자손으로서 손색이 없었도다.

父子齊芳烈

忠貞著一門

損生圖國難

誓死答君恩

嚼血盟言在

誅奸義狀存

西涼推世冑

不愧伏波孫

묘택이 조조에게 고한다.

"저는 이번 일에 상을 받고자 하지 않습니다. 저는 이춘향을 아내로 삼는 것이 소원이올시다."

조조는 껄껄 웃으며,

"네가 한 계집을 탐내어 너의 자형 집안을 망쳤단 말이지. 이런 의리 없는 놈을 살려둬서 뭣에 쓰리요."

하고 즉시 묘택, 이춘향과 황규 일가의 남녀노소를 시정에 끌어내어 참하라 하니, 구경꾼들 가운데 탄식하지 않는 자가 없었다.

후세 사람이 이 일을 탄식한 시가 있으니,

> 묘택은 사사로운 욕심에서 충신을 해쳤으니
> 춘향을 얻기 전에 제 몸마저 망쳤도다.
> 간사한 영웅도 또한 그를 용서하지 않았으므로
> 묘택은 꾀를 내었으나 결국 소인 놈이 되었구나.
> 苗澤因私害藎臣
> 春香未得反傷身
> 奸雄亦不相容恕
> 枉自圖謀作小人

조조는 항복해온 서량 군사들을 불러,

"마등 부자의 반역은 너희들이 관여한 바 아니라. 너희들에게 무슨 죄가 있겠느냐."

위로하고 즉시 사람들을 모든 관關(경계선)으로 보내면서, 명령을 내린다.

"마대가 도망치지 못하도록 철통같이 지키고 속히 잡도록 하라."

한편, 마대는 친히 군사 천 명을 거느리고 뒤에 처져 있었다. 허도성 밖에서 도망친 군사가 허둥지둥 돌아와서 마등 부자가 죽은 경위를 고했다. 마대는 깜짝 놀라 군사와 말을 버리고 객지로 돌아다니는 장사꾼으로 가장하여 밤낮없이 도망쳐 돌아갔다.

이에 조조는 마등 부자를 죽이고, 남쪽을 치기로 결심했다.

첩자가 남쪽에서 돌아와 보고한다.

"유비가 군사를 조련하고 무기를 수습하여 장차 서천 땅을 차지할 작정입니다."

조조는 깜짝 놀란다.

"유비가 서천을 차지하는 날이면, 그들은 좌우에 날개를 이룬 격이 되니, 이 일을 어찌할까!"

댓돌 밑에서 한 사람이 나서며 말한다.

"제게 한 가지 계책이 있으니, 유비와 손권 사이를 원수간이 되게 하고, 강남과 서천 땅을 다 승상의 것이 되게 하리다."

서천 땅의 영웅들이 위기에 놓이는가 했더니
이젠 남쪽 나라의 영웅들이 해를 입게 됐다.
西川豪傑方遭戮
南國英雄又受殃

묘한 계책이 있다고 고한 자는 누구인가.

제58회

마초는 군사를 일으켜 원한을 씻으려 하고
조조는 수염을 자르고 전포를 벗어버리다

조조에게 계책이 있다고 말한 사람은 치서시어사治書侍御史 진군陳群
이니, 그의 자는 장문長文이었다.

조조가 묻는다.

"진군은 무슨 좋은 계책이 있는가?"

진군이 대답한다.

"지금 유비와 손권은 밀접한 사이입니다. 만일 유비가 서천 땅을 치
려 하거든, 승상은 곧 유능한 장수에게 군사를 주어 합비 땅 군사와 함
께 바로 강남을 들이치게 하십시오. 그러면 손권은 반드시 유비에게 구
원을 청할 것입니다. 그러나 유비는 서천 땅을 차지하고 싶은 욕심으로,
손권을 도우려고 하지는 않을 것입니다. 손권이 원조도 없고 힘도 없고
군사도 지치면 강동은 고스란히 승상의 땅이 될 것입니다. 강동을 평정
하면, 북을 한 번만 울려도 형주쯤이야 너끈히 무찌를 수 있습니다. 그
후에 천천히 서천 땅을 도모하면 천하를 정할 수 있습니다."

조조는 머리를 끄덕인다.

"진군의 말이 바로 나의 뜻과 같도다."

조조는 즉시 30만 대군을 일으켜 바로 강남으로 진군시키기로 하고, 사람을 합비 땅에 있는 장요張遼에게로 보내어 군량과 마초를 준비 공급하라고 분부했다.

이 일은 즉시 첩자에 의해서 강남 손권에게 보고됐다. 손권은 모든 모사와 장수들을 모으고 이 일을 상의한다.

장소가 말한다.

"노숙에게 사람을 보내어 급히 서신을 형주로 보내고, 우리와 합세하여 조조를 막도록 유현덕에게 교섭하라고 하십시오. 노숙은 유현덕에게 여러 번 은혜를 베풀었으니 노숙의 말이면 응할 것이며, 더구나 유현덕은 우리 동오에 장가든 사위니 의리상으로도 우리의 청을 거절하지는 못할 것입니다. 유현덕이 와서 우리를 돕기만 하면 강남은 아무 걱정 없으리다."

손권은 그 말대로 곧 노숙에게로 사람을 보내어 유현덕에게 원조를 청하도록 분부했다. 노숙은 명령을 받고 곧 서신을 써서 형주로 보냈다.

이리하여 유현덕은 노숙의 서신을 받자 사자를 관사에 머물도록 하고, 사람을 남군으로 보내어 공명을 청했다.

공명이 형주에 오자, 유현덕은 노숙의 편지를 보였다.

공명은 서신을 읽고 나서,

"강남의 군사를 움직이지 않고 우리 형주 군사도 움직일 필요 없이, 조조로 하여금 동남쪽을 엿보지 못하게 하리다."

하고 바로 답장을 썼다.

베개를 높이 베고 아무 걱정 마시오. 북쪽에서 조조의 군사가 쳐
내려오면, 우리 황숙께서 물리칠 계책이 서 있소이다.

사자가 답장을 받아가지고 돌아간 뒤에, 유현덕은 공명에게 묻는다.

"조조가 30만 대군을 일으키고 합비 땅 군사와 합세하여 한꺼번에 쳐내려올 작정이라는데, 선생은 무슨 묘한 계책이 있기에 그들을 물리치겠다고 장담하시오?"

"조조가 평생 염려하는 것은 서량 땅 군사입니다. 더구나 이번에 조조가 마등을 죽였으니, 그 아들 마초는 현재 서량 군사를 통솔하고 부친의 원수를 갚으려 이를 갈고 있을 것입니다. 그러니 주공은 마초에게 서신을 보내어 허도로 향하는 관소를 치게 하면, 조조는 이곳 강남을 엿볼여가가 없습니다."

유현덕은 크게 기뻐하고 즉시 서신을 써서, 심복 부하에게 주고 즉시 서량 땅으로 떠나 보냈다.

한편, 마초는 서량 땅에 있으면서 밤에 꿈을 꾸었다. 자기는 눈 위에 누워 있는데, 여러 마리 범이 달려들어 물어뜯는지라, 깜짝 놀라 깨고 보니 꿈이었다.

마초는 자연 마음이 산란하여 장하에 장수들을 모으고 꿈에 본 일을 말하였다.

장막 아래에서 한 사람이 대꾸한다.

"그 꿈은 불길한 징조입니다."

사람들이 보니, 그는 마초의 심복 부하로서 교위로 있는 방덕龐德이었다.

마초가 방덕에게 묻는다.

"그래, 그대의 소견을 자세히 말해보시오."

"눈 속에서 범을 만난 것은 매우 나쁜 꿈입니다. 내 생각으로는 허도에 가신 노장군老將軍께서 무슨 변이라도 당하지 않으셨나 걱정입니다."

방덕의 대답이 끝나기도 전이었다. 한 사람이 비틀비틀 들어오더니 땅에 엎드려 절하고 통곡한다.

"숙부와 아우가 다 세상을 떠났소."

마초가 깜짝 놀라, 보니 바로 마대가 돌아온 것이었다.

"웬 말인가, 사실을 들려다오."

"숙부께서는 시랑侍郞 황규와 공모하고 조조를 죽이려다가, 사전에 탄로나는 바람에 시정에서 모두 참형을 당했으며, 동생 두 사람도 죽음을 당했습니다. 나는 장사꾼으로 변장하고 밤낮을 가리지 않고 겨우 도망쳤소."

마초는 부친과 두 아우가 죽었다는 말을 듣고 통곡하다가, 그만 기절하여 쓰러진다. 모든 장수들이 급히 손을 쓰고 부축해 일으키자, 마초는 이를 갈며 조조를 저주하는데, 아랫사람이 들어와서 고한다.

"형주 유황숙의 사자가 서신을 가지고 왔습니다."

마초가 유현덕의 서신을 받아 뜯어보니,

　　엎드려 생각하건대 한나라 황실이 불행하여, 역적 조조가 모든 권력을 잡고 위로는 임금을 속이고 아래로는 백성들을 못살게 구는지라. 나 유비는 옛날에 귀공의 부친과 함께 천자의 조서를 비밀리에 받았고, 역적 조조를 죽이기로 함께 맹세하였소. 그런데 이번에 장군의 부친이 조조에게 죽음을 당했은즉, 장군은 조조와 더불어 이 세상을 함께 살 수 없는 원수간이 되었소. 장군이 능히 서량의 군사를 일으켜 조조의 오른쪽을 친다면, 나 유비는 형주와 양양의 군사를 모조리 일으켜 조조의 앞을 치겠소이다. 이리하여 역적 조조만 사로잡으면 그들의 간악한 일당을 다 멸망시켜 원수와 치욕을 갚을 수 있으며, 한나라 황실을 다시 일으킬 수 있으리라. 서신으로 다 말할 수 없는지라 회답을 고대합니다.

마초는 서신을 읽자 눈물을 씻으며 답장을 써서 사자에게 주어 먼저 보내고, 곧 서량 군사를 일으키고 출발 준비를 서둘렀다.

그런데 서량 태수 한수韓遂가 사람을 보내어 마초를 초청했다. 이에 마초는 출발 준비를 서두르다 말고 서량 부중으로 갔다. 한수는 조조에 게서 온 서신을 마초에게 보인다. 그것은 '마초를 사로잡아 허도로 보내면 너를 서량후西凉侯로 봉하겠다'는 내용이었다.

마초가 엎드려 한수에게 절하고 말한다.

"아저씨는 우리 형제 두 사람을 결박하사 허도로 압송하시고, 조조와 싸우는 고생을 면하십시오." 마초는 지난날에 아버지와 한수가 의형제를 맺었기 때문에 아저씨라고 부른 것이다.

한수는 마초를 부축해 일으킨다.

"나는 너의 부친과 의형제를 맺은 사이다. 내 어찌 차마 너를 해치리요. 네가 군사를 일으키면 내 마땅히 도와주마."

마초는 일어나 다시 절하고 감사했다. 한수는 조조의 사자를 끌어내어 참하고, 자기 소속 8부部의 군사를 일으켜 마초와 함께 일제히 출발했다.

그 8부 군사를 거느린 장수는 후선侯選·정은程銀·이감李堪·장횡張橫· 양흥梁興·성의成宜·마완馬玩·양추楊秋 여덟 명이었다.

그 여덟 장수는 각기 군사를 거느리고 한수를 따라 마초의 수하 장수 방덕, 마대와 합세하여 총 20만 대군이 물밀듯 장안을 향하여 쳐들어간다.

장안 군수 종요鍾繇는 사람을 급히 허도로 보내어 위급한 사태를 조조에게 보고하는 한편, 군사를 거느리고 나가서 적군을 막으려 넓은 들

鬚禿袍空老賊奸魂隨日落
馬超興兵取潼關

關崩地裂將軍英氣觸天高

조조에게 반기를 들고 동관을 습격하는 마초

에다 진을 쳤다.

바라보니 서량군 전부前部 선봉 마대가 군사 만 5천 명을 거느리고 산과 들을 덮다시피 호호탕탕 달려온다.

종요가 말을 타고 앞으로 나아가 꾸짖으니, 마대가 평소에 사랑하는 보검을 뽑아 서로 싸운 지 불과 1합에 종요는 대패하여 달아난다.

마대는 뒤를 쫓고, 잇달아 마초와 한수가 대군을 거느리고 한꺼번에 들이닥쳐 장안을 철통같이 포위한다. 종요는 성 위에 올라가서 장안을 지키기에 전력을 기울였다.

장안은 원래 서한西漢 때 도읍했던 곳이다. 성은 견고하고 호濠는 험하고 깊었다.

서량군은 급히 공격을 가하였으나 함락하지 못하고, 포위한 지 열흘이 지났으나 능히 격파하지 못했다.

방덕이 계책을 말한다.

"장안성 안은 토질이 강하고 물은 짜서 일상 생활에 쓰기 어렵소. 게다가 불땔 나무도 떨어졌을 것이고, 우리가 포위한 지 열흘이 지났으니 모두 다 굶어서 부황이 났을 것입니다. 그러니 우리가 잠시 군사를 거두고 이러이러히 하면 장안을 쉽사리 함락할 수 있습니다."

마초가 찬동한다.

"그 계책이 참 묘하다."

이에 즉시 영令 자 기旗를 각 군대에 보내고, 후퇴 명령을 내렸다. 그리고 마초는 친히 뒤에서 살피며 모든 군대를 점차로 물러가게 했다.

이튿날, 종요가 성 위에 올라가보니 서량군은 다 물러가고 없었다. 그러나 적군의 음흉한 계책은 아닌가 겁이 나서 사람을 시켜 알아본즉, 서량군이 멀리 물러갔다는 것이다. 그제야 안심한 종요는 군사들과 백성들에게 성밖에 나가서 물을 길어오고 장작을 해오도록 성문을 크게 열고 출입하게 했다.

닷새째 되는 날이었다. 초탐군哨探軍이 돌아와서 또 마초의 군대가 온다고 보고했다. 군사들과 백성들은 앞을 다투어 성안으로 들어가고 성문은 다시 굳게 닫혔다.

이때 종요의 동생 종진鍾進은 서문西門을 지키고 있었다. 그날 밤 3경에 성문 안에서 난데없는 불이 일어나자 종진이 급히 불을 끄러 왔는데, 성 가에서 한 사람이 칼을 높이 들고 말을 달려 나오며 크게 꾸짖는다.

"방덕이 여기 있으니, 꼼짝 마라!"

종진은 미처 손을 놀릴 사이도 없이 방덕이 내리치는 칼을 맞고 말에서 떨어져 죽었다.

방덕은 적군과 장교들을 닥치는 대로 쳐서 흩어버리고, 성문의 쇠사

242

슬을 끊었다. 성문이 열리자 마초와 한수의 군대는 일제히 성안으로 들어갔다.

사태가 이 지경이 되자, 종요는 그만 장안성을 버리고 동문東門으로 빠져 달아났다. 마초와 한수는 장안성을 점령하자 삼군의 공로에 대해 상을 주고 위로했다.

한편, 도망친 종요는 동관潼關에 이르러 지키면서 이 급한 사실을 조조에게 통지했다.

조조는 장안이 서량군에게 함락된 사실을 알자, 감히 남쪽을 칠 일을 상의하지 못하고, 조홍과 서황을 불러 분부한다.

"그대들에게 군사 만 명을 주노니, 동관에 가서 종요를 대신하여 굳게 지켜라. 열흘 안에 동관을 빼앗기면 너희들을 다 참할 것이요, 열흘이 지난 뒤의 일은 너희들에게 책임이 없다. 내가 대군을 거느리고 곧 뒤따라갈 테니 그리 알라."

두 장수는 분부를 받고 그날 밤으로 군사 만 명을 거느리고 떠나갔다.

조인曹仁이 간한다.

"조홍은 성미가 조급해서 일을 그르칠까 걱정입니다."

조조는 대답한다.

"너와 나는 군량과 마초를 보내주고, 곧 그들을 뒤따르기로 하자."

한편, 조홍과 서황은 동관에 이르러 종요를 대신하여 관소를 굳게 지키기만 하고, 나가서 싸우지 않았다.

군사들을 거느리고 동관 아래에 이른 마초는 조조의 집안 3대에 대해서 온갖 욕설을 퍼붓고 저주했다.

조홍은 자기 집안에 대한 욕설을 듣자 분노하여 당장 군사를 거느리고 나가서 싸우려 하는데, 서황이 말린다.

서황이 말린다.

"이건 마초가 장군을 격동시켜 싸움을 벌이려는 속셈이니, 그들의 수단에 말려들어가서는 안 됩니다. 머지않아 승상이 오시면 자연 알아서 결정하시리다."

마초의 군사는 교대로 몰려와서 조조 집안에 대해 입에도 담지 못할 욕설을 밤낮없이 퍼붓는다. 조홍은 더 참을 수 없다며 나가서 싸우겠다고 우기고, 서황은 말리느라고 진땀을 뺐다.

그들이 동관에 온 지 9일째 되던 날이었다. 관關 위에 올라가서 보니, 서량군은 말을 버리고 바로 관 밑의 풀밭에 모여 매우 피곤한 듯 반수 이상이 땅에 누워 자고 있었다.

조홍에게는 절호의 기회였다. 그는 곧 군사 3천 명을 거느리고 동관 아래로 쳐 내려갔다. 서량군은 말과 무기를 버리고 열심히 달아난다. 조홍은 달아나는 적군을 뒤쫓아 산모퉁이를 이리 돌고 저리 돌아간다.

이때 서황은 동관 안에서 군량과 마초를 점검하는 중이었는데, 조홍이 관소 밖으로 적군을 치러 나갔다는 기별을 듣자, 크게 놀라 군사를 거느리고 급히 뒤쫓아가며 외친다.

"조홍은 속히 말을 돌려 돌아오라!"

문득 등뒤에서 크게 함성이 진동한다. 서황이 급히 뒤돌아보니, 마대가 군사를 거느리고 쳐들어온다.

조홍과 서황은 급히 말 머리를 돌려 달아나는데, 난데없는 북소리가 둥둥 일어나며 산 뒤에서 좌우로 군대가 쏟아져 나와 앞을 막으니, 왼쪽은 마초요 오른쪽은 방덕이었다. 한바탕 혼전이 벌어지자, 조홍은 많은 적군을 대적할 수 없어 거느린 군사 태반을 잃고서 겨우 포위를 뚫고 벗어나 동관으로 달아난다.

서량군이 바짝 뒤쫓아오는지라, 조홍과 서황은 동관마저 버리고 달아난다.

방덕은 동관을 지나 달아나는 적군을 뒤쫓아가다가, 마침 군사를 거느리고 온 조인이 도중에서 조홍을 만나 서로 합치는 것을 보고, 그제야 말 머리를 돌렸다. 이미 동관을 점령한 마초는 돌아온 방덕을 맞이하고 굳게 지켰다.

동관을 잃은 조홍은 그길로 달려가서 조조를 뵈었다.

조조가 힐문한다.

"너에게 열흘의 기한을 줬는데, 어째서 9일 만에 동관을 잃었느냐!"

조홍이 대답한다.

"서량 군사가 우리 집안 욕을 백방으로 해대기에, 그들의 피곤한 기회를 보고 쳤다가 그만 간특한 계책에 속았습니다."

"조홍은 젊어서 조급하다지만, 그만한 것을 알 만한 서황은 뭘 하고 있었느냐?"

서황이 이실직고한다.

"여러 번 말리었으나 듣지를 않았습니다. 그날 제가 군량과 마초를 점검하다가 기별을 받았을 때는 젊은 장군이 벌써 동관을 내려간 뒤였습니다. 혹 실수가 있을까 하여 황급히 뒤쫓아갔을 때는, 이미 적군의 간특한 계책에 말려든 뒤였습니다."

조조는 격노하여 조홍을 속히 끌어내어 참하라 호령한다. 모든 사람들이 간곡히 말려서 겨우 죽음을 면한 조홍은 죄인으로서 물러갔다.

조조가 군사들을 동관으로 진격시키려는데, 조인이 말한다.

"먼저 영채를 세워 진세陣勢를 이룬 뒤에 동관을 쳐도 늦지 않으리다."

조조는 군사들에게 나무를 베어오게 하여 세 곳에 나누어 영채를 세우니, 왼쪽 영채는 조인이 맡고, 오른쪽 영채는 하후연이 맡았으며, 조조는 한가운데 영채에 자리를 잡았다.

이튿날, 조조는 세 곳 영채의 대소 장교들을 거느리고 동관으로 쳐들어가다가, 도중에서 서량 군사를 만나자 양편이 각기 진영을 세우고 대치했다.

조조가 말을 타고 문기門旗 아래로 나서서 서량군을 바라보니, 군사마다 씩씩하고 낱낱이 영웅이었다. 또 보니 마초는 얼굴이 분을 바른 듯 희고 입술은 단사丹砂처럼 붉고, 허리는 가늘고, 어깨는 딱 바라지고, 목소리는 웅장하고, 힘은 용맹한데, 하얀 전포에 은으로 만든 갑옷을 입고, 손에는 긴 창을 잡고 진영 앞에 섰으니, 위쪽은 방덕이요 아래쪽은 마대가 우익羽翼을 이루고 있었다.

조조는 속으로 거듭 감탄하고, 말을 몰며 앞으로 나아가 마초를 향하여 외친다.

"너는 한나라 명장(마복파馬伏波 장군)의 자손으로서 어찌하여 배반하느냐?"

마초는 이를 갈며,

"역적 조조야! 네가 임금과 백성을 속였으니, 그 죄는 죽어야 마땅하다. 또 네가 나의 부친과 동생들을 죽였으니, 나와는 하늘을 함께할 수 없는 원수지간이다. 내 너를 사로잡아 살을 씹어 먹으리라."

대갈일성으로 저주하더니, 창을 꼬느고 달려 들어온다. 조조의 뒤에 있던 우금이 달려나가 마초를 맞이하여 싸운 지 8, 9합에 패하여 달아난다.

다음은 장합이 나가서, 마초를 맞이하여 싸운 지 20합에 또한 패하여 달아난다.

다음은 이통李通이 나가서 마초를 맞이하여 싸운다. 마초는 위엄을 분발하여 싸운 지 불과 몇 합에 창을 번쩍 들어 단번에 이통을 찔러 말 아래로 떨어뜨려 죽이고, 뒤를 돌아보며 다시 창을 들어 진격 신호를 하니, 서량군이 일제히 내달아와서 조조의 군사를 마구 무찌른다.

조조의 군사는 크게 패하고 서량군은 더욱 사납게 공격하니, 좌우의 조조 장수들도 감당을 못한다.

이에 마초, 방덕, 마대는 말 탄 군사 백여 명을 거느리고 조조를 사로잡으려고 바로 중군을 쳤다.

조조는 난군亂軍 중에서 정신을 못 차리고, 다만 들리느니 서량군의 고함소리였다.

"붉은 전포를 입은 놈이 조조다. 사로잡아라!"

조조는 말 위에서 급히 붉은 전포를 벗어버린다.

서량군이 외치는 소리가 또 크게 들린다.

"수염 긴 놈이 조조다. 잡아라!"

조조는 크게 놀라 황급히 칼로 자기 수염을 싹둑 잘라버린다.

서량 군사 중에서 어떤 자가 마초에게 고한다.

"조조가 수염을 잘라버렸다고 합니다."

마초는 사람을 시켜 외친다.

"수염 짧은 놈이 조조란다. 속히 잡아라!"

조조는 아우성 소리를 듣자, 기를 찢어 턱을 싸매고 정신없이 달아난다.

후세 사람이 그 광경을 읊은 시가 있다.

동관 싸움에 패하여 정신없이 달아나다가
조조는 황급해서 전포를 벗어버렸도다.
심지어 칼로 수염까지 잘랐으니, 필시 혼이 났을 것인즉
마초의 명성이 천하에 드높았도다.

潼關戰敗望風逃

孟德愴惶脫錦袍

劒割髥髥應喪膽

조조가 한참 달아나는데, 뒤에서 말 탄 장수가 쫓아온다. 돌아보니 마초였다. 좌우 장교도 마초가 뒤쫓아오는 것을 보자, 조조를 버리고 각기 달아나버렸다. 조조만 남았다.

마초가 소리를 지른다.

"이놈 조조야, 꼼짝 말고 게 있거라!"

조조는 어찌나 놀랐던지 말채찍을 떨어뜨리고 다시 달아나는데, 마초가 창을 휘두르며 점점 다가온다.

조조는 나무 사이를 요리조리 돌아가며 몸을 피하면서 달아나는데, 마초가 힘껏 찌른 창이 빗나가 나무에 박힌다. 마초는 급히 창을 뽑았으나 조조는 이미 멀리 달아나고 있다.

마초가 급히 말을 달려 산밑까지 쫓아갔을 때였다. 산 뒤에서 한 장수가 갑자기 나서며,

"우리 주공을 다치게 하지 말라! 조홍이 여기 있다."

크게 외치고 칼을 휘두르더니, 말을 달려온 마초와 어우러져 싸운다. 그 동안에 조조는 도망쳐 겨우 위기를 모면했다. 조홍은 마초와 4,50합을 싸우자 점점 칼 쓰는 법이 산란하고 기운이 줄어든다.

이때 하후연이 기병 수십 명을 거느리고 달려왔다. 마초는 혼자 힘으로 그들과 싸우다가 실수할까 해서 곧 말 머리를 돌려 돌아간다. 하후연도 또한 마초를 뒤쫓지 않았다.

조조는 겨우 영채로 돌아왔다. 조인은 그 동안에 죽기를 각오하고 잘 지켰기 때문에 영채의 군사와 말은 그대로 남아 있었다.

조조는 장중에 들어가서,

"내가 만일 조홍을 죽였던들, 오늘 영락없이 마초 손에 죽었을 것이다."

탄식하고, 드디어 조홍을 불러들여 상을 주고, 패잔군을 수습하여 세 영채를 굳게 지키게 하고, 도랑[溝]을 깊이 파고, 보루堡壘를 높이 쌓고, 일절 나가서 싸우지 못하도록 엄금했다.

마초는 날마다 군사를 거느리고 와서 조조에 대한 갖은 욕설을 퍼부으며 싸움을 걸었다. 그럴수록 조조는 군사들에게 명령을 내린다.

"굳게 지키기만 하여라. 만일 제 마음대로 행동하는 자가 있으면 참하리라."

모든 장수들이 조조에게 권한다.

"서량 군사들은 다 긴 창만 쓰니, 활과 노弩로 그들을 무찌르십시오."

"싸우고 안 싸우는 것은 다 내 마음에 있지, 도둑놈들에게 있지 않다. 도둑놈들이 비록 장창을 가졌을지라도 어찌 나를 찌를 수 있으리요. 제군은 굳게 지키며 구경만 하여라. 도둑들이 저절로 물러가리라."

모든 장수들은 따로 모여,

"승상이 지금까지는 싸움에 나가면 맨 먼저 앞서더니, 이번에 마초에게 패하고는 어찌 이렇게 약해지셨는가."

하고 수군거렸다.

며칠이 지났다. 첩자가 돌아와서 보고한다.

"마초에게 새로이 군사 2만 명이 더 왔는데, 다 오랑캐들입니다."

그 말을 듣고 조조는 크게 기뻐한다.

모든 장수들이 묻는다.

"마초에게 군사가 늘었다는데, 승상은 어찌하여 도리어 기뻐하십니까?"

조조가 대답한다.

"내가 이긴 뒤에 너희들에게 설명하리라."

사흘 뒤, 첩자가 돌아와서 또 보고한다.

"마초에게 또 새로운 군사가 왔습니다."

조조는 또 기뻐하고, 이번에는 장중에다 잔치까지 차리고 축하한다. 모든 장수들은 조조의 하는 꼴이 우스워서 몰래 웃었다.

조조가 묻는다.

"제군은 내가 마초를 격파할 계책이 없는 줄로 알고 웃는 모양인데, 그렇다면 무슨 뛰어난 계책이라도 있느냐?"

서황이 나아가 말한다.

"이제 승상께서 대군을 거느리고 여기 계시며, 도둑들도 또한 동관에 전부 모여 있으니, 황하黃河 서쪽은 아무 방비도 없을 것입니다. 이런 때에 우리 군사 한 부대가 몰래 보판蒲坂 나루를 건너가서 먼저 도둑들이 돌아갈 길부터 끊고, 승상이 즉시 위수渭水 북쪽으로 쳐들어가면, 도둑들은 양쪽을 다 막을 수 없어 크게 무너질 것입니다."

"그대의 계책이 바로 나의 뜻과 같다."

조조는 바로 명령을 내린다.

"서황은 씩씩한 군사 4천 명을 거느리고 주영朱靈과 함께 황하 서쪽으로 들어가서 산골짜기에 숨어 있다가, 내가 위수 북쪽을 건너가거든 동시에 출격하여라."

서황과 주영은 명령을 받고 군사 4천 명을 거느리고 먼저 몰래 떠났다. 이때가 건안 16년 가을 윤 8월이었다.

조조는 조홍을 시켜 보판 나루에다 배와 뗏목을 준비하게 하고, 조인에게 영채를 맡긴 뒤에, 친히 군사를 거느리고 위수를 건널 차비를 차렸다.

이 일은 즉시 첩자에 의해 마초에게 보고됐다. 마초가 말한다.

"이제 조조가 동관을 공격하지 않고 사람을 시켜 배와 뗏목을 준비시키는 것은 위수 북쪽으로 건너가서 장차 나의 뒤를 끊으려는 속셈이다. 내가 1대의 군사를 거느리고 가서 북쪽 언덕에 버티고 있으면 조조의 군사가 건너지 못할 것이며, 20일이 지나기 전에 하동河東의 군량이 떨어져서 조조의 군사는 소동을 일으킬 것이다. 그때 남쪽 언덕으로 쳐들어가면 조조를 사로잡을 수 있으리라.”

한수가 의견을 말한다.

“그럴 필요 없네. 병법을 보면, ‘적이 강물을 반쯤 건널 때 쳐야 한다’고 하지 않았는가. 그러니 조조의 군사가 반쯤 건넜을 때 남쪽 언덕을 치면 적군은 다 물 속에서 귀신이 되리라.”

“숙부의 말씀이 지당합니다.”

마초는 첩자에게 조조가 언제 위수를 건널지 알아오라고 했다.

한편, 조조는 군사를 정돈하자 3대로 나누어 위수로 향했다. 군사들이 나루터에 이르렀을 때는 해가 막 떠오를 무렵이었다. 조조는 먼저 씩씩한 군사를 북쪽 언덕으로 건너 보내어 영채를 세우게 하고, 호위하는 군사 백 명만 거느리고 친히 칼을 짚고 남쪽 언덕에 앉아 건너가는 군사들을 바라본다.

문득 군사 한 명이 달려와서 고한다.

“뒤에서 흰 전포 입은 장수가 달려옵니다.”

남은 군사들은 마초가 오는 줄로 직감하고 당황하여 일제히 배에서 내린다. 그런가 하면 강가의 군사들은 먼저 배에 올라타려고 하는 바람에 난장판이 벌어졌다. 그러나 조조는 꼼짝 않고 앉은 채로 칼을 짚고 진정하라 호령한다.

수많은 함성과 말발굽 소리가 들려오는데, 배 위에 있던 한 장수가 몸을 날려 언덕으로 뛰어오르며 외친다.

“적군이 들이닥칩니다. 승상은 속히 배에 오르소서!”

조조가 보니 그 장수는 바로 허저였다. 조조는

"도둑들이 온들 내 무엇을 두려워하리요."

하며 뒤돌아본즉, 마초가 이미 백여 보 밖에 들이닥친지라.

허저가 조조를 이끌고 강가에 이르렀을 때였다. 배는 언덕에서 이미 한 길이나 떨어져 있었다. 허저는 조조를 등에 들쳐업고 한 번에 뛰어 배에 올라탔다.

수행하는 군사들은 물 속으로 들어와서 뱃전을 움켜잡고 서로 타려고 아귀다툼을 하니, 배는 작아서 금세 뒤집힐 지경이다. 이에 허저는 칼을 뽑아 들고 닥치는 대로 치니, 뱃전을 잡은 군사들의 손이 다 토막이 나서 물에 떨어진다. 참혹한 광경이었다.

배는 급히 하류를 향하여 내려간다. 허저는 선두에 서서 황급히 노를 젓고, 조조는 허저의 두 다리 사이에 납작 엎드렸다.

마초는 언덕에 이르러 배가 강 한가운데 가고 있는 것을 보자 활에 화살을 걸고, 모든 장수들에게 호령한다.

"강을 따라가면서 쏴라!"

이에 수많은 화살이 소낙비처럼 날아간다.

허저는 조조가 다칠까 봐 왼손으로 말 안장을 번쩍 들어 빗발치듯 날아오는 화살을 막았다.

마초가 쏘는 화살은 하나도 빗나가는 것이 없었다. 배를 젓는 군사들은 화살에 맞아 강물로 떨어지고, 배 안에 있던 군사 수십 명도 다 화살에 쓰러지자, 배는 중심을 잃고 심히 흔들리면서 소용돌이치는 급류에 말려들어 뱅글뱅글 돈다.

허저는 무서운 용맹을 발휘하여 흔들리는 노를 양쪽 사타구니 사이에 꼭 넣어 안정시키고, 한 손으로는 삿대질을 하여 배를 버티고, 한 손으로는 말 안장을 들어 날아오는 화살로부터 조조를 보호한다.

이때, 위남渭南 땅 현령 정비丁斐는 남산南山 위에 있었다. 바라보니, 마

遠河大戰劍揮白雪鬼應號
馬孟起渭橋大戰
挽日長呼箭响青空鵰易落

위수에서 크게 싸우는 마초(오른쪽)와 조조를 보호하는 허저

초가 조조를 추격하는데 그 형세가 매우 급했다.

정비는 조조의 목숨을 염려하고 즉시 영채 안에 있는 소와 말을 모두 밖으로 몰아냈다.

삽시간에 온 산과 들은 소와 말로 뒤덮였다. 이에 서량 군사들은 몸을 돌려 소와 말을 빼앗느라 조조를 쫓는 데 무심했다.

조조는 그 틈을 타서 겨우 북쪽 언덕에 이르자 배와 뗏목을 물 속으로 가라앉혀버렸다.

다른 장수들이 조조가 배를 타고 위하渭河에 떠내려가며 위기에 몰렸다는 기별을 듣고 급히 구조하러 몰려들었을 때, 조조는 이미 언덕에 올라와 있었다. 허저는 투구와 갑옷에 화살이 빈틈없이 꽂혀 마치 고슴도치 같았다. 모든 장수들은 조조를 들 가운데 영채로 모시고, 땅에 엎드려 문안 드린다.

조조가 크게 껄껄 웃는다.

"내 오늘 하마터면 조그만 도둑들에게 곤욕을 당할 뻔했도다."

허저가 말한다.

"어떤 사람이 소와 말을 풀어서 적군을 유인하지 않았더라면, 적군은 반드시 위수를 건너왔을 것입니다."

"도둑들을 유인한 사람이 누구냐?"

한 사람이 대답한다.

"위남현령으로 있는 정비올시다."

얼마 뒤에 위남현령 정비가 들어온다.

조조는,

"그대가 그런 좋은 꾀를 내지 않았던들, 나는 도둑들에게 사로잡히고 말았을 것이다."

하고 전군교위典軍校尉로 삼았다.

정비가 고한다.

"도둑들이 잠시 물러갔으나, 내일이면 또 쳐들어올 것이니 좋은 계책을 써서 막도록 하십시오."

"내게도 생각이 있으니 염려 말라."

조조는 모든 장수들을 불러 지시했다.

"그대들은 각기 나뉘어 강 언덕을 따라 땅굴을 파서 비밀 통로를 만들어 우선 영채의 기초로 삼아라. 도둑들이 쳐들어오거든 비밀 통로 안팎에 군사를 늘어세우고 많은 정기를 세워, 군사가 집결해 있는 것처럼 꾸며라. 그리고 강가를 따라 참호를 파고 함정을 만들되, 그 위를 덮어 평지처럼 위장하고 적군을 유인하여라. 도둑들이 급히 쳐들어오다가 모두 함정에 빠질 것이니, 그러면 사로잡을 수 있다."

한편 마초는 본진으로 돌아가서 한수에게 말한다.

"조조를 거의 잡게 됐는데, 한 장수가 조조를 등에 들쳐업고, 한 번 뛰어 배에 올라타고 갔으니, 그 장수가 누군지 모르겠습니다."

한수가 대답한다.

"내가 전에 들으니, 조조는 가장 용맹한 자만 뽑아서 자기 호위를 시키고 그들을 호위군護衛軍이라고 한다던데, 그 호위군을 거느리는 장수는 전위와 허저라고 하더군. 그러나 전위는 죽고 없으니, 이번에 조조를 구출한 자는 필시 허저일 것이다. 허저는 천하장사라 사람들이 그를 호치虎癡라고 한다 하니, 다음에 만날지라도 경솔히 상대하지 말게."

"저도 그의 이름을 들은 지는 오래입니다."

"이제 조조가 강을 건넜으니, 머지않아 우리의 뒤를 엄습할 것일세. 우리는 조조가 영채를 세우기 전에 속히 공격해야 한다. 그들이 일단 영채를 세우고 나면, 단번에 무찌르기는 어려울 것이다."

"저의 생각으로는, 역시 북쪽 언덕을 지켜 적군이 위수를 건너지 못하도록 하는 것이 상책일까 합니다."

"그럼 조카는 영채를 지키고, 나는 군사를 거느리고 위수를 따라 조조를 습격하면 어떨까?"

"그럼 숙부께서는 방덕을 선봉으로 삼아 데리고 가십시오."

마초가 동의했다. 이에 한수는 방덕과 함께 군사 5만 명을 거느리고 바로 위남으로 쳐들어간다.

조조는 모든 장수에게 명령하여 비밀 통로가 있는 양쪽으로 서량군을 유인한다. 방덕이 먼저 말 탄 군사 천여 명을 거느리고 쳐들어오다가, 함성이 진동하면서 함정 속으로 빠져 들어간다. 그런데 방덕이 용기를 분발하여 한 번 뛰자 함정에서 솟아나왔다.

그는 선 자리에서 달려드는 적군 몇 명을 쳐죽이고, 걸어서 포위를 뚫고 나오는데, 한수가 한가운데서 포위당하고 있지 않은가.

방덕은 다시 걸어 들어가서 한수를 구출하다가, 바로 조인의 부장部將 조승曹承과 맞닥뜨렸다. 방덕은 한칼에 조승을 쳐죽이고, 그 말을 빼앗아 한수와 함께 타고 혈로를 열어 동남쪽으로 달아난다.

조조의 군사가 뒤쫓아가는데, 마초가 군사를 거느리고 와서 가로막아 마구 무찌르고 포위당한 서량 군사와 말을 태반이나 구출했다.

싸움은 해질 무렵에야 끝나고, 마초가 돌아가서 군사와 말을 점검하니, 장수 정은과 장횡이 전사했고, 함정에 빠져 죽은 자만도 2백여 명이었다.

마초는 한수와 상의한다. 시일이 지나 조조가 하북河北에 확고한 영채를 세우면 무찌르기 어려우니, 오늘 밤 안으로 기병들을 거느리고 가서 조조의 야영을 싹 무찌르자는 데 의견을 모았다.

한수가 말한다.

"군사를 나누어 앞뒤에서 서로 돕기로 하자."

이리하여 마초는 전위 부대가 되고, 방덕과 마대는 후속 부대가 되어 그날 밤으로 떠나갔다.

한편, 조조는 군사를 거두어 위수 북쪽 언덕에 진영을 치고 모든 장수들을 불러 명령한다.

"도둑들은 우리가 영채를 세우기 전에 반드시 야영을 엄습할 것이니, 군사들은 사방에 흩어져 매복하되 중군은 비워두어라. 포 소리를 신호로 일제히 일어나면, 북소리 한 번에 적을 사로잡으리라."

모든 장수들은 명령대로 각기 흩어져 군사들과 함께 매복했다.

그날 밤에 마초는 장수 성의에게 기병 30명을 주고, 적의 형세를 염탐하고 오라 했다. 염탐하러 간 성의는 적진에 적군도 말도 없는 것을 보고 바로 적의 중군으로 쳐들어갔다. 그런데 난데없는 포 소리가 탕 터지면서 사방에서 매복하고 있던 조조의 군사들이 다 쏟아져 나와 성의가 거느린 기병 30명을 겹겹이 포위한다. 성의는 그제야 속은 줄 알고 싸우다가 하후연의 칼에 맞아 죽었다.

보라. 이때 마초가 뒤에서 방덕, 마대와 함께 군사를 3로로 나누어 거느리고 벌떼처럼 쳐들어오니,

비록 군사를 매복시키고 서량군이 오기를 기다렸지만
무서운 장수가 앞을 다투어 달려오니 어찌 감당하랴.
縱有伏兵能候敵
怎當健將共爭先

조조와 마초의 싸움은 어떻게 승부가 날 것인가.

제59회

허저는 알몸으로 마초와 싸우고
조조는 편지 글씨를 뭉개어 한수를 이간시키다

그날 밤에 쌍방은 혼전하다가 날이 샐 무렵에야 각기 군사를 거두었다. 마초는 일단 군사를 위구渭口에 주둔시키고, 밤낮으로 군사를 교대하면서 앞뒤로 공격을 계속했다.

그러나 조조는 위수渭水에다 배와 뗏목을 쇠사슬로 얽어 매어 부교浮橋 셋을 놓고 남쪽 언덕으로 오가게 하였다. 조인은 군사를 거느리고 위수 양쪽 언덕에 영채들을 세우고 군량과 마초를 실은 수레를 주위에 병풍처럼 연이어 둘러놓고 방어를 튼튼히 했다.

마초는 적군의 이러한 태세를 전해 듣자 군사들에게 각기 풀 다발과 불씨를 준비시키고, 한수와 함께 군사를 거느리고 쳐들어가서 풀 다발을 쌓아 올리고 일제히 불을 질렀다. 조조의 군사가 대적할 수 없어 영채를 버리고 달아나니, 수레와 부교도 높이 타올라 부서지고 서량군은 크게 이기어 위수를 완전히 차단했다.

조조는 다시 영채도 세우지 못하고 걱정과 두려움에 싸였다.

순유가 고한다.

"강변의 흙을 파다가 토성을 쌓으면, 굳게 지킬 수 있습니다."

조조의 군사 3만 명은 흙을 파다가 성을 쌓는다.

마초는 방덕과 마대에게 각기 기병 5백 명씩을 주어 조조의 군사가 성을 쌓고 있는 곳을 왕래하며 좌충우돌한다. 뿐만 아니라 모래와 흙이 견실하지 못해서 성을 쌓아 올려도 곧 무너지는지라, 조조는 더 이상 어찌할 방법이 없었다.

이때는 9월도 끝나서, 날씨가 몹시 춥고 검은 구름은 빈틈없이 하늘을 덮어 며칠이 지나도 개지 않았다.

조조가 영채 안에서 고민하는데, 수하 사람이 들어와서 고한다.

"한 노인이 승상께 드릴 말씀이 있다고 찾아왔습니다."

조조가 데리고 들어오라 하여 보니, 그 사람은 골격이 학鶴 같고 모양은 소나무 상인데, 그 용모가 매우 창고蒼古하였다.

조조가 성명을 물으니, 노인이 대답한다.

"나는 경조京兆 땅 출신이며, 종남산終南山에 은거하고 있는데, 이름은 누자백婁子伯이며 도호를 몽매거사夢梅居士라 하오."

조조는 객에 대한 예의로써 극진히 대우한다.

누자백이 말한다.

"승상이 안전한 영채를 세우려고 한 지 오래인데, 어째서 때를 따라 쌓지 않으시오?"

조조가 대답한다.

"이 일대는 모두가 모래 섞인 흙이라 쌓아도 무너지기만 하오. 은사는 무슨 좋은 계책이라도 있으면 바라건대 가르쳐주시오."

"승상이 군사를 쓰는 건 신과 같은데, 어찌 하늘의 때를 모르시오. 요즘 날마다 검은 구름이 하늘을 가리고 있으니, 북풍이 한번 불어닥치는 날이면 만물이 크게 얼어붙을지라. 바람이 일어나는 즉시로 군사들을 시켜 흙을 날라다가 쌓으면서 계속 물을 뿌리면, 다음날 튼튼한 토성이 이루어질 것이오."

조조는 그 말에 크게 깨닫고 누자백에게 많은 상을 주었다. 그러나 누자백은 받지 않고 표연히 가버렸다.

이날 밤에 북풍이 크게 부는지라. 조조가 모든 군사들을 시켜 흙을 져 나르게 하고 물을 뿌리는데, 물 떠올 도구가 부족해서 나중엔 비단을 찢어 주머니를 만들어서까지 물을 길어다가 뿌리니, 쌓은 즉시로 얼어붙는다. 날이 밝자 모래와 흙이 견고하여 튼튼하기 이를 데 없는 토성이 완공됐다.

첩자가 돌아가서 이 사실을 마초에게 보고했다. 이에 마초는 군사를 거느리고 가서 토성을 바라보더니 크게 놀라, 하늘의 도움인가 하고 의심했다.

이튿날, 마초는 대군을 모으고 일제히 북을 치며 나아간다. 이에 조조가 말을 타고 영채에서 나오는데, 허저 한 사람이 뒤따른다. 조조가 말채찍을 들어 크게 외친다.

"맹덕이 여기 홀로 나왔으니, 청컨대 마초야! 나서서 대답하여라."

마초가 말을 몰아 창을 끼고 나온다.

조조가 외친다.

"너는 내가 영채를 이루지 못할 줄로 알았지만, 이제 하룻밤 사이에 하늘이 우리로 하여금 성을 쌓게 했으니, 네 어째서 속히 항복하지 않느냐."

마초는 노기 등등하여 당장에 달려가서 조조를 사로잡고 싶었지만, 조조 뒤에 한 사람이 괴상한 눈을 부릅뜨고 손에 강도鋼刀를 잡고 말고삐를 늦추고 서 있는지라. 마초는 허저가 아닌가 의심이 나서 말채찍을 들어 묻는다.

"너희 군중에 호후虎侯라는 자가 있다던데, 어디에 있느냐?"

허저가 칼을 고쳐 잡으며,

"내가 바로 초군初郡 출신인 허저다."

하고 크게 외치는데, 눈에서 번갯불이 일어나듯 위풍이 대단했다.

마초는 감히 나아가지 못하다가 말고삐를 돌려 돌아가니, 조조도 또한 허저를 데리고 영채로 들어갔다. 양쪽 군사는 이 광경을 보고 얼떨떨했다.

조조가 모든 장수들에게 말한다.

"도둑도 또한 허저가 호후인 줄 아는구나."

이때부터 군중에서는 허저를 호후라고 일컬었다. 허저가 고한다.

"내일은 반드시 마초를 사로잡으리다."

조조가 대답한다.

"마초는 영특하고 용맹하니, 함부로 상대해서는 안 된다."

"제가 죽기를 각오하고 한번 싸우리다."

허저는 사람을 시켜 도전장을 마초에게로 보냈다. 그 도전장은 호후가 내일 혼자서 마초와 결전하겠다는 내용이었다.

마초는 도전장을 보자 크게 분노하여,

"이놈이 어찌 감히 나를 업신여기느냐."

하고 '내일 맹세코 호치虎癡(허저의 별명)를 죽이겠다'는 답장을 써서 보냈다.

이튿날, 양쪽 군사는 영채에서 나와 진영을 세우는데, 마초는 방덕을 왼쪽 날개로 삼고 마대를 오른쪽 날개로 삼았다.

마초가 창을 들고 말을 달려 나와 진영 앞에 서서 큰소리로 외친다.

"호치야, 쾌히 나오너라!"

조조가 문기 아래 서서 모든 장수들을 돌아보며 감탄한다.

윗도리를 벗어 던지고 마초와 일전을 벌이는 허저

"마초는 여포의 용맹보다 못하지 않구나."

그 말이 끝나기도 전에 허저는 말에 채찍질하고 칼을 휘두르며 달려 나간다. 마초는 허저를 창으로 맞이하여 서로 어우러져 싸운 지 백여 합에 승부는 나지 않고 말이 지쳐서 비틀거린다. 이에 그들은 각기 자기 영채로 돌아가서 말을 바꾸어 타고 다시 출진하여 백여 합을 싸웠으나, 역시 승부가 나지 않는다.

허저는 울화가 치밀어서 자기 진영으로 나는 듯이 돌아와 투구와 갑옷, 전포까지 벗어버리니 온몸이 근육 덩어리였다. 그는 벌거숭이 알몸으로 칼을 잡고 말에 뛰어올라 달려가서 마초와 결전하니, 양쪽 군사가 모두 크게 놀란다.

두 사람이 또 싸운 지 30여 합에 허저가 위엄을 분발하여 칼을 번쩍 들어 마초를 내리치니, 마초는 선뜻 몸을 비키면서 창으로 허저의 염통께를 냅다 찔렀다. 허저는 칼을 버리고 마초의 창을 손으로 꽉 움켜잡았다. 두 사람이 말 위에서 서로 창을 빼앗으려고 실랑이를 벌이는데, 허저의 힘이 세어서 딱 소리가 나더니, 창이 두 동강이로 부러진다. 두 사람은 각기 창 반 동강이를 잡고 말 위에서 서로 난타亂打한다.

조조는 혹 허저를 잃을까 겁이 나서 마침내 하후연과 조홍에게 일제히 나가 마초를 협공하라고 명령했다.

방덕과 마대는 조조의 진영에서 두 장수가 일제히 달려나오는 것을 보고 좌·우익 기병을 지휘하여 일제히 달려나가 종횡 무진으로 무찌르니, 조조의 군사는 크게 무너지고, 허저는 팔에 화살 두 대를 맞았다. 조조의 장수들이 황망히 영채로 내빼는데, 마초는 바로 토성 앞까지 쳐들어가니 조조 군사의 태반이 죽어 자빠진다.

조조는 영채의 문을 굳게 닫아걸게 하고, 나가지 말도록 했다.

마초는 위구로 돌아가서 한수에게,

"내 싸움에서 별놈을 다 봤으나 흉악하기로는 허저만한 자가 없었으니, 참으로 호치입디다."

하고 말했다.

한편, 조조는 이제야 마초를 계책으로서 격파할 때라고 생각했다. 그래서 사람을 서황과 주영에게로 비밀리에 보내며,

"서황과 주영은 모든 군사들을 거느리고 황하 서쪽으로 건너가 진영을 세우되, 이쪽과 함께 앞뒤에서 적을 협공하라고 내 명령을 전하여라."

하고 분부했다.

사람을 떠나 보낸 뒤였다. 어느 날 조조가 토성 위에 올라가보니, 마초가 기병 수백 명을 거느리고 영채 앞에 와서 나는 듯이 왔다갔다 한다.

조조는 날뛰는 마초를 한동안 노려보다가, 갑자기 투구를 벗어 던지며 저주한다.

"저 마초 놈이 죽지 않으면, 나는 죽어도 눈을 감지 못하리라!"

하후연이 그 말을 듣고 거친 목소리로,

"제가 이곳에서 죽을지언정 맹세코 마초 놈을 죽이겠습니다."

외치고 본부 군사 천여 명을 거느리고 크게 채문寨門을 열더니 달려 나간다. 조조가 급히 말리려 했을 때는 이미 늦었다. 그래서 조조는 혹 하후연을 잃지나 않을까 걱정이 되어 황망히 말을 타고 도우러 달려 간다.

마초는 조조의 군사가 내달아오는 것을 보자, 앞 부대를 뒤로 돌리고, 뒤에 있던 부대를 선봉으로 삼아 일자로 벌여 세우며, 하후연을 맞이하여 혼전을 벌인다.

마초는 조조가 멀리 오는 것을 발견하자, 상대하여 싸우던 하후연을 버리고 바로 조조에게로 달려간다. 조조는 마초가 달려오는 것을 보자 크게 놀라 말을 돌려 달아나니, 조조의 군사들도 어지러이 흩어져 달아 난다.

마초가 조조를 한참 뒤쫓는데, 비스듬히 달려온 수하 장수가 이르러 보고한다.

"조조의 다른 군사 1대가 황하를 건너 서쪽에다 영채를 세웠다고 합니다."

마초는 크게 놀라 조조를 쫓다 말고 급히 군사를 거두어, 영채로 돌아가서 한수와 상의한다.

"조조의 군사가 빈틈을 타서 황하 서쪽으로 건너왔다고 하니, 우리 군사는 앞뒤로 공격을 받게 됐소. 이 일을 어찌하면 좋겠소."

부장部將 이감李堪이 고한다.

"차라리 우리가 빼앗은 땅을 돌려주고 화평을 교섭하여 서로 싸움을 중지하고 돌아갔다가, 겨울이 지나고 따뜻한 봄이 되거든 그때에 다시 도모하기로 합시다."

한수가 말한다.

"이감의 의견이 가장 좋은 방법이니 그렇게 하기로 하세."

마초는 오히려 결정을 못하는데, 양추楊秋와 후선侯選이 화평하는 것이 좋다고 권하자, 마침내 조조에게로 서신을 보냈다.

조조가 서신을 보니, 땅을 돌려줄 터인즉 화평하자는 내용이었다.

조조는 사자로 온 양추에게 말한다.

"너는 우선 돌아가거라. 내 내일 사람을 시켜 답장을 보내리라."

이에 양추는 돌아갔다.

가후賈詡가 들어와서 조조를 뵙고 묻는다.

"승상은 어찌하실 요량이십니까?"

"그대의 뜻은 어떠한가?"

가후가 대답한다.

"군사는 속임수를 써야 하나니, 화평을 허락하는 체하십시오. 그런 후에 한수와 마초 사이를 이간시켜 서로 의심을 품도록 만들면, 북소리 한 번에 그들을 격파할 수 있습니다."

조조가 손뼉을 치면서 매우 기뻐한다.

"천하에 높은 의견이란 서로 같기 마련인가 보다. 가후의 계책이 바로 내 생각과 꼭 들어맞는구나."

이에 조조는 '내가 서서히 군사를 거느리고 물러간 뒤에 황하 서쪽 땅을 돌려달라'는 내용의 서신을 써서 마초에게로 보냈다. 그리고는 위수에다 부교를 세우고 물러갈 뜻을 나타냈다.

마초가 조조의 답장을 읽고 한수에게 말한다.

"조조는 비록 화평을 허락했지만, 워낙 간사한 놈이라 그 속마음을 측량하기 어렵습니다. 우리가 만일을 위해서 준비하지 않으면, 도리어 그놈에게 압제를 당하기 쉽습니다. 그러니 저는 숙부와 교대로 군사를 거느리고 대비하되, 오늘은 숙부께서 조조의 동태를 감시하십시오. 저는 서황의 동태를 감시하겠습니다. 내일은 바꾸어서 제가 조조의 동태를 감시하겠으니, 숙부께서는 서황의 동태를 감시하십시오. 그래야만 뜻밖의 일이 일어날지라도 낭패가 없으리다."

한수는 마초의 계책대로 실행하는데, 벌써 첩자에 의해서 이 사실이 조조에게로 보고됐다.

조조가 가후를 돌아보며,

"이제 우리의 계책대로 되나 보다."

하고 첩자에게 묻는다.

"그래 내일은 누가 나의 동태를 감시할 차례라더냐?"

"한수가 승상의 동태에 대비할 것입니다."

첩자가 대답했다.

이튿날, 조조는 말을 타고 모든 장수들을 거느리고 영채에서 나오더니, 좌우로 따르게 하고 혼자 한가운데서 뚜렷이 모습을 드러냈다.

한수의 군사들은 그 동안 싸우느라고 조조를 분명히 보지 못했기 때문에, 조조라는 인물을 구경하려고 진영에서 나와 바라본다.

조조가 큰소리로 외친다.

"너희들은 이 조조를 보고자 하느냐? 나 또한 사람이니, 눈이 네 개 있는 것도 아니요, 입이 두 개 있는 것도 아니다. 다만 보통 사람과 다른 점은 지혜와 꾀가 많을 따름이니라."

한수의 군사들의 표정에는 두려워하는 기색이 완연했다.

조조 편에서 한 사람이 진영에 가까이 오더니, 한수에게 말을 건다.

"승상께서 서로 말씀을 나누고 싶다며 한장군을 초청하십니다."

한수가 진영에서 나가 바라보니, 조조는 무기도 가지지 않았으며 갑옷도 입지 않고 투구도 쓰지 않고 있었다. 이에 한수도 갑옷을 벗고 가벼운 옷으로 갈아입고 필마단기로 나가서 말 머리를 서로 나란히 하고 대화한다.

조조가 먼저 말한다.

"지난날 나는 장군의 부친과 같은 해에 효렴으로 뽑혔기 때문에, 장군의 부친을 숙부로 섬긴 일이 있었고, 그 뒤에 나는 장군과 함께 벼슬길에 올랐는데, 어느새 많은 세월이 흘렀구려. 그래 장군은 금년에 연세가 어찌 되오?"

한수가 대답한다.

"마흔이 됐소."

"지난날 우리가 함께 도성에 있었을 때는 다 젊은 청춘이었는데, 서로가 이렇듯 중년이 됐구려. 언제면 천하를 평정하여 함께 태평 성세를 즐길 수 있을지……"

조조는 지난날의 세세한 감회만 늘어놓을 뿐 현사태에 대해서는 언급하지 않다가 말이 끝나자 크게 웃으니, 이렇게 한 식경이나 이야기를 나눈 뒤에야 작별하고 말 머리를 돌려 돌아갔다. 이 일은 심복에 의해서 즉시 마초에게 보고됐다.

마초가 황망히 와서 한수에게 묻는다.

"오늘 진 앞에서 조조와 무슨 말을 하였습니까?"

한수가 대답한다.

"그 옛날 도성에서 함께 지냈던 회포만 말하더군."

마초가 묻는다.

"어찌 오늘날 군사에 대해서는 말을 하지 않습디까?"

"조조가 언급하지 않는 걸 내가 뭣 하러 말할 것 있으리요."

마초는 의심이 나서 더 묻지 않고 물러갔다. 한편 조조는 영채로 돌아가서 가후에게 묻는다.

"그대는 내가 진영 앞에서 한수와 이야기한 뜻을 아는가?"

가후가 대답한다.

"승상의 뜻이 묘하기는 하나, 두 사람을 이간시키기에는 부족합니다. 내게 계책이 있으니, 한수와 마초가 원수지간이 되어 서로 죽이게끔 하겠습니다."

조조가 그 계책을 물으니, 가후는 대답한다.

"마초는 한낱 용맹한 사나이라, 일에는 기밀이 있음을 모릅니다. 그러니 승상께서는 한수에게 보내는 서신을 친필로 쓰시되, 막연하고도 아리송한 내용을 쓰고, 중요한 대목은 일부러 먹으로 지워버리십시오. 그런 후에 굳게 봉하여 사람을 시켜 보내고 마초에게도 이 일을 알게끔 하십시오. 그러면 마초는 한수에게 와서 서신을 보여달라고 할 것이며, 요긴한 대목마다 먹으로 지워진 서신을 보면, 한수가 비밀이 누설될까 봐 손수 지워버린 줄로 의심할 것입니다. 더구나 한수가 승상과 단둘이 만나서 이야기한 사실을 아는 마초가 의심에 의심이 더하면 반드시 혼란이 일어나고야 말 것입니다. 그때 우리가 한수의 직속 장수들과 몰래 결탁하고 두 사람을 이간시키도록 하면, 가히 마초를 죽일 수 있습니다."

"그거 참 묘한 계책이오."

조조는 곧 서신을 써서 요긴한 곳은 다 먹으로 지워버리고 굳게 봉하여 한수에게 보내면서, 일부러 많은 사람을 딸려 보냈다. 그들은 한수의 영채에 가서 서신을 전하고 돌아왔다.

이 일은 곧 심복 부하에 의해서 마초에게 보고됐다. 과연 마초는 더욱 의심이 나서 곧 한수에게 가서 서신을 보자고 했다. 한수가 내놓는 조조의 서신을 받아본즉 내용을 먹으로 지워버린 대목이 여러 곳 있었다.

"어째서 이렇게 여러 곳을 먹으로 지우셨소?"

한수가 대답한다.

"원래 그러했으니, 그 까닭을 모르겠노라."

"남에게 편지를 보내면서 어찌 초고草稿를 보낼 리가 있겠소. 필시 숙부는 내게 자세한 내용을 알리지 않으려고 읽고 나서 지워버린 것이지요?"

"조조가 초잡은 것인 줄을 모르고 잘못 넣어 보낸 것일 거야."

"믿을 수 없소. 조조는 매사에 정확한 사람인데, 어찌 이런 실수를 하리요. 나와 숙부는 지금까지 힘을 합쳐 역적 조조를 쳤는데, 어째서 갑자기 변심하셨소?"

한수는 억울했다.

"네가 정 내 말을 못 믿겠거든, 내일 내가 조조를 진영 앞으로 불러내어 말을 걸 테니, 그때 너는 진영 안에 숨어 있다가 갑자기 달려 나와 창으로 조조를 찔러 죽여라. 그러면 내 마음을 알 것 아니냐!"

"그렇게 해주신다면야 숙부님의 진심을 알 수 있겠습니다."

두 사람은 이렇게 약속했다.

이튿날, 한수는 직속 부하인 후선·이감·양홍·마완·양추 다섯 장수를 거느린 채 진영을 나가고, 마초는 진문 뒤에 숨었다. 한수는 사람을 조조의 영채 앞으로 보내어 크게 외치게 한다.

"한장군이 승상께 할 말씀이 있다면서 잠시 나오시기를 청합니다."

그러나 조조는 조홍에게,

"기병 수십 명을 거느리고 진영 앞으로 나가서 한수와 만나라."

하고 일러서 내보냈다.

조홍은 군사를 거느리고 나가서, 한수가 있는 곳까지 약간의 거리를

남겨놓고는 말 위에서 몸을 굽혀 인사하고, 일부러 큰소리로,

"어젯밤 승상이 부탁 드린 말씀을 장군은 명심하고 실수 없게 하십시오."

외치더니, 즉시 말 머리를 돌려 돌아가버린다.

마초는 조홍이 외치는 소리를 듣자 더 기다릴 여지가 없었다. 화가 치밀어 오른 마초는 창을 잡고 말을 달려 나가 바로 한수를 찔러 죽이려 하는데, 다섯 장수가 사이를 막아 말리고 화해를 붙여 겨우 함께 영채로 돌아왔다.

한수가 변명한다.

"현명한 조카는 의심하지 말라. 나는 딴생각이 없다."

"무엇으로 그걸 믿으란 말이오?"

마초는 원망하고 자기 영채로 돌아갔다.

한수는 자기 직속인 다섯 장수와 상의한다.

"이 일을 어떻게 변명해야 할까!"

양추가 대답한다.

"마초는 자기 용맹만 믿고 늘 마음속으로 주공을 업신여겨왔습니다. 조조와 싸워서 이길지라도 그는 주공에게 자리를 양보하지는 않을 것입니다. 저의 어리석은 생각으로는 몰래 조조에게 항복하면 다음날에 높은 벼슬자리를 받을 수 있을 것입니다."

"나는 지난날 마등과 의형제를 맺은 사이인데, 어찌 그 맹세를 저버릴 수 있으리요."

양추가 계속 말한다.

"그러나 사태가 이 지경이 된 바에야 어찌할 도리가 없습니다."

이윽고 한수가 묻는다.

"그럼 누가 우리의 뜻을 조조에게 전할 테냐?"

양추가 대답한다.

"제가 가겠습니다."

마침내 양추는 한수가 쓴 밀서를 가지고 조조의 영채로 갔다. 항복하겠다는 뜻을 전하자 조조는 매우 기뻐하며 한수를 서량후로, 양추를 서량 태수로 봉하고, 그 나머지 장수들에게도 다 벼슬을 주겠노라 약속하고, 불을 올려 신호로 삼고 함께 마초를 없애버리기로 계책까지 정했다.

양추는 조조에게 절하고 돌아와서 한수에게 경과를 보고했다.

"오늘 밤에 불을 올려 신호를 보내고, 안팎으로 힘을 합쳐 거사하기로 정했습니다."

이 말을 듣자 한수는 흡족해하고, 군사들을 시켜 중군 장막 뒤에다 마른 장작을 쌓았다. 그리고 다섯 장수는 칼을 차고 때를 기다렸다.

한수는 다섯 장수와 함께,

"이왕이면 잔치를 차리고 마초를 청해다가, 그 자리에서 처치하면 어떨까?"

하고 상의하는데, 결정을 짓지 못하였다.

그런데 누가 알았으리요. 마초는 이미 심복 부하 편에 한수가 배반한 사실을 자세히 듣고, 친히 몇 사람을 거느리고 칼을 들고 앞서 오고 있었다. 그리고 방덕과 마대는 후속 부대를 거느리고 뒤따랐다.

마초가 한수의 영채로 몰래 잠입하여 장막 가까이 이르러 귀를 기울이니, 다섯 장수와 한수가 비밀 회담을 하는 모양인데, 양추의 말소리만 똑똑히 들린다.

"일을 늦추어서는 안 됩니다. 속히 해치워야 하오."

마초는 잔뜩 분노하여 칼을 뽑아 들고 장막 안으로 뛰어들어가서 크게 꾸짖는다.

"이 도둑놈들아, 어찌 감히 나를 해치리요."

혼자서 다섯 장수를 상대로 싸우는 마초(오른쪽)

모두가 크게 놀라 어쩔 줄을 모른다.

마초는 칼을 번쩍 들어 한수의 정면을 내리쳤다. 한수는 몸을 피하면서 손으로 막다가 칼에 맞아 왼쪽 팔이 떨어졌다. 그제야 다섯 장수는 칼을 휘두르며 일제히 마초에게 달려든다.

장막 안이 좁아서 밖으로 나온 마초를 다섯 장수가 에워싸고 덤벼든다. 보검을 든 마초는 혼자서 다섯 장수를 상대로 싸우는데, 칼날이 번득일 때마다 붉은 피가 튄다. 마완은 목이 달아나고, 양흥이 두 조각 나서 쓰러지자, 나머지 세 장수는 각기 흩어져 달아나버렸다.

마초가 다시 장중으로 들어갔을 때는, 한수가 좌우 사람의 부축을 받고 이미 달아난 뒤였다.

문득 장막 뒤에서 불길이 치솟는다. 신호를 보내는 불이다. 모든 영채의 군사들이 일시에 쏟아져 나온다. 마초는 황망히 말에 올라타는데, 방덕과 마대가 군사를 거느리고 당도했다. 이리하여 한수 편에 붙은 군사들과 치열한 싸움이 벌어졌다.

마초가 군사를 거느리고 마구 무찌르며 나왔을 때였다. 조조의 군사들이 사방에서 들이닥치는데, 앞에는 허저가 있고 뒤에는 서황이요 왼편은 하후연이요 오른편은 조홍이었다.

서량 군사가 두 패로 나뉘어 저희들끼리 서로 싸우며 죽이는데, 마초들이 돌아보니 방덕도 마대도 보이지 않는지라, 기병 백여 명만 거느리고 달려 위교渭橋 다리 위에 이르러 버티고 섰다.

이때 날이 밝기 시작했다.

마초가 보니 배신자 중 한 명인 이감이 1대의 군사를 거느리고 다리 밑 모래사장으로 지나가는지라. 마초가 창을 바로잡고 말을 달려 쫓아가니, 이감은 정신없이 달아나는데, 어느새 마초 뒤에서 우금이 뒤쫓아오고 있었다.

우금은 활을 당겨 마초를 쏘았다. 마초가 등뒤에서 화살이 날아오는 소리를 듣고 급히 몸을 피하는 순간, 화살은 마초 곁을 지나가 앞에 달아나던 이감의 뒷머리에 꽂혔다. 이감은 낙엽처럼 말에서 떨어져 죽었다. 그제야 마초가 급히 말 머리를 돌려 우금에게로 달려드니, 우금은 말에 채찍질하여 달아나버렸다.

마초가 다시 위교 위로 돌아가서 버티고 있는데, 조조의 군사가 앞뒤로 크게 몰려든다. 맨 앞에 선 호위군이 마초를 향하여 활을 어지러이 쏜다. 마초가 장창을 휘둘러 빗발치는 화살을 막으니, 화살이 분분히 떨어진다. 마초는 말을 달려 왕래하며 적군을 마구 죽이나, 굳게 에워싼 포위를 어찌 벗어날 수 있으리요.

능히 벗어나지 못한 마초가 다리 위에서 크게 외마디소리를 지르고 북쪽 언덕으로 올라가서 적군을 무찌르니, 그를 따르던 기병들은 포위에서 벗어나지 못하고 고스란히 남았다. 마초는 혼자서 좌충우돌하며 닥치는 대로 적군을 죽이다가, 조조의 군사 한 명이 숨어서 쏜 화살에 말이 맞아 쓰러지는 바람에 마초는 땅에 나가떨어졌다.

조조의 군사들이 달려들어 마초가 매우 위급한데, 문득 서북쪽에서 한 떼의 군사가 쳐들어왔으니, 바로 방덕과 마대였다. 방덕과 마대는 급히 마초를 구출하여 빈 말에 태우고, 함께 몸을 돌려 적군을 무찌르며 혈로를 열어 서북쪽으로 달아난다.

조조는 마초가 달아났다는 보고를 듣자, 급히 모든 장수들에게 명령을 전한다.

"밤낮을 가리지 말고 마초를 뒤쫓아라. 마초의 목을 끊어가지고 오는 자에게는 상금 천금을 주고 만호후萬戶侯로 봉할 것이요, 사로잡아오면 대장군에 봉하리라."

모든 장수들은 명령을 듣자 각기 공로를 다투어 줄줄이 뒤쫓아간다.

마초는 군사도 말도 넉넉지 못한 터에 그저 앞만 보고 달아나니, 뒤따르던 기병들은 점차 흩어지고 보병 중에 잘 뛰지 못하는 자들은 무수히 사로잡혔다.

마초는 겨우 기병 30여 명을 거느리고 방덕, 마대와 함께 농서隴西의 임조臨洮 땅을 향하여 달아났다.

조조는 친히 안정安定 땅까지 뒤쫓아갔다가, 마초가 이미 멀리 달아난 것을 알고 장안長安으로 돌아왔다. 뒤이어 모든 장수들도 속속 모여들었다.

한수는 이미 왼팔을 잃고 폐인이 된지라. 조조는 한수에게 장안에서 군사를 거느리고 쉬라 하며, 약속대로 서량후에 봉하고 양추, 후선도 열후列侯로 봉한 뒤에 위구를 지키도록 분부하고 나서,

"허도로 회군할 테니 출발 준비를 하여라."

하고 영을 내렸다.

이때 양주涼州 참군參軍 양부楊阜가 조조를 뵈러 장안에 왔다. 양부의 자는 의산義山이었다.

조조가 온 뜻을 물으니, 양부가 고한다.

"마초는 여포 같은 용맹이 있으며, 또 오랑캐들의 인심을 크게 얻고 있습니다. 이제 승상께서 이긴 김에 그들을 쳐서 뿌리를 뽑지 않는다면, 다음날에 마초는 반드시 힘과 기운을 길러 농서 지방 일대의 모든 고을을 오랑캐 땅이 되게 할 것입니다. 바라건대 승상은 회군하지 마십시오."

조조가 대답한다.

"나도 군사를 거느리고 마초를 정벌하고 싶으나, 중원에 일이 많은데다 또 남쪽을 평정하지 못한지라. 부득이 오래 머물 수 없는즉, 그대는 나를 위하여 힘써 지키라."

양부는 승낙하고 위강韋康을 양주 자사로 천거한 뒤에 청한다.

"그러면 위강과 함께 군사를 거느리고 가서 익성翼城 땅을 지키며 마초를 막겠습니다."

조조의 허락을 받고 떠나는 날, 양부가 다시 청한다.

"장안에 많은 군사를 두고 후원해주십시오."

조조는 대답한다.

"내 이미 정한 바가 있으니, 너는 안심하고 가거라."

양부가 떠나간 날, 모든 장수들은 조조에게 묻는다.

"애초에 도적들이 동관을 차지했을 때는 위수 북쪽으로 향한 길이 끊어졌는데, 승상은 황하 동쪽으로 해서 풍익馮翊 땅을 치지 않고, 도리어 동관으로만 향하여 여러 날을 머물다가, 나중에야 북쪽으로 건너가서 영채를 세우고 굳게 지키기만 한 것은 무슨 까닭이었습니까?"

조조가 대답한다.

"애초에 도적들이 동관을 차지하고 지킬 때에 내가 오던 즉시로 황하 동쪽으로 나아갔더라면, 도적들은 반드시 모든 길목과 나루마다 영채를 나누어 세우고 지켰을 것이니, 그렇게 되었다면 우리는 황하 서쪽으로 건너갈 수가 없었을 것이다. 그러므로 나는 처음에 모든 군사들을 동관 앞으로만 집결시키고 도적들로 하여금 남쪽만 지키도록 하였기 때문에 황하 서쪽이 비게 되었던 것이다. 그래서 서황과 주영은 황하를 무사히 건널 수 있었다. 그런 뒤에 나는 군사를 거느리고 북쪽으로 건너가서 수레와 나무를 이어 진영을 세우고, 비밀 통로를 만들고, 토성을 쌓아 우리의 군사가 허약한 것처럼 꾸미는 동시에 도적들의 마음을 교만하게 하였다. 도적들이 안심하고 우리를 얕보게 되었을 때, 나는 교묘히 그들 사이를 이간시키고 그간 길러온 우리 군사의 힘으로 일조에 도적들을 격파한 것이니, 이야말로 빠른 우레가 귀를 틀어막을 새도 없이 벼락으로 내리치는 격이다. 병법의 변화란 하나만이 아니니라."

장수들이 묻는다.

"그럼 도적의 군사들이 속속 모여들 때마다 승상께서 기뻐하신 것은 무슨 까닭이었습니까?"

조조가 대답한다.

"관중關中은 거리가 너무나 먼 곳이기 때문에, 만일 도적 놈들이 각기 험한 땅을 이용하여 지키고만 있다면, 우리는 1년 아니라 2년이 지나도 그들을 도저히 평정할 수 없을 것이다. 그런데 이번에 그놈들이 한곳으로 모여들었으니, 비록 수효는 많지만 인심이란 많이 모이면 하나로 단결하기 어려운 법이어서 그들을 이간시키기 쉬운지라, 한꺼번에 쳐서 멸망시킬 수 있기 때문에, 내가 기뻐한 것이니라."

모든 장수들이 일제히 절하고 말한다.

"승상의 신과 같은 계책은 우리들이 미치지 못할 바로소이다."

"그러나 이것 또한 여러분의 무武와 문文에 힘입어서 이루어진 것이라. 어찌 나 혼자만의 힘이라 하리요."

조조는 모든 군대에 많은 상을 내린 뒤에 하후연에게 장안을 지키도록 하고, 항복한 적군을 각 부대에 편입시켰다.

하후연은, 풍익 땅 고릉高陵 출신으로 성명은 장기張旣요 자를 덕용德容이라고 하는 사람을 천거하여 경조윤京兆尹(오늘날의 시장 지위)으로 삼고, 함께 장안을 지켰다. 조조는 군사를 거느리고 허도로 돌아간다.

이에 헌제獻帝는 성밖까지 나와서 돌아오는 조조를 영접하고, 옛날에 한나라가 정승 소하蕭何에게 베푼 고사에 따라서 특전을 내렸다.

"황제를 배알할 때 자기 이름을 말하지 않아도 되며, 조당朝堂에 들어올 때 바쁜 걸음으로 걷지 않아도 되며, 전상에 올라올 때 신을 신고 칼을 차도 괜찮다."

이리하여 조조의 위엄은 천하에 더욱 진동했다.

이러한 소식이 바로 한중 땅 일대에 전해지자, 누구보다도 놀란 것은 한녕漢寧 태수 장노張魯였다.

원래 장노는 패국沛國의 풍풍 땅 출신이었다. 그의 할아버지 장능張陵은 서천 땅 혹명산鵠鳴山 속에서 이상한 도서道書를 지어내어 사람들을 미혹시키고 공경을 받다가 죽었다. 그 아들 장형張衡이 대를 이어 그짓을 했는데, 백성들이 그 도를 배우려면 쌀 다섯 말을 바쳐야 했으므로 세상에서는 장형을 쌀도둑놈이라고 했다.

그러던 장형이 죽자, 그 아들 장노가 대를 이어 그짓을 계속했다. 한중 땅에서 장노는 스스로 사군師君이라 일컫고, 도를 배우러 온 자를 귀졸鬼卒이라 하고, 두령頭領을 좨주祭酒라 부르고, 많은 귀졸을 거느린 대두령을 치두대좨주治頭大祭酒라 불렀다.

그들이 내세우는 도의 요령은 지성과 믿음을 주로 삼았기 때문에, 속임수를 일절 허락하지 않았다. 그래서 만일 병이 난 자가 있으면 단壇을 세우고, 병든 사람을 조용한 방 속에 거처시키되, 지난날의 잘못을 반성시키고 참회 진술을 시킨 뒤에 기도를 드렸다.

기도 드리는 일을 주로 맡아보는 사람을 감령좨주監令祭酒라 했다. 그 기도하는 법식은 먼저 병자의 이름과 자기 죄에 복종하겠다는 뜻을 담은 글을 세 통 써야 했는데, 그것을 삼관수서三官手書라 했다. 한 통은 산 위에서 불살라 하늘에 아뢰고, 한 통은 땅에 묻어 땅에 아뢰고, 또 한 통은 물 속에 넣어 수궁水宮에 고했다. 이렇게 해서 병자의 병이 나으면 쌀 다섯 말을 바쳐야 했다.

또 그 밖에 의사義舍라는 건물을 세워, 그 안에 쌀과 불땔 장작과 고기를 갖추어두고, 지나다니는 사람이면 누구나 마음대로 먹을 수 있되, 필요 이상으로 많이 갖는 자에게는 하늘에서 벌을 내린다고 했다. 그리고 경내에서 법을 범하는 자가 있으면 세 번 용서하나, 그러고도 행실을 고치지 않을 경우에는 처형했다. 그러므로 그들의 영지에는 관장官長이 없고 좨주들이 관할했다.

이렇듯 그들이 한중 땅에 웅거하고 산 지가 이미 30년이 지났으나, 나라에서는 워낙 거리가 멀어서 토벌하지 못하고, 오히려 장노에게 진남중랑장鎭南中郎將이라는 벼슬까지 주어 한녕 태수를 겸하게 하고, 해마다 공물이나 받아들이는 실정이었다.

그 당시 장노는 조조가 많은 서량 군사를 격파하고 천하에 위엄을 떨쳤다는 소문을 듣자, 모든 부하들과 상의한다.

"서량의 마등이 죽음을 당한데다 마초가 또 패했으니, 이번에는 조조가 반드시 우리 한중 땅을 치러 올 것이다. 나는 이제부터 한녕왕漢寧王이라 일컫고 군사를 독려하여 조조의 모든 군사를 막을 작정인데, 어찌하면 좋을까?"

염포閻圃가 말한다.

"우리 한중은 백성의 호구만 해도 10만이 넘습니다. 재물이 풍부하고 곡식은 넉넉하며, 사방이 험악한데다가 이번에 패한 마초의 군사들 중 자오곡子午谷으로부터 우리 한중으로 도망쳐 들어온 자만도 수만 명이나 됩니다. 저의 생각으로 말할 것 같으면 익주益州 목사 유장劉璋이 어리석으니, 우리가 먼저 서천 땅 41주를 빼앗아 근본을 삼은 이후에 왕이라 일컬어도 늦지는 않으리다."

장노는 반색을 하며, 마침내 동생 장위張衛와 함께 군사 일으킬 일을 상의했다.

이 일은 즉시 첩자에 의해 서천 땅 익주로 보고됐다.

익주 목사 유장의 자는 계옥季玉이니, 바로 유언劉焉의 아들이며, 한나라 노공왕魯恭王의 후손이었다. 장제章帝 때 원화元和 연간에 경릉竟陵 땅으로 전봉轉封되었기 때문에, 그 자손들이 이곳에서 살게 된 것이다. 그후 유언은 익주 목사의 벼슬에 있었는데, 흥평興平 원년(194)에 등창을 앓다가 죽자, 익주 태수 조위趙庶 등이 그 아들 유장을 익주 목사로 추대했던 것이다.

유장은 일찍이 장노의 어머니와 동생을 죽인 일이 있었기 때문에, 한중 땅의 그들과는 원수지간이었다.

유장은 즉시 방희龐羲를 파서巴西 태수로 삼고, 장노가 군사를 거느리고 쳐들어오거든 방비하라고 했다. 파서로 간 방희는 장노가 군사를 일으켜 서천 땅을 치려 하는 것을 탐지하고 급히 유장에게 보고했다. 원래 나약한 유장은 이 보고를 듣고 매우 근심하여 급히 모든 관리들을 모으고 상의한다.

한 사람이 앙연히 자리에서 나와,

"주공은 안심하십시오. 내가 비록 재주는 없으나, 이 세 치 혀를 휘둘러 장노가 감히 우리 서천 땅을 엿보지 못하게 하리다."

하고 유장에게 장담한다.

촉 땅 모사가 말한 한마디로

마침내 형주의 호걸들을 끌어들인다.

只因蜀地謀臣進

致引荊州豪傑來

그 사람은 누구인가.

【6권에서 계속】

三國志
演義 부록
⑤

◉ — 일러두기

1.「나오는 사람들」은 역자가 직접 작성한 것이다.
2.「간추린 사전」은 『삼국지연의』 전문 연구가 정원기 교수의 자문을 토대로 구
  성하였다.

나오는 사람들

가후賈詡 | **147-223** | 자는 문화文和. 위의 중신. 동탁, 이각, 곽사를 돕다가 장수에게 갔다. 장수를 도와 조조를 두 번이나 크게 격파했으나 그의 뛰어난 지략을 높이 산 조조가 투항을 권하자 장수와 함께 귀순한다.

감영甘寧 | 자는 흥패興霸. 손권의 맹장. 원래 황조의 수하에 있다가 손권을 섬겼다. 유수구에서 조조군을 백 명의 기병으로 무찔러 이름을 떨쳤으나, 후일 남만왕 사마가의 화살에 맞아 죽는다.

감택甘澤 | **?-243** | 자는 덕윤德潤. 손권의 모사. 황개와 함께 적벽 대전에서 공을 세운다. 학문에도 능하여 많은 저작을 남겼으며, 벼슬이 태자태부에 이른다.

관우關羽 | **?-219** | 자는 운장雲長. 촉의 명장. 도원결의 이후 한의 중흥을 위해 평생 전력을 다하였다. 일찍이 동탁의 맹장 화웅과 원소의 맹장 안양·문추를 참했다. 그러나 형주를 맡아 천하를 도모하다가 오장 여몽의 계략으로 세상을

마친다.

노숙魯肅 | **172-217** | 자는 자경子敬. 오의 장수. 주유를 도와 유비와 우호를 맺는 데 힘썼으며, 적벽 대전에서 조조를 물리치는 데 큰 역할을 한다. 주유의 뒤를 이어 군마를 통솔하여 오의 기반을 닦는다.

능통凌統 | **189-237** | 자는 공적公積. 손권의 장수. 오의 명장으로 여러 싸움에 공이 많다. 감영이 황조 밑에 있을 때 부친 능조를 죽여 늘 원수로 여겼으나, 이후 그의 도움을 받고 원한을 푼다.

마대馬岱 | 촉의 장수. 마등의 조카로 마등이 조조의 손에 죽자 사촌인 마초와 함께 숙부의 원수를 갚고자 하였으나 실패한다. 후일 마초와 함께 촉에 귀순하여 많은 공을 세운다. 제갈양의 두터운 신임을 받았으며, 위연이 모반했을 때 그를 죽인다.

마양馬良 | **187-232** | 자는 계상季常. 촉의 문신. 형주의 명사로 유비가 형주를 차

지하자 이적이 추천하였다. 특히 제갈양과 아주 친한 사이로 집안이 형제처럼 지냈다. 마속의 형이다.

마초馬超 | 176-222 | 자는 맹기孟起. 촉의 명장. 오호대장. 부친 마등의 원수를 갚고자 조조를 쳤으나 그때마다 실패하였다. 한때 한중의 장노에게 의탁해 있다가 유비를 만나 그 휘하에 들어갔다. 유비의 뜻을 받들어 힘써 그를 돕는다.

방통龐統 | ?-200 | 자는 사원士元. 유비의 군사. 일찍이 사마휘가 말한 복룡(제갈양)과 봉추(방통) 중 한 사람이다. 유비가 형주를 차지한 뒤에 찾아가 제갈양과 함께 군사가 된다. 촉을 칠 때 유비와 함께 출전했으나 낙봉파에서 화살에 맞아 36세로 죽는다.

손권孫權 | 182-252 | 자는 중모仲謀. 오의 초대 황제. 시호는 대황제. 일찍이 영웅의 기상이 있어 부형의 대업을 이어받아 강동에 웅거한다. 촉과 우호를 맺으면서 위의 침입에 전력하였다. 수하의 뛰어난 문무 신하들이 보좌하여 위·촉에 이어 황제로 즉위한다.

손부인孫夫人 손권의 누이이자 유비의 부인. 유비가 형주를 차지하자 주유가 그녀를 미끼로 유비를 없애려 하였다. 그러나 이를 간파한 제갈양이 그 계교를 역이용하여 유비로 하여금 손부인을 아내로 맞아들이게 한다.

순유荀攸 | 157-214 | 자는 공달公達. 조조의 모사. 순욱의 조카로 숙부와 함께 조조를 도와 많은 공을 세운다. 그러나 뒤에 조조가 위왕이 되는 것을 반대하다가 조조의 노여움을 산 끝에 화병으로 죽는다.

유비劉備 | 161-223 | 자는 현덕玄德. 촉의 황제. 한 황실의 종친으로 원래부터 큰 뜻을 품은 영웅이었다. 황건의 난 때 관우·장비와 도원결의하고 거병한 이래 제갈양을 얻음으로써 비로소 천하를 삼분, 촉에 근거하였다. 그러나 관우의 원수를 갚고자 오를 치다가 패하여 백제성에서 죽는다.

유장劉璋 | ?-219 | 자는 계옥季玉. 부친인 익주목 유언의 뒤를 이어 촉을 다스렸다. 어리석고 나약하여 능히 다스리지 못할 인물이었는데, 접경 지역 한중 땅의 장노가 그를 치자 여러 사람의 반대에도 불구하고 유비에게 구원을 청하여 유비를 끌어들였다가 오히려 촉을 빼앗긴다.

이전李典 | 174-209 | 자는 만성曼成. 조조의 장수. 일찍이 조조를 도와 그를 섬긴 이래, 평생 전장을 달리며 많은 공을 세운다.

장간蔣幹 자는 자익子翼. 조조의 막빈. 적벽 대전 때 자청하여 주유를 꾀러 갔으나 도리어 그에게 이용당한다.

장비張飛 | ?-221 | 자는 익덕翼德. 촉의 장수. 유비·관우와 의형제를 맺어 평생을 함께할 것을 결의한다. 두 형과 더불어 한의 중흥을 위해 혼신을 다하였으나, 뜻을 이루지 못하고 중도에 수하 장수 범강·장달에게 살해된다.

제갈근諸葛瑾 | 174-234 | 자는 자유子瑜. 오의 문신. 제갈양의 형. 노숙의 천거로 손권을 섬겼는데, 평생 신의를 저버리지 않는다. 손권을 극진히 보좌하여 공로가 많다.

제갈양諸葛亮 | 181-234 | 자는 공명孔明. 촉의 승상. 유비의 삼고초려 이후 세상에 나와 유비와 유선을 받들어 죽는 날까지 한의 중흥에 혼신을 다한다. 당대의 기재로서 천문, 지리, 병법 등에 능통하다.

조인曹仁 | 168-223 | 자는 자효子孝. 조조의 장수. 조조의 종제로서 일찍부터 조조를 따라 수많은 공을 세운다. 지략과 무예가 뛰어나다.

조조曹操 | 155-220 | 자는 맹덕孟德. 위왕. 황건의 난에서 그 뜻을 세운 이래 뛰어난 지모와 웅지를 품고 천하를 종횡으로 달려 마침내 뜻을 이룬다. 그러나 위왕이 된 지 4년 만에 문무 신하들에게 아들 조비를 부탁하고 세상을 떠난다.

종요鍾繇 | 151-230 | 자는 원상元常. 위의 문신. 조조를 충성으로 섬겼으며, 백성들을 다스림에 법도가 있어 두루 신망을 얻는다. 벼슬은 태부에 이르며 종회가 그의 아들이다.

주유周瑜 | 176-210 | 자는 공근公瑾. 오의 장수. 지략이 뛰어난 장수로 군마를 총독하였다. 적벽 대전 때 제갈양과 함께 조조군을 크게 격파했으나 큰 뜻을 펴지 못한 채 36세로 요절한다.

진무陳武 손권의 장수. 손책·손권을 도와 많은 공을 세운다. 후일 위와 싸울 때 방덕과 만나 싸우다 죽는다.

한수韓遂 | ?-215 | 자는 문약文約. 병주 자사. 이각·곽사의 난 때 마등과 함께 이들을 쳤으나 실패하였다. 훗날 마초와 함께 조조를 쳤으나 조조의 반간계에 걸려 마초를 버리고 조조에게 항복한다.

하후연夏侯淵 | ?-219 | 자는 묘재妙才. 조조의 맹장. 일찍부터 조조를 도와 큰 공을 세웠다. 후일 한중을 지키다가 황충에게 허무하게 죽는다.

허저許褚 자는 중강仲康. 조조의 맹장. 무예가 출중하여 촉의 마초, 장비 등과 크게 싸워 세상을 놀라게 한다. 조조의 지극한 총애를 받는다.

화흠華歆 | 157-231 | 위의 문신. 한때 문
장으로 이름이 높았으나, 권세에 눈이
멀어 복황후를 시해하는 데 앞장섰으며,
헌제를 폐위시키는 데에도 주동이 된다.

황개黃蓋 자는 공복公覆. 오의 장수. 손
견, 손책, 손권을 차례로 섬기면서 많은
공을 세운다. 특히 적벽 대전 때 고육계
로써 주유를 도와 큰 공을 세운다.

황규黃奎 한의 중신. 마등과 함께 조조를
제거하려다 실패하여 일족과 함께 참혹
하게 죽는다.

황충黃忠 | ?-220 | 자는 한승漢升. 촉의
장수. 오호대장. 백전노장으로 유비를
도와 큰 공을 세웠다. 한중을 칠 때 위의
맹장 하후연을 참하여 위용을 드날린다.
오를 칠 때 적의 화살을 맞고 진중에서
죽는다.

간추린 사전

◉ ─ 연환계連環計

   방통은 조조 진영에 가서 배를 연결하도록 일러주어 위군의 움직임을 둔화시킴으
   로써 화공이 성공할 수 있는 여건을 마련해주었다. (47회)

36계 중 제35계. 계책을 사용하여 적을 둔화시킨 후 공격하는 것이다.

◉ ─ 동지일양생冬至一陽生 내복지시來復之時

   적벽 대전 당일에 동남풍이 부는 듯하여 정욱이 적의 화공을 걱정하자, 조조는 이
   말을 인용하여 동지 때 동남풍이 잠시 부는 것은 당연한 이치라며 정욱을 안심시켰
   다. (49회)

옛날 음양의 개념으로 기후의 변화와 역법의 회전을 설명하던 용어이다. 고대 철학
자들은 하지를 양陽의 극점이자 음陰의 기점으로 여겼고, 동지를 음의 극점이자 양
의 기점으로 여겼다. 하지와 동지는 음양이 오가며 상호 교차하는 시점이므로 이와
같이 표현했다.

◉ ─ 복물제기福物祭旗

   주유가 적벽 전투 직전 거짓 투항한 조조의 부하 채화를 죽이고 그를 제물로 삼아
   군기 앞에서 제사를 지냈는데, 복물제기는 이 제례를 설명하는 말이다. (49회)

제사 형식의 일종. 옛사람들은 싸움터에 나가기 전에 제물을 군기 앞에 놓고 제사지

내면 승리한다고 믿었다. 복물福物은 제물로서, 특히 신에게 올릴 술과 고기를 가리킨다. 제사를 지낸 후 여러 사람에게 나누어 먹게 하는 것을 산복散福이라 했다.

◉ ─ 망문과望門寡

손권이 계략으로 누이동생을 시집보내려 할 때, 오국태부인이 손권을 꾸짖은 것은 이러한 전통이 있었기 때문이다.(54회)

옛날 여자들이 과부로 수절하는 형식의 하나이다. 여자가 약혼한 뒤 시집가기 전에 남자가 먼저 죽으면, 그 여자는 봉건 예법에 따라 다른 곳으로 시집갈 수 없었고 반드시 친정에서 수절해야 했다.

◉ ─ 용봉지자龍鳳之姿 천일지표天日之表

유비와 오국태부인이 대면할 때, 교국공이 유비의 관상을 보고 이 말을 인용하여, "현덕은 용과 봉의 풍채이며 하늘의 해와 같은 기상이다"라고 극찬하였다.(54회)

이는 옛날 관상술에서 제왕이 될 만한 사람의 모습을 뜻한다. 그 자태나 용모가 비범하고 고귀함을 말한다.

◉ ─ 가도멸괵假途滅虢

주유가 유비를 대신하여 서천을 공격할 테니 길을 내고 금은과 군량미를 원조해줄 것을 요구하자, 제갈양은 그의 계책을 바로 간파하고 이 고사를 인용하여 주위를 환기시켰다.(56회)

춘추 시대 진晉나라는 우虞나라에게 국경을 넘어 괵국虢國을 공격할 테니 길을 빌려 달라고 요구하였다. 이에 우나라 군주는 신하들의 만류를 뿌리치고 길을 빌려주는 것에 동의하였다. 그 결과, 진나라가 괵국을 멸한 뒤 군사를 이끌고 돌아오는 도중에 기회를 틈타 우나라도 멸하였다. 가도假途는 길을 빌린다는 뜻이다. 괵은 지금의 산서성山西省 평육平陸에 옛터가 있다.

◉ ― 공자칭문왕지지덕孔子稱文王之至德

동작대에서 문인들이 조조의 덕을 칭송하자, 조조가 자신을 문왕에 비유하며 황제
가 될 뜻이 없음을 내비쳤다.(56회)

출전은 『논어論語』「태백泰伯」편이다. "천하를 삼분하여 그 중 둘을 가지고도 은殷나
라를 섬기고 복종하였으니, 주周나라의 덕은 가히 지극하다고 할 수 있다." 이 말은
공자가 주나라 문왕이 비록 천하의 3분의 2에 해당하는 세력을 가졌지만 여전히 은
나라를 섬겼던 일을 두고 이를 가장 고귀한 도덕이라 할 만하다고 찬양하였다는 뜻
이다.

전투 형세도

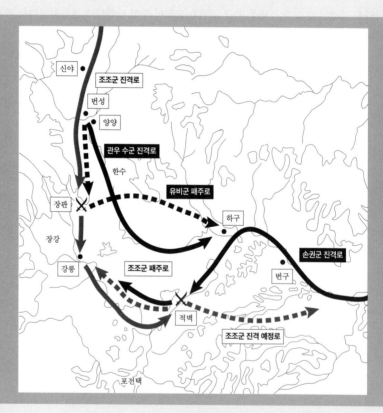

신야

조조군 진격로

번성

양양

관우 수군 진격로

한수

유비군 패주로

장판

하구

장강

손권군 진격로

강릉

조조군 패주로

번구

조조군 진격 예정로

적벽

포전택

【 적벽 전투 】

조 조는 건안 13년(208) 남하하여 형주荊州를 수중에 넣고, 유비와 연합한 손권군과 대치하였다. 형주의 수군을 손에 넣은 조조군은 장강長江을 따라 동쪽으로 내려갔다. 한편, 손권군을 주력으로 하는 손권·유비 연합군은 장강을 따라 서쪽으로 올라갔고, 조조군은 오림烏林에서, 손권군은 적벽赤壁에서 진을 구축했다. 조조군이 지구전을 펴기 위해 배를 연결하여 봄을 기다리자, 손권군은 지구전은 불리하다고 보고 화공계火攻計로 승부를 단번에 결정하기 위해 동남풍이 불기를 기다렸다. 드디어 동남풍이 불자, 조조에 거짓 항복했던 오의 노장 황개는 배 20여 척에 갈대와 풀, 마른 장작을 가득 싣고 조조의 진영으로 나아갔다. 황개가 진영 가까이에 임박하여 연결되어 있던 배들에 불화살을 쏘아대자, 조조군은 대패하여 달아났다.(49회)

주요 참전 인물

조조군 — 조조, 조인, 조홍, 우금, 정욱, 가후, 순유.

손권군 — 주유, 정보, 노숙, 황개, 능통, 감영, 여몽, 육손.

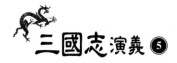

三國志演義 ⑤

구판 1쇄 발행 2000년 7월 20일
개정신판 1쇄 발행 2003년 7월 8일
개정신판 6쇄 발행 2023년 1월 5일

지 은 이 | 나관중
옮 긴 이 | 김구용
펴 낸 이 | 임양묵
펴 낸 곳 | 솔출판사
책임편집 | 임우기

주   소 | 서울시 마포구 와우산로29가길 80(서교동)
전   화 | 02-332-1526
팩   스 | 02-332-1529
이 메 일 | solbook@solbook.co.kr
홈페이지 | www.solbook.co.kr
출판등록 | 1990년 9월 15일 제10-420호

ISBN 89-8133-652-0 04820
ISBN 89-8133-647-4 (세트)

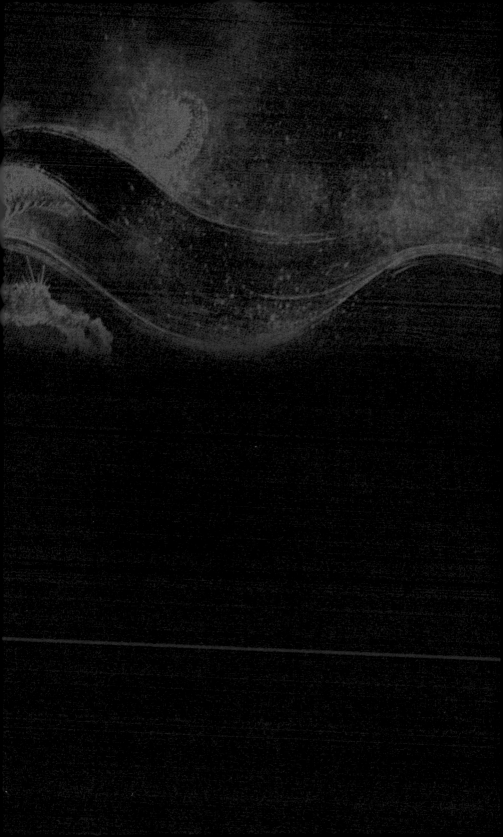